Ruth Glover

Große Gefühle in weitem Land

W0375349

Für meine Kinder – meine Freunde:
Jeff, Holly und Lynn

Ruth Glover

Band 2

Kanada: Leben für den Traum

Große Gefühle in weitem Land

BRUNNEN
Verlag Basel · Giessen

Bibliografische Information der Deutschen Nationalbibliothek
Die Deutsche Nationalbibliothek verzeichnet diese Publikation in der Deutschen Nationalbibliografie; detaillierte bibliografische Daten sind im Internet über www.dnb.de abrufbar.

Titel der im Amerikanischen erschienenen Originalausgabe:
Bitter Thistle, Sweet Rose
© by Ruth Glover
Published by Beacon Hill Press of Kansas City. A division of Nazarene Publishing House, Kansas City, Missouri 64109, USA.
This edition published by arrangement with Nazarene Publishing House.
All rights reserved.

Übersetzung aus dem Amerikanischen:
Anja Findeisen-MacKenzie, Neumünster

Copyright der deutschen Ausgabe:
© 2013 by Brunnen Verlag Basel

Umschlag: Spoon Design, Olaf Johannson, Langgöns
Bild vordere Klappe: mrkornflakes/Shutterstock.com
Bild hintere Klappe: Alexandr Kolupayev/Shutterstock.com
Bild Umschlag: Dpaint, iofoto/Shutterstock.com
Satz: Innoset AG, Justin Messmer, Basel
Druck: CPI – Ebner & Spiegel, Ulm
Printed in Germany

ISBN 978-3-7655-1534-7

Kapitel 1

Vorsichtig, ganz vorsichtig, ließ Linn Graham den verbeulten Eimer aus verzinktem Blech in die dunklen, eisigen Tiefen des Brunnens hinunter. Sie hatte die Reste des Abendessens darin untergebracht: Butter, die ranzig werden würde, wenn man sie die ganze Nacht in der Nähe des noch warmen Ofens ließe; Sahne für den Porridge am nächsten Morgen; Hüttenkäse, den sie selbst gemacht hatte; und gebratenes Hühnchen für das Mittagessen nach dem Gottesdienst am nächsten Tag.

Ihre Aufmerksamkeit wurde von einer müden und besorgten Mutterhenne und deren übermütigem Spätsommer-Nachwuchs abgelenkt. Die lärmende Familie hopste auf Linns Füße hinauf und wieder herunter, breitete unförmige Flügel aus, flatterte, piepste und drängelte sich um die besten Plätze in der Nähe ihres Futterlieferanten.

«Biddy, Biddy!», tadelte Linn in mildem Tonfall und konzentrierte sich auf den nach unten schwebenden Eimer in dem Bewusstsein, welches Chaos herrschen würde, wenn dessen Inhalt in das saubere Brunnenwasser dort unten purzelte.

«Du solltest deinen Kindern bessere Manieren beibringen. Die Tage eurer Freiheit sind gezählt: Morgen kommt ihr zu den anderen in den Pferch. Das Leben ist schließlich kein Zuckerschlecken, weißt du!»

Und doch: Wenn man den schweren und vertrauten Duft des Busches in der Wärme eines späten Herbstnachmittages einatmete, wenn man die Arbeit einer Woche fast ganz erledigt und einen der wenigen freien Abende vor sich hatte – dann war das Leben einfach nur schön.

Linns Bruder Judd stand an der niedrigen Tür der kleinen, aus Holzbohlen gezimmerten Scheune und versuchte, das hysterische Geschrei zu Linns Füßen zu übertönen: «Ich bin hier fast fertig. Gibt es warmes Wasser für ein Bad?»

Linn, die nicht sicher war, ob er sie in dem Krawall über den ganzen Hof hinweg überhaupt verstehen konnte, nickte nur, und Judd verschwand wieder.

Linn beugte sich über den Brunnenrand und schwang den Eimer am Ende des Seils, bis er sicher auf dem Brett gelandet war, das sich nur etwa einen Meter über der Wasseroberfläche befand.

Auf dem Rückweg zerrte Linn eine Wanne aus dem Kornspeicher in die ans Haus angebaute Küche, schöpfte Wasser aus dem Vorratsbehälter des Ofens und goss es hinein, damit ihr Bruder baden konnte.

«Ich werde sie abseihen», sagte sie, als Judd den randvollen Milcheimer auf den Küchentisch stellte. «Geh du nur und hol dir saubere Kleider.»

Linn fühlte mit ihrem Bruder, der so hart und doch fröhlich arbeitete. Er hatte es verdient, sich auch einmal amüsieren zu dürfen. Und so hoffte sie, dass seine erste Verabredung mit Modesty Trimble gutgehen würde, nachdem er ihr monatelang «Kälberblicke» zugeworfen hatte, wie seine Mutter es nannte.

Erst jetzt ließ Modestys Mutter die Zügel bei ihrem ältesten Kind etwas lockerer.

«Man fragt sich ja, wie sie wohl selber als junges Mädchen war», hatte Judd düster sinniert, «wenn sie ihren eigenen Töchtern derart misstraut.»

Die Milch war abgeseiht, das Käseleinen und der Eimer mit Seifenwasser ausgewaschen und mit klarem Wasser nachgespült, als Judd wiederkam. Nachdem er sein verblichenes Hemd ausgezogen hatte, war sein Oberkörper zu sehen, den die Sonne von den Ohren bis zur Hüfte so braun gebrannt hatte wie ein frisch gebackenes Weizenbrot. Nur über seinem Hosenbund war ein schmaler Streifen weiße Haut zu sehen, so hell wie das feinste Mehl.

Bevor Linn sich umdrehte, damit Judd sich ausziehen und in die Badewanne steigen konnte, füllten sich ihre Augen plötzlich mit Tränen. Judds schlanke Gestalt schien mit einem Mal so verletzlich, so jung ... und so tapfer!

Judd würde mich verspotten, wenn er das bemerkte!, dachte Linn reumütig, wrang den Spüllappen noch einmal aus und warf ihrem Bruder ein Stück parfümierte Seife zu, das sie aus dem Küchenschrank geholt hatte.

«Sieh zu, dass du diesen Stallgeruch loswirst», neckte sie ihn. «Damit wirst du Modesty einen Gefallen tun! Oder wirst du ihr gar nicht so nahe kommen, dass sie es bemerkt?»

«Nicht allzu nahe, schätze ich», gab Judd etwas verlegen zu. «Wenn ihre Mutter merkt, dass auch nur ein Haar auf ihrem Kopf am falschen Platz liegt, kann ich ihr den Abschiedskuss geben.» Als er den amüsierten Blick seiner Schwester sah, fügte er klagend hinzu: «Und dabei habe ich sie noch nicht ein einziges Mal geküsst.»

Selbst zu jener Zeit, in der viele Konventionen das Leben einschränkten und Queen Victorias Einfluss bis in die entlegensten Gebiete des Hinterlandes zu spüren war, galten Dolly Trimbles Regeln als übermäßig streng. Zwar passte Charity, ihre zweite Tochter, nun wirklich nicht in die Kategorie einer «kleinen Lady»; doch Modesty immerhin machte der Bedeutung ihres Namens – «Anstand» – alle Ehre. Die Warnungen ihrer Mutter würden Judds Abend prägen und auch belasten. Dennoch war er ganz offensichtlich in der Stimmung, das zu feiern, was in seinen Augen ein Sieg war.

«Es ist das erste Mal, dass Modesty mit einem Mann ausgeht», sagte er, während er sich in die Wanne zwängte und seine Schwester ihm diskret den Rücken zukehrte.

«Ein Mann!», spottete Linn und duckte sich, als Judd die Finger ins Wasser tauchte und nach ihr spritzte.

Linn warf ein verschlissenes, schneeweißes Handtuch nach ihm und ging, um sich für den geselligen Abend fertigzumachen.

Nachdem Judd im blitzblank sauberen Buggy weggefahren war und seiner Mutter und Schwester, die ihn vom Fenster aus beobachteten, munter zugewinkt hatte, begab sich Celia Graham zu dem Schaukelstuhl neben dem gusseisernen Ofen, hinter dessen Glimmerscheibe ein kleines Feuer flackerte.

«Nimm einen Mantel mit, Linnie», forderte sie ihre Tochter auf. «Es sieht nach Regen aus. Vielleicht solltest du auch die Laterne mitnehmen …»

«Ich würde den Weg sogar mit zugebundenen Augen finden», erwiderte Linn. «Mach dir um mich keine Sorgen, Mama. Ich bekomme das schon hin.»

Linn küsste das schmale Gesicht ihrer Mutter und warf noch einen Blick in den Spiegel über dem Büfett, der ihr ein Paar moosgrüne Augen und sonnengebleichtes, zerzaustes Haar zeigte. Dann nahm sie eine dicke Strickjacke, die an einem der Nägel hinter der Küchentür hing, und schlüpfte hinaus in die zunehmende Dämmerung. Schon nach wenigen Minuten hatte sie den Hof überquert, den nahe gelegenen Schulhof umrundet und war an der Landstraße angelangt.

Am Himmel erscholl aus dem nahen Sumpf der bebende

Ruf des Seetauchers und vermischte sich schrill klingend mit dem der kanadischen Wildgänse, die nach Süden flogen und den Waldgebieten und Flüssen einen letzten Abschiedsgruß zuriefen. Neben ihr raschelte es im Unterholz, wo offenbar irgendeine nächtliche Kreatur unterwegs war.

Linns schlanke Beine, gerade erst der Kindheit entwachsen, liefen mit leichten Schritten den bekannten Weg entlang. Allmählich hatte sie die anmutige Gestalt einer jungen Frau angenommen, und wie in Vorfreude auf das Leben selbst ging sie mit stolz erhobenem Kopf. Sie schritt rasch voran, spürte die Müdigkeit des Arbeitstages nicht mehr, sondern war gespannt auf den Abend, der vor ihr lag.

Am schönsten an den Zusammenkünften – abgesehen vom Treffen mit den Freunden, die man während eines arbeitsreichen Sommers selten sah – war die Atempause, die sie zwischen langen Arbeitstagen boten. Tage, die bei Sonnenaufgang begannen und erst mit Einbruch der Dunkelheit endeten. Die Ernte auf den Feldern und Wiesen, im Garten und im Busch hatte Vorrang vor allem anderen, und dies galt sowohl für die Erwachsenen als auch für die Kinder; denn die Existenz aller hing vom Erfolg der Ernte ab.

Doch an diesem Abend zog es die jungen Leute – trotz aller körperlichen Erschöpfung – voller Aufregung und mit bester Laune hinaus aus den umliegenden Farmhäusern wie Mäuse, die aus einem leergefegten Heuboden heraussausen. Linns Freunde und Bekannte bevölkerten die engen Straßen und beeilten sich genau wie sie, um sich für ein paar Stunden von der harten Arbeit zu erholen, auch wenn sie dafür den notwendigen Schlaf opfern mussten.

Und sie alle brauchten keinesfalls Laternen, um den Weg zu finden, höchstens vielleicht in den allerdunkelsten

Nächten. Ohnehin wäre es schwierig gewesen, von der Straße abzukommen, die auf beiden Seiten von dichtem Buschwerk umgeben war. Jenseits der Büsche warf ein mächtiger Hain von Pappeln, Birken und Weiden seine immer dünner werdenden Blätter ab. Und mittendrin – quer durch das fruchtbare Parkland, endlos verschlungen zwischen den Ausläufern des Saskatchewan-Flusses – kämpften die Sträucher von Haselnüssen und Felsenbirnen, Sauerkirschen und Stachelbeeren, Apfelbeeren und Himbeeren um Lebensraum.

Der «Busch», so nannten die Leute diese Landschaft. Und viele fürchteten sich vor ihm. Er überwucherte die Landstraßen, umzingelte die Felder, und die Farmen waren nichts als kleine Inseln in einem grünen Meer. Der Busch hatte seinen ganz eigenen Duft: nach Gras, Getreide, getrockneten Beeren und einem Humusboden von gefallenem Laub, der von vielen Regenfällen gewaschen wurde. An diesem Abend trug der schwache Wind den Geruch von frisch abgeernteten Feldern und sonnenverbranntem Stroh mit sich. Linn atmete ihn ein und stellte fest, dass er genau so duftete, wie sie ihn seit achtzehn Jahren kannte.

Durch die gestärkten Spitzengardinen des einstöckigen Blockhauses fiel Licht. Linn schlängelte sich gekonnt an den Kutschen vorbei, die am Zaun rund um das Pfarrhaus angebunden waren, und stieg die Treppe zur Veranda hinauf. Elva Victor, die stets auf die Erfüllung ihrer Pflichten als Pastorenfrau bedacht war, wartete bereits an der Tür.

«Linn?» Mrs. Victor schwang die Tür weit auf und blickte über die junge Frau hinweg auf die Schatten im Hof. «Ist Judd nicht mitgekommen?»

«Er kommt gerade an.»

«Aha – wer ist denn da bei ihm?»

Linn lächelte über den Versuch der kleinen Dame, ihre

Neugier mit Anstand zu verbergen, und flüsterte in verschwörerischem Tonfall: «Modesty.»

«Modesty!» Mrs. Victor unterdrückte ein erschrockenes Schnappen nach Luft.

Wie jeder in Donnybrook-Wildrose wusste auch die Frau des Pastors, dass Dolly Trimble über ihren beiden heranwachsenden Töchtern wachte, als wären sie zwei preisgekrönte Fohlen. Und die meisten Leute waren sich einig darüber, dass sie es übertrieb, denn Charity zumindest schien dagegen aufzubegehren. Gerade in diesem Moment hörte Linn ein Kreischen, das nur von der wichtigtuerischen Sechzehnjährigen kommen konnte.

«Ganz offensichtlich ist Dolly nicht hier!», bemerkte Linn trocken.

«Um Himmels willen, nein! Und ich muss unbedingt wieder zurück!» Elva Victor lief rasch wieder hinein, ihr fülliges Gesicht von einem besorgten Stirnrunzeln zerfurcht, denn ohne Zweifel fühlte sie sich als Anstandsdame verantwortlich für die Tochter jenes strengen frommen Schäfchens aus der Herde ihres Mannes namens Dolly Trimble.

Linn wurde herzlich empfangen und sah amüsiert zu, wie Judd und Modesty unter dem frechen Grinsen, Johlen und Pfeifen ihrer Freunde den Raum betraten. Charity begrüßte das junge Paar überschwänglich, beruhigte sich aber sofort wieder unter dem tadelnden Blick ihrer großen Schwester. Doch in Charitys Augen war Eifersucht zu lesen, dachte Linn, wenn auch gepaart mit Bewunderung. Die beiden Schwestern, die nur knapp zwei Jahre trennte, waren sich ihr ganzes Leben lang nahe gewesen. In allem. Bis jetzt.

Marc Szarvas tauchte an Linns Seite auf. «Was sagst du dazu?», fragte er mit einem bewundernden Blick auf Judd. «Er hat es tatsächlich geschafft.»

«Und wünschst du dir nicht, du würdest es auch schaffen?» Linn beobachtete, wie Marcs Augen zu der ausgelassenen Charity wanderten.

Marcs eckiger Kiefer spannte sich an. «Ihre Mutter würde es nie erlauben. Und das», so fügte er bitter hinzu, «nicht nur wegen Charitys Alter.»

Linn berührte mitleidig den Arm ihres Freundes. So wie jeder wusste, dass Dolly Trimble ihre Töchter fest im Griff hatte, so kannte auch jeder ihre feindselige Haltung gegenüber den neuen Einwanderern, die weiterhin ins Hinterland strömten und das Land in Besitz nahmen, das andere übersehen hatten. Es waren hart arbeitende, ehrenwerte Leute – aber sie waren eben anders. Dass das ganze Land auf der Leistung von Einwanderern aufbaute, schien Dolly nie in den Sinn zu kommen. «Die Franzosen – selbstverständlich», ließ sie verlauten, «und die Engländer und Schotten. Aber diese brabbelnden Ausländer …?!»

«Es wäre doch besser, wenn jemand sich dieses Mädchen möglichst schnell schnappen würde – zu ihrem eigenen Wohl!» Marc beobachtete Charity weiter mit skeptischem Blick. «Hat Dolly jemals daran gedacht?» Und so verbrachte Marc den Abend damit, Charity zu necken, bis der jungen Dame vor Verlegenheit und Vergnügen fast schwindelig wurde.

Ansonsten war es die übliche Zusammenkunft zum Ende des Sommers, bis plötzlich zwei Fremde hereingeführt wurden. Linn kam zu dem Schluss, dass es wohl die Farley-Cousins sein mussten, die neu in Donnybrook angekommen waren.

Die beiden passten nicht so recht zu der versammelten Gruppe und blieben daher auch nicht lange. *Ich frage mich, was sie wohl erwartet haben*, dachte Linn amüsiert, als sie die fröhlichen, überwiegend jungen Gesichter ringsum betrachtete. Eines stand jedenfalls fest: Die beiden Neuankömmlinge waren Männer, keine Jungen.

«Ich möchte euch allen Trapper und Boyd Farley vorstellen», sagte die Frau des Pastors, nachdem sie sich Gehör verschafft hatte. «Bruder Victor», sie nannte ihren Mann in der Öffentlichkeit immer so, «hat die beiden letzte Woche getroffen und sie überredet, herzukommen und Bekanntschaft mit euch zu schließen. Wie ihr wisst, haben sie die Cooley-Farm übernommen.»

Die Gruppe wurde still. Elva Victor richtete den Blick ihrer hellen, schmalen Augen auf die beiden hochgewachsenen Männer. «Ihre nächsten Nachbarn», erklärte sie, während sie sich zu Linn hin begab, «sind die Grahams. Das ist Linnet Graham. Und das», sagte sie und zeigte auf Judd, «ist ihr Bruder Judd mit Modesty Trimble.» Sie ging weiter, auf die jeweiligen Personen deutend: «Und das ist Charity, Modestys Schwester ...» Charity, stellte Linn fest und konnte es kaum glauben, heftete ihren Blick mit abscheulicher Kühnheit auf die beiden Männer.

Die Neuankömmlinge gingen durch den Raum, die elegante Gestalt der Pastorenfrau hoch überragend, nickten höflich und schüttelten die Hände, die ihnen entgegengestreckt wurden. Sie sprachen leise und bewegten sich zwar sicher, aber mit einer gewissen Zurückhaltung. Doch Linn hatte das Gefühl, dass unter dieser Oberfläche der Selbstbeherrschung starke Kräfte schlummerten, sowohl körperlich als auch emotional.

Trapper und Boyd Farley waren Männer mit breiten Schultern und einem kräftigen Rücken; beide waren dunkle Typen und sahen gut aus. Überhaupt waren sie einander ähnlich, denn sie waren nicht nur Cousins zueinander, sondern ihre Eltern waren Geschwisterpaare, die sich gegenseitig geheiratet hatten. Trapper war größer als

Boyd, dachte Linn, oder war es umgekehrt? Boyd schien schwerer und etwas breiter zu sein als sein Cousin «Trapp», wie dieser nach eigener Aussage gerne genannt werden wollte. «Das ist ein Familienname», erklärte er, «und ja, es bezeichnet auch, was Boyd und ich im Norden gemacht haben: Wir waren Trapper und Fischer.»

Fremde stießen immer auf großes Interesse, und diese beiden waren interessanter als die meisten anderen Leute, entschied Linn und lächelte innerlich bei dem Gedanken, wie gut ihr die Männlichkeit und die Anziehungskraft der beiden gefiel. Dass es den anderen jungen Frauen ähnlich erging, zeigte sich an ihrem gekünstelten Lächeln und den – eher schüchternen – Blicken, die sie den beiden Männern bei der Vorstellung zuwarfen.

Abbie Jameson, die als Anstandsdame bei der Zusammenkunft mithalf, drückte Linn eine Tasse heißen Kakao in die Hand und folgte ihrem Blick quer durch den Raum zu dem geraden Rücken und den kräftigen Schultern von Trapper Farley. In diesem Moment wandte dieser sich um – als ob er den Blick gespürt hätte –, und seine Augen (dunkelblau, wie Linn in diesem überwältigenden Moment feststellte) hefteten sich an ihre. Eine Sekunde ... zwei Sekunden ... und Linns Kakao schwappte über. Ein flüchtiges Grinsen umspielte den Mund des Mannes.

Ganz offensichtlich erschrocken, löste Linn ihre Augen von diesem hypnotisierenden Blickkontakt und wischte rot vor Ärger (wofür sie sich sogleich hasste) an dem nassen Fleck auf ihrem Rock herum.

«Nicht gerade Nullachtfünfzehn-Männer, oder?», fragte Abbie listig.

Abbie, die selbst gerade erst geheiratet hatte, nahm die Attraktivität der beiden Farley-Cousins durchaus wahr und wusste sie zu würdigen. Doch auf der anderen Seite des Raumes war ihr Mann Jamie, der ebenfalls bei der Zusammenkunft mithalf, und er war der Mann ihres Herzens. Ihre Blicke trafen sich über die Köpfe der jungen Leute hinweg, und Linn sah, wie Abbies Gesicht errötete und ihre bernsteinfarbenen Augen warm aufglühten.

Alle Bewohner von Donnybrook hatten sich gefreut, als die Liebe zwischen den beiden endlich aufblühte und die Herzen dieser zwei einsamen Menschen heilte, die beide ihren Ehepartner verloren hatten. Nun spielten Abbies Kinder – die Zwillinge Corcoran und Cormoran und ihre kleine Schwester Merry – im oberen Stock mit den Kindern der Victors. Und wie jede frisch vermählte Frau errötete Abbie unter dem warmen Blick ihres Mannes.

Abbie wandte ihre Aufmerksamkeit wieder Linn und den Neuankömmlingen Trapper und Boyd Farley zu. «Sie sind übrigens beide alleinstehend, wie ich gehört habe, meine liebe Linn», neckte sie.

«Und werden es auch bleiben, wenn es nach mir geht», entgegnete Linn ein wenig brüsker als nötig. «Sie sind nicht mein Typ.»

Doch wer war eigentlich ihr Typ? Linn war sich nicht sicher. Ihre Augen wanderten durch den Raum und leuchteten auf beim Anblick eines weiteren dunkelhaarigen Kopfes auf starken, jungen Schultern, auch wenn diese nicht so kräftig waren wie diejenigen des Mannes, dessen Blick bei ihr solches Herzflattern verursacht hatte.

Abram Weatherby hob in diesem Moment den Kopf und begegnete Linns Blick. Schnell sah sie weg und ärgerte sich, dass sie wieder bei einem so indiskreten Verhalten ertappt worden war. Ihre moosgrünen Augen glänzten feucht, und sofort gab sie die Schuld für das alles dem Mann, dessen breite Schultern diese Last würden tragen können: Trapper Farley.

Kapitel 2

Trapper und Boyd Farley standen ganz zwanglos am Rand der Gruppe in dem robusten ländlichen Pfarrhaus, aßen die Brote und Törtchen und tranken den Kaffee, den die Frau des Pastors ihnen anbot. Doch dann – mit einer Eleganz, die man zwei so kräftig gebauten Männern nicht zugetraut hätte – wünschten die beiden ihr eine gute Nacht und wandten sich zum Gehen mit der Erklärung: «Es war eine anstrengende Woche.»

Sind wahrscheinlich froh, hier endlich rauszukommen, dachte Linn naserümpfend. *Blindekuh zu spielen ist für zwei so hartgesottene Männer aus den Wäldern des Nordens kein attraktiver Zeitvertreib.*

Trapper Farley suchte eindeutig Linns Blick, als er an ihr vorüberging. Entschlossen, ihre Verlegenheit über das verschüttete Getränk nicht zu zeigen, hob Linn das Kinn und begegnete dem Blick aus den blauen Augen auf ebenbürtige Weise, obwohl sie sich gleichzeitig darüber ärgerte, dass ihr wieder das Blut ins Gesicht schoss. Trappers dunkler Kopf nickte ihr höflich zu, und Linns verletztes Ego nahm sofort an, dass sich ein boshaftes Grinsen dahinter verbarg. Ihre überreizte Fantasie machte sie auch glauben, die schönen Lippen hätten sich spöttisch nach oben bewegt, während er die Tür hinter sich schloss. Linns Augen funkelten vor Zorn, und sie drehte sich schnell weg, nur um einen weiteren intensiven Blick von Abram Weatherby aufzufangen.

Als Linn am Ende des Abends ihre Strickjacke überstreifte und sich zum Gehen bereitmachte, berührte eine Hand sie am Ellbogen. «Willst du mitfahren?»

Abram hatte den menschengefüllten Raum durchquert

und blickte nun mit einem kleinen Lächeln auf sie herab. Überrascht hob Linn ihre Augen zu seinen blauen (wenn auch nicht dunkelblauen) auf und bemühte sich, beiläufig zu klingen. «Danke. Das wäre sehr nett. Judd wird nämlich höchstwahrscheinlich nicht direkt nach Hause fahren.»

«Ja, und ich kann sehen, warum», sagte Abram. «Im Übrigen: Es sieht nach Regen aus. Und du willst dir doch keine nassen Füße holen.»

Tatsächlich sah es aus, als ob es bald anfangen würde zu regnen. Doch bisher hatte Abram sich noch nie Gedanken um ihr Wohl gemacht.

Abram Weatherby war fünf oder sechs Jahre älter als Linn. Zwar kannte sie ihn seit Jahren – oder besser gesagt, hatte sie immer wieder etwas über ihn erfahren –, doch wirklich vertraut waren sie nicht miteinander. Außerdem gehörte er nicht zum Kreis von Judds engen Freunden.

Abram war im angrenzenden Bezirk von Cloud aufgewachsen und erst kürzlich nach Donnybrook gezogen, wo er seine eigene Farm besaß, die ein Verwandter von ihm gegründet, aber nicht weiter bewirtschaftet hatte.

Das Gerücht ging um, dass Abram im Gebiet von Sandhill am Ufer des Saskatchewan gerne «wilde Partys» besuchte, was für die kirchlich erzogenen Jugendlichen von Donnybrook tabu war und worüber die meisten Eltern die Stirn runzelten. Nur zu oft arteten die Stampftänze dort in Wilderes aus, und es entwickelte sich die eine oder andere Schlägerei, denn man hatte sich allzu viel von dem «Selbstgebrauten» genehmigt, das dort regelmäßig im Umlauf war.

Es gab also eine Seite an Abram, die sie nicht kannte, doch vielleicht lag das auch nur daran, dass er in Donnybrook noch nicht so bekannt war. Als Linn in seine blauen Augen schaute, konnte sie sich nicht vorstellen, dass er anders sein sollte als die anderen Jungen, mit denen sie aufgewachsen war.

Auch Linn hatte hin und wieder von Abram Weatherby geträumt, doch sie kannte ein halbes Dutzend Mädchen, bei denen es ebenso war. Er kam gut auf seiner Farm zurecht, und viele Mütter und Töchter waren sich einig, dass er eine gute Partie wäre. So mancher Mann war ja schon gezähmt worden, sobald er die richtige Frau gefunden hatte.

Als er nun mit ihr sprach – beiläufig sicher, doch mit einem gewissen Ausdruck in den Augen –, schlug Linns Herz schneller. Doch rasch gewann ihr gesunder Menschenverstand wieder die Oberhand: Abram hatte ja denselben Heimweg wie sie. Und es regnete tatsächlich schon in Strömen, wie sie aus den Kommentaren derer schließen konnte, die vor ihnen das Haus verließen. Jeder hilfsbereite Mensch würde in so einer Situation seinem Nachbarn eine Mitfahrgelegenheit anbieten.

«Sehen wir euch morgen?», fragte die Frau des Pastors an der Tür. Es war eine Frage und eine Erinnerung zugleich, denn am nächsten Tag war Sonntag und Zeit für den Gottesdienst. Das Gesicht der Dame war besorgt unter ihrem sauber zu einem Knoten hochgebundenen Haar.

Man kann es ihr nicht übelnehmen, dachte Linn freundlich. *Es ist der Beruf ihres Mannes und der Grund, warum sie überhaupt hier sind.* Und tatsächlich: Die Victors versahen ihren Dienst mit ganzer Hingabe. Sie trauten die jungen Paare des Distrikts, besuchten die Kranken, tauften die Gläubigen und spielten bei vielem, was im Bezirk so vor sich ging, eine wichtige Rolle. Der Prediger und der Lehrer – in den ländlichen Regionen gab es kaum jemanden, dessen Einfluss mehr Leben veränderte als diese zwei Personen; man musste ihnen dafür die Ehre geben.

Linn dachte daran, wie Bruder Victor sie unterstützt hatte, als zwei Jahre zuvor ihr Vater gestorben war, und wie er sich jetzt um die schwache Gesundheit ihrer Mutter sorgte, und so antwortete sie: «Ja, natürlich – wir sehen uns morgen.» Abram nickte nur.

Es würde um die übliche Zeit sein. Menschlicher Kontakt war für alle wichtig, und die sonntäglichen Gottesdienste boten die einzige regelmäßige Gelegenheit dafür. Die Nachbarn zu treffen, ein paar geschäftliche Dinge zu regeln, die letzten Neuigkeiten aufzuschnappen und vielleicht irgendjemandem den Hof zu machen – all das waren ebenso gute Gründe, sich zusammenzufinden, wie der Gottesdienst selbst, für manche Leute waren sie sogar wichtiger. Die Leute im Busch, egal ob sie Kirchgänger waren oder nicht, ließen am Sonntag ihre Arbeit ruhen; Pflüge und Eggen, Saatgeräte und Rechen – sie alle standen still. In einer harten Arbeitswoche war der Ruhetag eine Oase für alle, «die da mühselig und beladen sind».

So versicherte Linn gerne ihr Kommen, dankte für den Abend und trat aus dem hellen Lichtkreis der Lampe.

Silberne Tropfen sprenkelten die Nacht mit einem zauberhaften Glanz, als Linn mit der Leichtigkeit der Jugend und mit geübtem Schwung in den Buggy kletterte und Abram das Pferd losband. Bald schon wurde der Regen heftiger. Linn zog ihre Strickjacke, die nur unzureichenden Schutz bot, fester um sich.

In diesem Augenblick nahm Abram beide Zügel in eine Hand und legte seinen freien Arm um sie. Es war etwas so Vernünftiges, eine so freundliche Geste, dass Linn ihn ganz selbstverständlich gewähren ließ.

Da Linn ein so hübsches Mädchen war – mit ihrem zerzausten Haar und den hellen Strähnen, der kecken Nase und den Augen, die das unergründliche Grün eines tiefen, schattigen Weihers besaßen, und mit ihrer schlanken, anmutigen Gestalt –, hatte sie schon viele angenehme Begegnungen mit jungen Männern gehabt, die sich um sie bemühten. Doch eine Umarmung hatte sie noch nie zugelassen. In dieser kalten Nacht jedoch schien es nicht vernünftig, die Hand abzuweisen, die sie zu sich heranzog.

«Kleine Linnet», murmelte Abram über dem gedämpften Hufschlag des Pferdes, «du bist erwachsen geworden.»

«Das hast du also bemerkt», scherzte Linn, doch merkwürdigerweise blieb ihr dabei fast die Luft weg.

«Ja, ich bemerke es», sagte er ernst, und sein Arm hielt sie noch fester.

Linn sah zu dem Gesicht auf, das so dicht neben dem ihren war und auf dem der Regen glitzerte – und vielleicht noch etwas anderes? Wie dumm, so etwas zu denken! Es war völlig absurd, eine so brüderliche Geste zu verwechseln mit … mit etwas anderem. Doch wie es auch sei, Linn konnte nicht anders, als diese Erfahrung zu genießen.

Es war ja auch einfach unglaublich, wenn man darüber nachdachte. Sie, Linnet Graham, im Arm von Abram Weatherby! Und wenn zwischendurch in ihrer Erinnerung ein spöttisches Lächeln und dunkelblaue Augen auftauchten, dann diente dies nur dazu, ihren Geist und ihr Herz für das zu öffnen, was der gegenwärtige Augenblick für sie bereithielt.

Die Nacht vibrierte geradezu von neuen Gefühlen. Murmelte Abram nicht Dinge, die sie nie zuvor gehört hatte? Süße, törichte Worte? Drängende, bezwingende Worte? Und streiften seine Lippen nicht hin und wieder leicht über ihr regengetränktes Haar? Der gefederte Sitz des Buggys schaukelte durch die Nacht und schien für Linn wie ein Märchenboot, das auf nebelverhangenem Meer treibt.

Als Abram den Wagen am dunklen Schulhaus anhielt, ihr die Hand entgegenstreckte und sie mit sanftem Blick und festem Griff zu sich zog, zögerte sie nur kurz, dann stieg sie hinab und folgte ihm wie im Traum in das leere Gebäude.

Schwaches Licht fiel durch die hohen, schmalen Fenster des Schulraumes in den Eingangsbereich, an dem ringsum Haken hingen und breite Bänke standen. Das Licht genügte Abram jedoch, um Linn nicht zu verfehlen, als er die Arme nach ihr ausstreckte mit einer solchen Dringlichkeit, dass Linns ganzes Wesen von einer unerwarteten Erregung durchströmt wurde.

Der Regen trommelte eine hypnotisierende Begleitung zu der Symphonie, die unhörbar in der pulsierenden Dunkelheit anschwoll. In der Stille, der ein Zauber innewohnte, öffnete sich Linns Herz, das in seiner Unschuld so freigiebig war, wie eine Frühlingsblüte sich in der Sommersonne entfaltet.

Ihre Reaktion war freudig und spontan. Flüsterte Abram nicht wieder solche süßen Versprechen? Und antwortete ihr Herz nicht darauf willig und voller Wärme?

Linns Herz tanzte im Rhythmus der leuchtenden Staubkörner, die im Strahl des Mondlichtes wirbelten. Von diesem einmaligen Augenblick in ihrem Leben hatte sie geträumt; für diesen kostbaren Moment hatte sie sich aufgehoben. Mit einem noch unberührten Herzen gab Linn sich diesem wunderbaren Augenblick voller Glück ganz und gar hin.

Doch Abrams Leidenschaft überschritt eine Grenze und wurde besitzergreifend. Er konnte ja nicht wissen, dass die Mauern dieses kleinen Schul- und Kirchengebäudes mit der Lehre und Ermahnung, den Predigten und Gebeten ganzer Jahre erfüllt waren. Hier waren schon Linns Großeltern zum Gottesdienst gegangen, hatten ihre Liebe und manches andere hineingeopfert in dieses rustikale Heiligtum, das in einer Ecke ihres Grund und Bodens errichtet worden war. Hier hatten Linns Eltern ihr Kind Gott geweiht und gelobt, es gemäß den göttlichen Geboten zu erziehen. Hier hatte sie an jedem Sonntag ihres Lebens das Evangelium gehört.

Und nun, als ihre Gedanken durcheinanderwirbelten und in ihrem Herzen ein Tumult von Gefühlen tobte, gewannen doch Umsicht und Zurückhaltung wieder die Oberhand. Immerhin würde es auch noch ein Morgen geben, und danach ein weiteres Morgen und noch eines.

«Abram ...», brachte sie hervor, obwohl seine Lippen so drängend nach den ihren suchten. Und dann klang ihr «Abram!» dringlich, als er nicht zu hören, ja, sie gar nicht zu beachten schien. Mühsam wand sie sich aus seinen sie fordernd umschließenden Armen.

Obwohl ihr von ihren neuen Gefühlen fast schwindelig war, versuchte sie, es ihm zu erklären: «Wir haben doch das ganze Leben noch vor uns», flüsterte sie und fügte schüchtern «Liebling» hinzu.

Diese warmen Augenblicke und die Vorfreude auf noch schönere Zeiten trugen Linn wie auf Flügeln aus Abrams sich zögernd öffnenden Armen wieder auf den Buggy hinauf und auf einer stillen Fahrt nach Hause. Sie wurden auch nicht davon getrübt, dass Abram sie nur mit einem kurzen Abschiedsgruß zu Hause absetzte.

Linn sah zu, wie Abram die Zügel auf den Rücken des Pferdes klatschen ließ und vom Hof fuhr. «Morgen», flüsterte sie.

Kapitel 3

Mit geübter Eleganz hin und her wippend, passte sich der Schaffner dem Schaukeln des Zuges an und wartete.

Kate Masons Aufmerksamkeit war ganz und gar von der vorbeifliegenden Landschaft gefesselt: Meile um Meile endloser Prärie, und hier und da ein Feld, das sich bis zum Horizont erstreckte und dessen frisch abgeschnittene Stoppeln golden glänzten; dazu noch reichlich Land, das noch niemand erworben hatte oder das zumindest noch nicht bewirtschaftet wurde.

Es war eine vertraute Umgebung für die junge Frau, die hier im Herzen des Getreidegürtels geboren worden war. Und doch erfüllten seine riesigen Ausmaße sie immer wieder mit Staunen. Im Moment tröstete er sie über den letzten Anblick ihrer Familie hinweg, die ihr vom Bahnsteig aus tapfer nachgewinkt hatte, auf einem Bahnhof, der – wie sie jetzt sehen konnte – mitten in dieser beeindruckenden Landschaft verloren wirkte.

Der Schaffner zog seine Taschenuhr heraus, studierte sie, steckte sie wieder zurück, streckte seine Hand aus und räusperte sich schließlich.

Erschrocken blickte Kate auf und bemerkte, dass ihr, während sie wie gebannt aus dem Fenster geblickt hatte, der Samthut durch das Rütteln des Zuges verrutscht war und die geliebten schwarzen Seidenbommeln vor ihrem linken Auge baumelten. In dem Bewusstsein, dass sie von nun an auf ein würdevolles Aussehen bedacht sein musste, rückte Kate ihre bescheidene Hutkreation zurecht.

«Oh, Verzeihung!», sagte sie schnell, löste die Kordel an der Tasche, die sie auf dem Schoß festhielt, und durchwühlte den Inhalt.

«Kein Grund zur Eile», meinte der Schaffner geduldig. Er nahm die Fahrkarte, die sie ihm entgegenhielt, sah Kate mit gedämpfter Neugier an und fragte: «Lehrerin?»

«Woher wissen Sie das?», fragte Kate überrascht.

«Pah! Sieht man doch auf den ersten Blick. Da hinten», und er deutete mit dem Kinn zum anderen Ende des Wagens, «sitzen noch zwei. Fahren nach La Ronge.»

Kate wandte den Kopf, um einen Blick auf die beiden Glücklichen zu erhaschen. «Dahin wollte *ich* gehen!», rief sie mit neiderfüllter Stimme. «Flin Flon ... Pelican Narrows ... Cree Lake ...» Ihr Ton verriet, dass dies ihr Traum gewesen war, den sie nur ungern aufgegeben hatte.

Der Mann mit dem Schnauzbart betrachtete die Fahrkarte in seiner Hand. «Meridian», las er laut. «Nicht gerade im Norden, aber auch nicht im Süden. So eine Art Zwischenort, könnte man sagen. Manche nennen es den Parkstreifen. Das Buschland, wissen Sie.»

«Ich weiß», seufzte sie.

Kates Mutter hatte vor Sorge ganz schmale Lippen bekommen, als ihre Tochter ihr den Wunsch mitteilte, sich dem Schulsystem des weiten Nordwestens anzuschließen. Und sie hatte erleichtert aufgeatmet, als die Entscheidung schließlich auf eine Schule fiel, die nicht unerreichbar weit entfernt von ihrer Heimat in der Prärie lag. Doch Kates Enttäuschung über den «Zwischenort» war offensichtlich. Er war eindeutig nur die zweite Wahl für sie.

Als sie zur Lehrerin ausgebildet worden war, hatte man sie oft genug mit der bekannten Tatsache aufgezogen: Die Zuteilung zu einer Dorfschule war die Garantie für eine Heirat. In zahllosen Häusern quer durch das Territorium wohnten ehemalige Lehrerinnen, die nun Hausfrauen und Mütter waren.

Einen Mann zu finden, hatte in Kates Erwägungen allerdings so gut wie keine Rolle gespielt. Sie wollte eine engagierte Lehrerin sein und so den Lauf der Geschichte ihres Landes beeinflussen – das war ihre Motivation. Und dies wollte sie dort verwirklichen, wo zu dem Zeitpunkt in Sachen Schulbildung die größte Not herrschte: Der «ferne Norden» lockte sie.

Doch nun hatte sie eine Stelle in diesem «Zwischenort», wie der Schaffner ihn bezeichnete, bekommen und sie auch angenommen.

«Eigentlich», sagte sie und seufzte wieder, «gehe ich an die Schule von Donnybrook-Wildrose. Meridian ist nur der Bahnhof.»

«Kenne ich gut», sagte der Schaffner und setzte mit einem Grinsen hinzu: «Zumindest, was man davon sehen kann. Der Zug fährt nur noch etwa zwanzig Meilen weiter bis nach Prince Albert. Schade, dass Sie nicht dorthin gehen.»

Kate seufzte noch einmal und wandte sich wieder dem Fenster zu; doch dann blieb ihr das Seufzen in der Kehle stecken.

Während sie sich unterhalten hatten, waren Meilen von Land an ihnen vorbeigeflogen, hatten die endlose Prärie, die durch nichts unterbrochen wurde, mitgenommen, und nun erhob sich vor ihren Augen, von einem Horizont zum anderen, der grüne, wild gewachsene Busch. Einen Augenblick lang hatte Kate das Gefühl, der Zug stehe still und die lebendige grüne Mauer flöge ihr entgegen. Und im nächsten Moment waren sie mittendrin, und der Busch wirbelte um sie herum.

So plötzlich wie die weite Ebene, die sie Heimat genannt hatte, verschwunden war, so plötzlich umfing sie nun der Busch und hieß sie mit seinem laubreichen Gruß willkommen.

Als der Zug in Meridian hielt, fühlte Kate sich ganz und gar von dieser verschwenderischen Umarmung umschlossen.

Der Zug schien ungeduldig zu ziehen wie ein Hund an der Leine und hielt nur so lange, bis Kates Gepäck sowie ein paar Kartons, Säcke und Kisten abgeladen waren. Dann schrillte der Pfiff in die klare, kalte Luft hinauf, und das keuchende Ungeheuer setzte sich mit einem Ruck wieder in Bewegung und nahm Tempo auf für die letzte Wegstrecke nach Prince Albert.

«Miss Mason?»

Wie in dem Brief angekündigt, war ein Mitglied des Schulausschusses zum Bahnhof gekommen, um sie abzuholen. «John Edwards», sagte er.

Das fein geschnittene, intelligente Gesicht des Mannes, das von der Sommersonne gebräunt war, begrüßte sie mit einem herzlichen Lächeln. Er führte sie zu einem Buggy und half ihr mit einer hier im Hinterland unerwarteten Höflichkeit über den eisernen Tritt hinauf auf den Sitz. Kate war zwar keine gute Menschenkennerin, doch sie hatte instinktiv einen guten Eindruck von diesem Mann, und wie sie später feststellen sollte, lag sie damit genau richtig.

Der Buggy neigte sich, als John Edwards sich neben Kate setzte und die durch Alter und Gebrauch glänzend gewordenen Zügel aufnahm. *Seine Hände*, so dachte Kate flüchtig, *sind eher für einen Füller geeignet als für den Pflug des Farmers*. Doch es waren geschickte Hände, und nach einem Klatschen der Zügel und einem mit klarer Stimme zugerufenen Kommando ging es los.

Sie überquerten die Straße – ein staubiger Streifen Weg, der die gesamte Region mit Prince Albert verband – und schlüpften durch eine enge Öffnung zwischen den Bäumen. Fast sofort verschwanden die Bahnstation, der Laden mit der Western-Fassade, die Schmiede, das Postamt und die beiden Türme der Kornspeicher aus dem Blickfeld.

Kornspeicher waren etwas Wohlvertrautes für Kate. Die massigen Konstrukte beherrschten den Anblick der Prärien, wo sie geboren und aufgewachsen war, und waren ein Sinnbild für das Leben in dem sich ständig ausweitenden Getreidegürtel.

«So weit, so gut», murmelte sie. Und als John Edwards ihr den Kopf zuwandte, fragte sie rasch: «Müssen wir weit fahren?»

«Etwa fünf Meilen. Der Distrikt von Donnybrook-Wildrose liegt jenseits des Schuldistrikts von Meridian. Die Schulen hier sind dicht beieinander, damit die Kinder nicht so weite Strecken zurücklegen müssen. Die meiste Zeit des Schuljahres über ist es bitterkalt. Doch ich nehme an, mit Kälte kennen Sie sich aus.»

Ja, Kate kannte die Kälte. In den Prärien war es oft erbärmlich kalt. Der Busch, so vermutete sie, würde sicherlich einen gewissen Schutz vor den Schneestürmen bieten, die von Zeit zu Zeit so erbarmungslos über die offene Prärie fegten. Nun aber blühten noch die späten Blumen, und Vögel flatterten um die Kutsche herum, als sie vorbeifuhren. Nur die allmählich aufkommende Abendkühle ließ ahnen, dass der bittere Winter bald vor der Tür stehen würde.

«Donnybrook», begann sie, «ich weiß, dass es zwischen den Armen des Saskatchewan-Flusses liegt.»

«Sisiskatchewan, so nennen die Indianer ihn. Er entspringt in den Rocky Mountains und fließt zum Lake Winnipeg, und so teilt er das Land auf ganz natürliche Weise ein in den Kanadischen Schild im Norden und die Prärien des Südens.» John Edwards klang selbst mehr wie ein Lehrer als wie ein Bewohner des Buschlandes – ja, mit seiner sonoren Stimme hätte er auch ein Professor sein können.

«Und hier», sagte John, «beginnt der Distrikt von Donnybrook-Wildrose.» Mit interessanten Bemerkungen führte er den Neuankömmling in die Welt der Farmen und ihrer Bewohner ein, an denen sie vorbeifuhren. Hier und da hatte man den Busch abgeholzt, gerodet und eine Hütte errichtet. An einem der Höfe winkte John einer schlanken jungen Frau zu, die sich beim Klang des vorbeifahrenden Wagens umgedreht hatte. An ihrer Seite tanzte ein kleines Mädchen herum, und hinter ihr wogte ein Meer von Hühnern, die sich alle nach dem Eimer in ihrer Hand ausstreckten.

In der Abgeschiedenheit des Busches wurde offensichtlich jedem, der vorüberkam, Beachtung geschenkt. Neugier und Einsamkeit brachten die Leute dazu, sich nach jedem Passanten umzudrehen. Die Freundlichkeit der Menschen und ihr Bedürfnis nach Kontakt ließen sie winken und grüßen.

Die Frau unterbrach ihre Arbeit, um zu winken, und die Hühner rasten gegen ihre Fersen, flatterten gackernd auseinander und formierten ihre Ränge wieder; dann marschierten sie wie in einer Parade über die Lichtung hinter der Frau her, mit ausgebreiteten Flügeln, wildem Gestrampel und gierigen Blicken.

Bald schon deutete John auf eine Farm, die zu den wohlhabenderen der Gegend zu gehören schien. Felder breiteten sich aus rund um ein großes, schmales, ungestrichenes Holzhaus, eine aus Holzbohlen gezimmerte Scheune und mehrere Nebengebäude.

«Zu Hause», sagte John nur.

Das Pferd lief schneller und bog automatisch in das Tor ein, wo es ganz offensichtlich sein Heim wusste.

Wer ein Haus im Buschland nicht durch die Küchentür betrat, der offenbarte sich sofort als Fremder. Ihm schienen nicht nur die Bewohner des Hauses unbekannt zu sein, sondern die ganze Kultur dieser Gegend schlechthin. Das Pferd jedenfalls kannte den Brauch und lief zur Rückseite des Hauses, wo es an der kleinen Veranda mit ihrer schützenden Überdachung stehen blieb. Johns Frau trat aus dem Schatten heraus. Ihr erstes Lächeln galt John.

Die Begrüßung durch Johns Frau zerstreute auch das letzte Unbehagen, das Kate bezüglich ihrer neuen Unterkunft verspürt hatte: «Willkommen in Donnybrook, Miss Mason», sagte sie, und ihr zweites Lächeln war ebenso herzlich wie ihr erstes. Die Hand, die sie der jungen Frau entgegenstreckte, um ihr vom Buggy herunterzuhelfen, war warm und ihr Griff fest. Sie hielt Kate die Fliegentür auf und geleitete das neue Mitglied ihres Haushaltes in die Küche, wo der Duft des Abendessens den freundlichen Empfang noch bekräftigte.

Mit einem Blick erfasste Kate die Katze, die zusammengerollt auf einem Teppichfetzen neben dem blitzblanken Herd lag, den Gewürzkuchen, der auf der Anrichte abkühlte, und im angrenzenden Raum einen Tisch mit einem weißen Tischtuch, der für vier Personen gedeckt war.

«John wird das Pferd noch ausspannen und in den Stall bringen», sagte Maggie Edwards, als sie ihrem Mann Kates Tasche abnahm. «Ich zeige Ihnen Ihr Zimmer oben.»

Die anmutige Frau führte Kate in einen engen Flur und eine Treppe hinauf. Im oberen Stock befanden sich zwei Türen. Durch die zweite trat Maggie ein und legte Kates Gepäck auf das mit weißen Tüchern bezogene Bett.

«Es ist wunderbar, Mrs. Edwards!», rief Kate aus, voller Dankbarkeit für die Helligkeit und Sauberkeit des kleinen Zimmers. «Ich werde mich hier wohlfühlen. Haben Sie vielen Dank …»

«Nennen Sie mich Maggie. Und wenn es Ihnen nichts ausmacht, werden wir Sie auch mit dem Vornamen ansprechen. Kathleen, nicht wahr?»

«Kate.»

«Die meiste Zeit wird man Sie mit Miss Mason ansprechen, fürchte ich. Das bringt der Beruf mit sich. Seien Sie froh, dass man nicht ‹Schwester› zu Ihnen sagt. Damit muss sich nämlich die Frau des Pastors abfinden. Dann also ‹Kate›.»

Kate unterdrückte den Impuls, die Frau, die sie gerade erst kennengelernt hatte, zu umarmen. Mit nur wenigen Worten und einem freundlichen Lächeln hatte sie Kate ermutigt und viele ihrer Befürchtungen zerstreut.

«In der unteren Schublade des Sekretärs befinden sich noch zusätzliche Decken», erklärte Maggie, ganz praktisch gesinnt. «Das Wasser im Krug sollte warm sein, und es gibt immer Nachschub im Wasserbehälter auf dem Herd. Ach ja», fügte sie hinzu und deutete auf ein kleines Gitter im Fußboden, «dies hier sollte morgens offen sein, damit Sie etwas warme Luft aus der Küche bekommen. Tagsüber ist es ja noch schön, aber die Nächte werden allmählich kalt.» Maggie Edwards lächelte und ging wieder an ihre Arbeit.

Kate trat ans Fenster, zog den Flockvorhang beiseite, schob das Fenster nach oben und lehnte sich hinaus. Tief atmete sie den besonderen Duft des Busches zusammen mit den vertrauteren Farmgerüchen ein.

Eine Bewegung an der Scheunentür zog ihre Aufmerksamkeit auf sich; aus dem Schatten dort hob ein Mann sein Gesicht zu ihr auf. Doch es war nicht John Edwards. Ein kleinerer Mann, dachte Kate, als die Gestalt hervortrat und sich lässig an die Seite der Tür lehnte. Er fing an, eine Zigarette zu drehen, und beobachtete dabei unablässig die junge Frau oben am Fenster.

Hastig zog Kate sich wieder zurück und ließ den Vorhang herunterfallen. Selbst aus dieser Entfernung konnte sie sehen, wie sich das Gesicht des Mannes zu einem Grinsen verzog, das Kate nur als hämisch bezeichnen konnte, und wie er arrogant mit den Schultern zuckte. Übertrieben heftig schloss Kate das Fenster.

«Was war das denn?», schnaubte sie. «Ein Hahn im Hühnerstall? Und dazu noch ein Zwerghahn!»

Im Dämmerlicht schüttelte sie ihre Kleider aus, hängte sie in den Kleiderschrank und legte die übrigen Dinge in die Schubladen des Sekretärs und auf das spitzenbesetzte Deckchen auf der Kommode. Bald würde eine Kiste mit Büchern, Unterrichtsmaterial und persönlichen Dingen wie Fotos, Erinnerungen an zu Hause und Winterkleidung ankommen.

Kate schob ihre Tasche unter das Bett und ging zur Treppe.

Die Tür zum anderen Zimmer stand offen, als sie vorbeiging, und sie konnte die hellen Teppiche, adretten Vorhänge und sauberen Bettdecken erkennen – ein gemütlicher, angenehmer Raum.

Als sie kurz stehenblieb, erblickte sie auf dem Nachttisch noch ein kleines, ovales Foto mit goldenem Rahmen, auf dem ein Kind zu sehen war. Über einer der Augenbrauen in dem hübschen Gesicht kringelte sich eine Haarsträhne zu einer auffälligen Locke; das Kinn trat etwas zurück unter den Lippen, die für einen Jungen ungewöhnlich schön waren.

Auf jeden Fall ist das nicht der Mann von der Scheunentür, entschied Kate und machte sich auf den Weg in die Küche.

Kapitel 4

«Kann ich helfen?» Kate trat aus dem dunklen Treppenhaus in die Küche.

«Setzen Sie sich ruhig auf den Stuhl neben dem Herd und ruhen Sie sich aus», antwortete Maggie Edwards. «Sie müssen müde sein, nachdem Sie den Großteil des Tages im Zug verbracht haben, ganz zu schweigen von der Kutschfahrt von Meridian hierher.»

Dankbar ließ Kate sich auf den Stuhl fallen. Sie kannte all die letzten Handgriffe, die ihre Gastgeberin nun dem Essen angedeihen ließ: Den Rinderbraten in Scheiben schneiden; sich wieder dem Herd zuwenden, dessen kräftige Hitze die Soße andicken ließ; duftende Brötchen aus dem heißen Ofen holen.

Mama und Rhoda machen wahrscheinlich gerade genau dasselbe, dachte Kate mit einem leichten Anflug von Heimweh.

Doch ihre Gedanken wurden sofort zerstreut, als die Tür aufging und John Edwards eintrat, begleitet von dem «Scheunentor-Mann».

«Miss Mason», sagte John, «das ist Gabriel Goss. Gabe – das ist Miss Mason, unsere neue Lehrerin.»

Die schmalen Augen des Mannes sahen seltsam schläfrig aus; und der Ausdruck seines glatten Gesichts war derselbe, mit dem er zu ihrem Fenster hinaufgesehen hatte. Selbst als er ihre Hand nahm, schienen seine Augen sie geradezu hypnotisieren zu wollen, wie eine Schlange ihre Beute fixiert, so dachte Kate.

«Sehr angenehm», murmelte er.

«Das Vergnügen liegt ganz allein auf Ihrer Seite», hätte

Kate ihm fast geantwortet. Sie gab sich innerlich einen Ruck und tadelte sich selbst für ihre seltsame Reaktion.

Sicherlich konnte der Mann keine Gedanken lesen, und doch schien sich sein Blick für einen Moment zu verhärten, und als sie versuchte, ihre Hand zurückzuziehen, schloss sein Griff sich umso fester.

Kate errötete; ihr wurde klar, dass sie ihre Hand nur mit einem Ruck würde befreien können. Und – war es möglich, dass dieser Mann ihre Hand streichelte? Und das, während John sich an der Spüle in der Ecke des Zimmers die Hände wusch und Maggie dicht neben Kates Ellbogen Wasser in den Teekessel füllte?

Ganz offensichtlich drückte dieser unmögliche Kerl ihre Hand auf eine ganz eindeutige Art und Weise! Mühsam – denn der Griff war für einen so schmalen Mann ungewöhnlich fest – konnte Kate ihre Hand befreien.

Unwillkürlich wischte sie ihre Handfläche am Rock ab. Ein kurzes Aufblitzen der schmalen Augen zeigte ihr, dass der Mann ihre Geste gesehen und verstanden hatte.

Kate folgte Maggie ins Esszimmer und fragte sich, ob der Blick des Mannes sich auf ihren Rücken heftete und seine Lippen sich zu einem Grinsen auf ihre Kosten verzogen.

John neigte den Kopf und sprach ein Dankgebet; währenddessen bekam Kate eine Gänsehaut und hatte den Verdacht, dass Gabriel Goss' schläfrige Augen ihr Gesicht auf ebenso merkwürdige Weise liebkosten, wie seine Hand die ihre gedrückt hatte.

Als er endlich seine Aufmerksamkeit dem Essen zuwandte, das herumgereicht wurde, und seinen eher kleinen Kopf über den Teller beugte, offenbarte er eine dünne, farblose Kopfbehaarung. Feine Falten rund um seine blassen Augen straften sein täuschend jugendliches Aussehen

Lügen. *Mindestens vierzig*, dachte Kate, *aber er möchte für jünger gehalten werden*.

Kate überlegte, ob ihre Sinne ihr einen Streich gespielt hatten bei dem, was in der Küche geschehen war, und ob überhaupt etwas geschehen war. Sie nahm ihre fünf Sinne wieder zusammen und fragte: «Stammen Sie aus Donnybrook, Mr. Goss?»

Es überraschte sie nicht, so etwas wie Ärger oder auch Belustigung in seinen Augen zu sehen – wenn auch nur für einen kurzen Moment. Seine Stimme klang schmeichelnd, als er antwortete: «Ich bin hier angestellt. John hat mich angeheuert ... so wie Sie auch.»

Es war nichts Ungewöhnliches, dass eine Farm Arbeiter beschäftigte, doch seine Antwort zielte darauf, sie aus der Fassung zu bringen. Kate senkte den Blick, um sich ihre Verärgerung nicht anmerken zu lassen, denn sie ahnte, dass ihm genau das gefallen würde.

John warf ihm einen scharfen Blick zu und unterbrach die peinliche Stille, indem er seine Planung für die Arbeiten der kommenden Woche darlegte. Währenddessen erklärte Maggie Kate: «Wir haben dort hinten eine kleine Hütte, in der Gabe wohnt. Normalerweise kocht er sich dort seine Mahlzeiten, doch bei besonderen Gelegenheiten lade ich ihn zum Essen ein ... wie zum Beispiel heute.» Maggies Lächeln sollte den Neuankömmling beruhigen.

Als Maggie aufstand, um Tee nachzuschenken, fiel das Licht der Lampe auf ihre Stirn und erleuchtete ihr Haar, das auf der einen Seite in einer ungewöhnlichen Locke herabfiel. «Haben Sie Kinder, Maggie?», fragte Kate spontan.

Maggies Hand zuckte, und sie verschüttete den Tee. Johns Stuhl fiel zu Boden, als er aufsprang und seiner Frau zu Hilfe eilte.

«Es ist … alles in Ordnung, John», murmelte Maggie. «Mir ist nur die Kanne aus der Hand gerutscht.»

Im darauffolgenden Durcheinander, als der verschüttete Tee aufgewischt, der Tisch abgeräumt, das Tischtuch entfernt und eingeweicht wurde, blieb Kates Frage unbeantwortet. Der Gewürzkuchen und neu aufgebrühter Tee wurden aufgetragen, doch die nachfolgende Unterhaltung drehte sich betont um allgemeine und oberflächliche Themen.

Als Maggie das Geschirr abwusch, bestand Kate darauf, es abzutrocknen. «Was Gabe betrifft», fragte Kate zögernd, «ist er von hier?»

«John hat ihn in P.A. – also in Prince Albert – kennengelernt. Er arbeitete dort auf einer Farm, war aber dabei, sich nach einer neuen Stelle umzusehen. Er ist … nun ja, er ist nicht sehr gesprächig, und wir sind nicht sehr neugierig gewesen. Also muss man sagen, dass wir nicht allzu viel über ihn wissen.»

Kate bemühte sich, den Mann mit seinen seltsamen Augen und Händen zu vergessen. Maggie, die sich über eine Kommodenschublade beugte, sagte mit gedämpfter Stimme: «John und ich haben keine Kinder, Kate. Ah, da ist sie …» Und sie tauchte mit einer neuen Tischdecke wieder auf.

Kate wollte gerade etwas antworten, da ging die Küchentür auf und Gabriel Goss trat ein, diesmal in gebügelten Hosen, einem frischen Hemd und einem Mantel mit Gürtel. Sein Haar war sorgfältig gekämmt und mit Öl frisiert, es lag glatt und ordentlich am Kopf an; der Duft von Lorbeerspiritus umgab ihn, und er hatte einen Hut in der Hand. Kate ahnte sofort, dass er ihretwegen vorbeigekommen war.

«Ich gehe zum Pfarrhaus», sagte er zu Maggie.

Zum Pfarrhaus! In Kates Kehle stieg ein Lachen auf, das sie nur mühsam unterdrücken konnte. Gabe blickte sie durchdringend an. Kate hustete und schaffte es, Maggie mit ernstem Gesicht anzusehen, als diese erklärte: «Es ist eine Zusammenkunft bei den Victors – unserem Prediger und seiner Frau. Sie haben Gabe extra eingeladen. Alle jungen Leute aus der Gegend werden dort sein …»

Das Lachen drohte wieder aufzusteigen.

«Wenn Sie mitkommen wollen …», sagte Gabe freundlich.

«Oh nein! Das heißt – ich kann leider nicht. Trotzdem vielen Dank.» Kates Absage kam stotternd, was sie wütend machte und Gabriel Goss zu gefallen schien.

«Nun gut», murmelte er, «vielleicht das nächste Mal.»

Er setzte vorsichtig seinen Hut auf und zog sich mit einer Verbeugung zurück, als verlasse er gerade den allervornehmsten Salon.

Maggies Blick war nachdenklich, als sie eine Lampe anzündete und sie Kate reichte, die noch ein «Gute Nacht und nochmals vielen Dank, Maggie» hervorbrachte und dann die Treppe hinaufstieg.

Im oberen Stock fiel das weiche Licht der Petroleumlampe durch die offene Tür von Maggies und Johns Schlafzimmer, erleuchtete mit seinem warmen Schein die einfache Einrichtung, dämpfte die hellen Farben und warf Schatten an die Wände.

Als der Schein sich weiterbewegte, fiel er auf den Nachttisch. Kate blieb stehen und runzelte fragend die Stirn – der Tisch war leer.

Das kleine goldumrahmte Bild war verschwunden.

Kapitel 5

Aus der Perspektive der Wildgänse, die in einer gestaffelten Formation über den weiten Himmel flogen, musste das kleine Gebäude wie ein Sammelpunkt aussehen. Vier Straßen trafen sich dort, und auf ihnen allen näherte sich ein Strom von Kutschen: Einspänner, Zweispänner, Zweisitzer, Fuhrwerke. Und um das Gebäude herum lagen Felder – in einem Flickenmuster wie die Patchworkdecke, die man auf einem Missionsbasar erstehen konnte: grün umrandet, verknüpft und gesprenkelt mit Häusern und Scheunen, zusammengenäht mit sauberen Reihen von Stoppelfeldern.

Die Herbeieilenden schritten vorsichtig über Pfützen, die der nächtliche Regen hinterlassen hatte, begrüßten Freunde und Nachbarn und unterhielten sich mit Sicherheit über das schöne Wetter und darüber, dass mit ein wenig Glück die Getreidepuppen, die schon im Sonnenschein vor sich hin dampften, trocknen würden und damit die Ernte abgeschlossen sei. Glück ja, aber auch der Segen des guten Gottes, fügten ein paar Leute hinzu, die Bibeln in ihren Händen hielten: Hände, die von den jeweiligen Aufgaben einer ganzen Arbeitswoche fleckig, verletzt, geschwollen, rissig oder dreckig waren.

Linn Graham hielt sich auf den Stufen des Schulhauses auf und reckte ihren Kopf mit den sonnengebleichten Haaren mit kaum verhohlenem Eifer zur südlichen Abzweigung des Weges hin. Dabei fragte sie sich, ob ihre Wangen wohl gerötet waren und ihre Augen allzu sehr glänzten, und betete, dass niemand es bemerken würde. Ihre nervösen Finger nestelten an ihrem Batist-Taschentuch herum, und mit einem Mal ging ihr auf, dass die daran angesetzte diskrete Spitzenborte ein kleiner Hinweis war auf die Prüderie, die ihr Leben bisher immer eingeengt hatte.

Und das kleine Gebäude hinter ihr, Schulhaus und Kirche in einem – das sie an jedem Sonntag ihres Lebens betreten hatte –, war das Herz all dessen. Doch genau wie die Spitzenborte beim Spiel in ihrer Hand zu einem Wirrwarr wurde, so wäre vor ein paar Stunden ihre sorgfältige Erziehung beinahe im Wirrwarr ihrer Gefühle untergegangen. Nun aber, beim Schein der Morgensonne, staunte sie, dass sie dennoch eine innere Grenze verspürt hatte, und dankte Gott – und den Gebeten ihrer Mutter – dafür.

Linns Aufmerksamkeit wurde durch die Ankunft eines Wagens abgelenkt, in dem eine Fremde mitfuhr, wahrscheinlich, so dachte sie, die neue Lehrerin. Ihre Vermutung bestätigte sich durch Alvin Trimble, der aus der Menge der beobachtenden Leute hervortrat und an die Seite des Wagens sprang, um dem Neuankömmling beim Absteigen die Hand zu reichen.

Die steife Sonntagskleidung wollte nicht so recht zu diesem mageren, eher schlichten, sonnengebräunten Mann passen. Doch seine Frau Dolly bestand darauf, dass er sie trug, denn ihrer Meinung nach entsprach dies seinem Status als Kirchenältester der Gemeinde und Mitglied des Schulausschusses. Dolly hielt sich dicht neben ihrem Mann und musterte die neue junge Frau mit kritischem Blick.

Nicht einmal Dolly, so dachte Linn, *könnte an dieser Frau etwas Anstößiges finden*. Denn die Lehrerin sah bescheiden und ordentlich aus und hatte ein hübsches, offenes Gesicht.

Mit der ihm eigenen Würde stellte Alvin Trimble sich vor.

«Und das», sagte er und nickte in Richtung der stämmigen Frau hinter ihm, «ist meine Frau Dolly.» Er schob zwei junge Frauen nach vorne und ergänzte voller Stolz: «Meine Töchter, Modesty und Charity. Und dort drüben», er zeigte auf die Schaukeln, «ist meine Jüngste, Harmony.»

Modesty und Charity lächelten, murmelten eine Begrüßung und gingen dann mit der neuen Dame zum Schulhaus. Charity erklärte – eher zurückhaltend, schien es Linn, die sie gut kannte: «Ich gehe immer noch zur Schule ... Ich habe ein Jahr verpasst wegen Rheuma ... Dies ist mein letztes Schuljahr ...»

Und als die Sechzehnjährige sich plötzlich beim Gehen herausfordernd in den Hüften wiegte, suchte Linn unwillkürlich nach dem Grund. Natürlich, da ging ein Mann hinter ihnen.

Gabriel Goss fing den Blick des Mädchens auf, und die schmalen Lippen in seinem glatten Gesicht zogen sich an einer Seite zu einem halben Lächeln nach oben. Eine ältere Frau hätte vielleicht das Selbstbewusstsein bewundert, mit dem Charity sich umdrehte und gluckste: «Hallo! Erinnern Sie sich noch an mich? Von gestern Abend?»

«Ah ja ... Charity», antwortete der Mann und beschleunigte seinen Schritt. Und das tat auch Dolly. Schon kurz danach befand sie sich mit Volldampf hinter ihren Töchtern.

Linn konnte nur froh sein, dass die Aufmerksamkeit der Gruppe, bei der sie genauso gut bekannt war, wie sie selbst Charity kannte, sich nun weg von ihr auf die kleine Szene richtete. Denn nur kurz danach kam ein Reiter über den Kamm auf dem südlichen Weg angaloppiert, und Linns Herz schlug bis zum Hals.

Sie drehte sich schnell um, floh in das Gebäude und mischte sich unauffällig unter die Leute, die sich in die kleinen Schulbänke zwängten oder sich auf den größeren Bänken an den Seiten des Raumes unter den hohen, schmalen Fenstern niederließen.

Linn sank auf ihren Platz; ihre Beine, sonst so stark und gelenkig, zitterten. Und in ihrem Kopf wirbelten lebhafte Erinnerungen herum an das, was in diesem Raum am Abend zuvor geschehen war: Ein Erlebnis, das sogar jetzt noch ihren Herzschlag in einem neuen, ungewohnten Rhythmus beschleunigte und ihre Gedanken auf den Mann richtete, der mit Sicherheit nun hinten im Raum Platz genommen hatte, wo üblicherweise die unverheirateten Männer saßen.

Sie dankte Gott inständig, dass die Wände nicht sprechen konnten, obwohl sie wusste, dass dies ein respektloses Gebet war.

Eine ungewohnte Schüchternheit hielt sie davon ab, sich umzudrehen und Abram Weatherbys Augen zu suchen. Sie war sich sicher: Wenn sie dies tat, würde sein Blick bedeutungsvoll auf ihr ruhen. Der bloße Gedanke ließ sie vor Freude zittern, doch dann folgte ein kleiner, unerwarteter Gewissensbiss (schließlich hatte sie ja ihre Prinzipien über Bord geworfen und war sehr unvorsichtig gewesen). Sie fingerte nach ihrem Taschentuch, das schon überstrapaziert worden war, und löste dabei ein weiteres Stück Naht auf.

«Wir wollen uns erheben.»

Bruder Victors Stimme übertönte ihren inneren Tumult. Unter viel Rascheln und Klackern erhob sich die Gemeinde aus ihren beengten Sitzen und öffnete die abgegriffenen Liederbücher an der angekündigten Stelle.

Auch wenn sein Anzug an den Knien und am Rücken vor Abnutzung glänzte und sein Hemdkragen und der Ärmelaufschlag schon einmal gewendet worden waren, erlangte der geistliche Leiter der Gemeinde allein schon durch seine Gewandtheit und Autorität das Gehör. Sein schmales Gesicht unter der Krone seines ergrauenden Haares sah aufrichtig aus, und sein Lächeln war warmherzig. Bruder Victor lebte schon lange genug in Donnybrook, um als Teil der Gemeinschaft angesehen zu werden, und er besaß den Respekt, wenn nicht sogar die Liebe der Menschen.

Die kleine Frau an der Orgel gab sich dem «Dienst» ebenso hin wie ihr Mann. Die Schlichtheit ihrer Kleidung fiel auf, begründet wahrscheinlich durch ihre feierliche Verpflichtung, dem biblischen Gebot zu folgen: «Seid ein Vorbild der Gläubigen.» Doch unter dem Rand ihres Hutes, den weder Band, noch Blume, noch Feder schmückten, wippte eine Locke ihrer hellen, schwindenden Haarpracht fröhlich im Takt ihrer kräftig die Bässe tretenden Füße mit. Und unter ihrem schicken blauen Rock aus Serge-Stoff schwangen die Hüften im Rhythmus des gesungenen Dreivierteltaktes. «Zeit der Bekehrung» sang Schwester Victor voller Inbrunst mit geschlossenen Augen und erhobenem Kinn, und ihre kleinen, ringlosen Hände schlugen dazu den Takt.

Ein Ruck ging durch die Versammlung, alle Augen wandten sich zur Tür und sahen zwei ältere Männer eintreten, fest untergehakt von Willie Tucker und Sarah Thrum. Die beiden Alten blieben einen Moment auf unsicheren Beinen stehen und genossen ganz offensichtlich das Aufsehen, das sie erregten, während die Leute sich gegenseitig etwas zuflüsterten. Warme Hände streckten sich ihnen herzlich entgegen, als sie sich bis zu den Plätzen durchschlängelten, die man für sie freigemacht hatte – aus Achtung vor dem Alter der beiden und aufgrund des seltenen Anlasses.

«Der gute alte Willie!», murmelten die Leute und drückten damit ihre Anerkennung für die geduldige Treue des Mannes gegenüber den beiden hilfsbedürftigen Alten aus.

Andere meinten, Hubert und Harry Runyon seien, seit Sarah und ihr Sohn sich um sie kümmerten, fast wieder menschlich geworden.

Der Junge, Simon, klammerte sich an seine beiden Groß-Großonkel wie ein Blutegel aus den Sümpfen von Saskatchewan und ließ sich stolz zwischen den beiden nieder. Dann schlug er in dem Gesangbuch, das man ihnen gereicht hatte, das Lied auf, das gerade gesungen wurde. Die Gemeinde beobachtete, wie Willie und Sarah sich einen gemeinsamen Sitzplatz suchten, und alle stießen sich mit den Ellbogen an und tuschelten: «Hab ich's nicht gleich gesagt?» Und: «Na, so was!» Dann wandten sie ihre Aufmerksamkeit wieder Bruder Victor zu.

Der Pastor, der nicht nur predigte, sondern die Gemeinde auch beim Singen anleitete, nickte den beiden Runyon-Brüdern anerkennend zu, wiederholte noch einmal die Nummer des Liedes und gab dann mit erhobener Hand den Takt an: «Gelobt sei das Ba-hand, das uns verbi-hindet ...» Seine kräftige Stimme erhob sich, die anderen stimmten ein, und dann schwoll der Gesang an und schwebte zur offenen Tür hinaus über den Busch – als Bekenntnis und Versprechen – und lud die zu spät Kommenden ein, sich dem Kreis der Verheißung anzuschließen.

Die Predigt, die folgte, war nicht weniger inbrünstig als der Gesang, doch Linn bemerkte es nicht. Die Stimme des Predigers ertönte mal laut, mal leise. Wo es passte, erhob er den Zeigefinger oder schlug mit der Faust aufs Pult, um dem Gesagten Nachdruck zu verleihen, aber Linn hörte weder den Schlag, noch verstand sie, worum es ging.

Unruhige Füße, in Sonntagsschuhe gezwängt, streiften über den gewachsten Boden, die Leute rutschten auf den Bänken hin und her, die nicht für Erwachsene gemacht worden waren, doch Linn bemerkte von all dem nichts. Sie war in einem Traum versunken, der Wirklichkeit geworden war, und durchlebte immer wieder die kurzen, atemlosen Augenblicke mit Abram Weatherby, vom Beginn des Abends, der nichts Besonderes gewesen war, bis zu seinem überraschenden Ende.

Und die Erinnerung daran war genauso schön wie die Wirklichkeit. Nach einer Nacht voll süßer Träume, einem etwas benommenen Frühstück und der Verrichtung der morgendlichen Aufgaben auf der Farm saß Linn nun genau an dem Ort, wo sich ihrem Gefühl nach ihr Leben in einer kurzen halben Stunde verändert hatte. Und Abram – der Grund für all das – saß nur wenige Meter von ihr entfernt! Linn hatte das Gefühl, das glücklichste Mädchen der Welt zu sein.

«Gelobt sei das Band, das uns verbindet», sang sie, und in ihren Augen war es ein Band, das sie zuvor nicht gekannt hatte und das sie unwiderruflich und aus freien Stücken mit Abram Weatherby vereinte.

Auf der anderen Seite des Ganges saß Kate Mason, auf einer engen Schulbank dicht neben dem drallen Mädchen, das gesagt hatte, es werde unter den Schülern sein, die sich schon morgen zum neuen Schuljahr versammeln würden. Auch Kate war mit ihren Gedanken woanders.

War es tatsächlich erst gestern gewesen, dass sie sich

von dem Zugfenster abwandte, wo ihr beschleunigter Atem einen kleinen Nebelfleck hinterlassen hatte? Dass sie in der Tasche nach ihrer Fahrkarte suchte, auf der als Ziel diese entfernte Gegend hier stand? Gestern – das schien eine Million Meilen und hundert Jahre weit weg zu sein.

In diesem Augenblick stand ein Pastor hinter dem verwitterten Pult, das als Kanzel diente; morgen würde *sie* hier stehen und ihre berufliche Laufbahn als Lehrerin beginnen.

Oh, Gott!, betete Kate inständig, recht verzweifelt und tief aufrichtig; sie hatte das Gefühl, in eine Falle geraten zu sein, die sie selbst gewählt hatte. *Bitte, hilf mir!*

Auch wenn die Gesichter der Menschen, die dicht gedrängt um sie herum saßen, freundlich waren, so waren sie doch fremd. Viele von ihnen beobachteten Kate heimlich, während sie in ihren abgegriffenen Gesangbüchern blätterten und nach dem nächsten Lied suchten. Über ihren Köpfen reichten auf jeder Seite des Raumes vier schlanke, hohe Fenster herunter. Von ihrem Sitzplatz aus konnte Kate nur die Wipfel der Bäume sehen, die bis dicht an den Zaun rings um den Schulhof reichten. Es war alles so fremd … so anders. Würde sie sich umgewöhnen können, von der Prärie an den Busch? Würde diese Umgebung jemals ihre Heimat werden? Und diese Fremden ihre Freunde?

Eines jedoch war für Kate ganz sicher: Der glattgesichtige, kaltäugige Mann mit dem unmöglichen Namen Gabriel Goss würde nie Teil ihrer Zukunft sein.

Der Klang des Harmoniums und der Gesang der Gemeinde ließen Kate aus ihren Träumen erwachen und brachten sie in die Wirklichkeit zurück:

«Wir teilen Freud und Leiden, die Lasten trägt keiner

allein», sangen sie. «Wir weinen auch miteinander, der Kummer uns alle vereint.»

Es war ein Choral, den Kate auswendig kannte. Mit einer kleinen Bewegung ihrer Schultern schüttelte sie das gestern Erlebte ab: die seltsamen neuen Ereignisse und Menschen, ihre ferne Familie, den Busch, der sowohl verlockend als auch bedrohlich war. Sie erhob ihre Stimme und mit ihr ihre Hoffnung auf ein verheißungsvolles Morgen.

Als der Segen angekündigt wurde, quietschten die Scharniere und knarrten die Bänke, während die zusammengepferchten Menschen aufstanden. Und nachdem das Amen verklungen war, schlurften die Füße, die eine solche Untätigkeit um die Mittagszeit herum nicht gewohnt waren, über den gewachsten Boden, und die Gemeinde bewegte sich zum Ausgang.

Linn Graham erwachte aus ihren Tagträumen und versuchte, durch das Gedränge der Menschen hindurch einen Blick auf Abram Weatherby zu erhaschen. Alvin Trimble zwängte sich vorbei, mit dem Kollektenteller in der Hand, und suchte sich eine ruhige Ecke, wo er das Geld zählen konnte – offenbar eine eher magere Spende, die nur für ein paar Kleinigkeiten reichte. Die eigentliche Unterstützung für den Pastor würde erst kommen, wenn die Fuhrwerke beladen mit goldenem Weizen in die Stadt gerollt waren, das Getreide verkauft war und die Gläubigen ihren Zehnten brachten.

Hin- und hergerissen zwischen ihrer Neugier über die Kollekte und ihrer ängstlichen Sorge um die Töchter schwankte Dolly Trimble unentschlossen vor Linn her, ihr

Körper steif in ihrer einengenden Kleidung. «Sie ist so unbeweglich wie ihr ganzes Denken unter ihrem strammen Haarknoten», pflegte Judd zu sagen; und meistens fügte er noch hinzu: «Diese Frau muss erst ihre Haarnadeln lösen, bevor sie blinzeln kann!»

Ihre Augen waren in diesem Moment jedenfalls weit aufgesperrt und stierten Charity an, die sich von Marc Szarvas belagern ließ. Mit seinem kräftigen, viereckigen Gesicht – ausländisch! –, seinem stämmigen Körper und seiner hartnäckigen Entschlossenheit war er mit seinen 24 Jahren bereit, sich auf einer eigenen Farm niederzulassen. Und wie es schien, hatte er ein Auge auf Charity geworfen. Linn, die ihn beobachtete, kam zu dem Schluss, dass er genau der Richtige war, um das aufsässige Mädchen in Schach zu halten.

Frustriert über Dolly, deren gepanzerte Gestalt ihr die Sicht versperrte, seufzte Linn, als Abram Weatherby sich den Weg durch die Tür nach draußen bahnte. Da bemerkte sie, dass die neue Lehrerin sie ansah und lächelte. Zögernd wandte Linn ihren Blick von dem sich entfernenden Rücken ab und stellte sich vor: «Ich bin Linn», sagte sie. «Linnet Graham. Ich wohne unten an dem Hügel, der hinter der Schule liegt. Das Schulgelände gehörte früher einmal zum Land meines Vaters.»

«Nun», lächelte Kate Mason, «dann werde ich dich wohl öfter sehen. Ich könnte mir vorstellen, dass ich manchmal die eine oder andere Hilfe brauche, und du wohnst am nächsten. Dies ist meine erste Stelle als Lehrerin, weißt du.»

Die Unterhaltung wurde unterbrochen, als weitere Leute aus der Gruppe, vor allem Mütter, die Lehrerin umringten, um sie kennenzulernen. Immerhin würde diese junge Frau mindestens ein Schuljahr in ihrer Mitte verbringen. Ihren zarten Händen würden sie die Aufsicht über ihre Kinder, deren Erziehung und kulturelle Bildung anvertrauen. Doch schon beim ersten Händedruck merkten sie, dass diese Hände durchaus fähig waren, und so gingen sie später mit erleichtertem Gesichtsausdruck weg.

Obwohl aller Augen kritisch und manchmal sogar ängstlich auf sie gerichtet waren, behielt Kate Mason ihre Fassung und Würde.

Sie wird es schaffen, urteilte Linn, denn sie hatte bemerkt, dass das Lächeln der Lehrerin herzlich und aufrichtig war, ihr braunes Haar und die dazu passenden Augen gesund glänzten und sie sich zurückhaltend kleidete.

Aber was wussten sie alle schon über Kleidungsstil? Ein oder zwei Mal im Jahr fuhren sie nach Prince Albert, um ihre begrenzten Mittel für persönliche Dinge auszugeben, und die wenigen Geschäfte füllten sich mit Farmersfrauen, die wie Linn vor allem darauf bedacht waren, das Lebensnotwendige anzuschaffen. Und das zu einem möglichst günstigen Preis. Sich anständig und vor allem warm zu kleiden, war die oberste Richtlinie.

In einem Anflug von Unzufriedenheit glättete Linn ihren schlichten, dunklen Rock über ihren schmalen Hüften und beschloss, dass sie das nächste Mal etwas nähen würde, das mehr der Mode aus den Zeitungen und den spannenden Zeitschriften entsprach, die ihr hauptsächlicher Zugang zur Außenwelt waren. Und selbst diese erreichten sie oft erst spät, nachdem sie durch viele Hände und zahlreiche Häuser gegangen waren. Vielleicht ein Rock aus rotem Borkenkrepp, mit Perkal-Leinen durchzogen und Krinoline dazwischen gewebt, unten mit Samt gesäumt und hinten mit einem neuen geflochtenen Band …

Dolly machte eine plötzliche Bewegung auf ihre Tochter zu, und Linn, nun wieder aus ihren Träumen aufgeschreckt, nutzte die Gelegenheit, an ihr vorbeizuschleichen. Sie folgte dem Gang zwischen den Bänken hindurch zum Eingangsbereich mit dem Schrank für die Esskanister, der zerkratzten Holztruhe und dem ungehobelten Bord, auf dem ein verzinkter Eimer stand mit der Schöpfkelle daneben.

Draußen kreischten die Kinder und spielten Fangen. Simon Thrum, so bemerkte Linn, war nicht mehr bei Hubert und Harry, sondern spielte für ein paar Augenblicke mit Corky und Cameron Rooney-Jameson. Simons schwierige Anfangszeit in Donnybrook gehörte der Vergangenheit an, doch Linn konnte sich noch an die Aufregung erinnern, die herrschte, als die Männer des Distrikts sich zusammentaten, um ihn aus den Händen eines Entführers zu befreien. Die Rettungsaktion war auch der Beginn der nun aufblühenden Liebe zwischen seiner Mutter Sarah und dem Junggesellen Willie Tucker gewesen. Linn gab sich den angenehmen Gedanken an eine solche Beziehung hin und wagte es, in sich hineinzuhorchen, ob sie nicht auch eine solche Sehnsucht für ihr eigenes Leben verspürte. Mit Sicherheit würde bald eine Hochzeit ins Haus stehen.

Die Familienväter brachten die Buggys und Fuhrwerke herbei, und mehrere junge Männer standen beim Tor herum und warteten ganz offensichtlich und mit dem Anschein des Zufälligen darauf, dass die Mädchen auf dem Weg zu den Kutschen hier vorbeikamen. Linn und Kate, die ihr nachgegangen war, blieben gerne stehen. Linn stellte ihr die jungen Männer vor, machte die Runde von einem zum anderen, bis sie schließlich *ihm* von Angesicht zu Angesicht gegenüberstand: «Und das ist Abram Weatherby.»

Linn wollte Abram unbedingt sehen, doch zugleich fürchtete sie sich davor. So wenige Worte hatten sie nur gewechselt, als er sie nach Hause fuhr. Ihre brennenden Lippen hatte er leichtsinnig geküsst und in ihr einen Tumult von Gefühlen entfacht, die von Kummer über Unglaube bis zur völligen Verzückung reichten. Sie fragte sich, ob all dies in ihrem Gesicht zu lesen war, während sie ihn nun ansah.

Doch als die jungen Leute unter der Mittagssonne standen und mit ein paar fröhlichen Sätzen, ein paar Fragen, Erklärungen und Gelächter die neu Angekommene in den Kreis ihrer Freundschaft aufnahmen, hatte Abram nur Augen für das neue Gesicht der jungen Lehrerin.

Es war Abram, der vortrat, als Kate zum Wagen der Edwards ging. Es war Abram, der ihr galant – ganz untypisch für ihn – hinaufhalf und ihre Hand länger als nötig in der seinen verweilen ließ. Und er war es auch, der ihr schließlich noch zuraunte: «Ich freue mich schon darauf, Sie wiederzusehen ...»

Abram sah dem Wagen nach, bis dieser über den Kamm des Hügels verschwunden war, und grinste dann die anderen Männer aus seiner Gruppe an. Sein Blick, der gleichgültig über Linn hinwegglitt, kühlte sie so plötzlich ab, als hätte er ihr eine Handvoll Schnee ins Gesicht geworfen. Ihr Herz stand für einen Moment still, ihre Erwartungen erloschen, und ein Gefühl des Kummers ersetzte die Vorfreude, die zuvor in ihr pulsiert hatte.

Sich oberflächlich mit Abram zu unterhalten, schien ihr unwirklich – wo ihr Mund doch noch den Geschmack seiner kräftigen Lippen wie Sirup zu schmecken schien. In seinem Blick nichts Besonderes entdecken zu können, schien ihr unglaublich – wo sie sich doch so lebhaft daran erinnerte, wie seine Augen in ihrer dunklen Tiefe geglüht hatten, dort im schwachen Licht, das durch die Fenster des Schulhauses gefallen war. Sich vorzustellen, dass sein

Herz ganz normal schlug, nachdem ihr eigenes in seinen Rhythmus eingestimmt hatte und ihr selbst jetzt noch bis zum Hals pochte, ließ sie glauben, sie befinde sich in einem Traum. Oder war alles vielleicht nur ein Traum gewesen? So fragte sie sich immer heftiger. Ein Traum ... oder sogar ein Albtraum?

Abram!, rief sie mit ihrer inneren Stimme, während er mit seinen Freunden scherzte, die die kleine Abschiedsszene sehr wohl zu deuten wussten. Doch wenn sein Herz sie hörte, so merkte man es seinem Gesicht nicht an.

Schließlich nickte und grinste er seinen Freunden zu, schwang sich in den Sattel und ritt mit einem munteren Lächeln davon. Der Wallach schlug mit den Hinterhufen aus; eine Geste, die wohl die Stimmung seines Reiters widerspiegelte.

Während sich alle ringsum miteinander unterhielten, stand Linn starr da wie in einem unwirklichen Nebel, voller Unsicherheit. Und als der letzte Buggy abgefahren und der letzte Abschiedsgruß zugerufen war, ging sie wie betäubt nach Hause.

Kapitel 6

Celia Graham legte den Schürhaken beiseite und schloss die Abdeckung des Kochherdes; dabei wischte sie sich mit dem Zipfel ihrer Schürze eine Schweißperle von der Oberlippe. Die Hitze hatte ihrem blassen Gesicht Farbe verliehen und täuschte so für ein paar Augenblicke über ihren schlechten Gesundheitszustand hinweg.

«Wie war der Gottesdienst?», fragte sie und wandte sich zur Tür, wo Linn gerade über die Schwelle trat.

«Gut.»

Celia hob die Augenbrauen, erstaunt über den wenig aussagekräftigen Kommentar. Linn, die wusste, dass ihre Mutter sie nur allzu gut kannte, fügte schnell hinzu: «Die Onkel waren da.»

«Hubert und Harry?» Celias Ton klang ungläubig. Dass Hubert und Harry, die für alle Welt nur die «Onkel» waren, im Türrahmen einer Kirche aufgetaucht sein sollten, das war in der Tat eine Neuigkeit.

«Ja», fuhr Linn fort, «und Simon ..., Simon ... wie heißt er doch gleich?»

«Thrum. Simon und Sarah, seine Mutter – du weißt doch, Linnie, sie sind nach Donnybrook-Wildrose gekommen, um sich um die Onkel zu kümmern.»

«Es hat eine Ewigkeit gedauert, bis sie sich endlich hingesetzt haben. Simon hat ihnen geholfen, die Brillen aufzusetzen und das Gesangbuch aufzuschlagen, während Hubert und Harry herumrangelten, allerdings ohne Worte, nur, indem sie am Gesangbuch herumzerrten.»

«Das ist typisch», sagte Celia sanft. «Ach, wie gern wäre ich auch dort gewesen! Vielleicht nächste Woche. Und die Predigt, Linnie?»

«Oh, die Predigt … sie war über …», fing Linn an zu stottern und merkte, dass sie wohl die ganze Zeit über in Gedanken versunken gewesen war. «Sie war über … Gott.»

Und als sie den verwirrten Gesichtsausdruck ihrer Mutter sah, fuhr sie rasch fort: «Und über Simson und Delila. Du weißt schon – sie hat ihm die Haare abgeschnitten …»

«Ich weiß genau, warum Delila Simson die Haare geschnitten hat», erwiderte Celia trocken. «Und soviel ich weiß, war es das Thema der Predigt vom letzten Sonntag.»

«Ach ja, und Dolly Trimble hat daraus abgeleitet, dass Frauen sich nicht die Haare schneiden sollten; obwohl ich nicht weiß, wie sie darauf gekommen ist, wo es doch um Simsons Haare ging …» Linn merkte, dass sie ins Plaudern geraten war, und versuchte, ruhiger zu sprechen. «Du hättest mal hören sollen, wie sie heute damit weitergemacht hat.»

«Die Predigt, Linn?», erinnerte ihre Mutter geduldig.

«Oh, Mama», gab Linn schließlich zu, «ich glaube, ich war mit meinen Gedanken nicht bei der Predigt. Charity hat die ganze Zeit geflüstert …» Linn hielt inne und erinnerte sich: «Ja, sie hat die ganze Zeit der neuen Lehrerin etwas zugeflüstert.»

«Ach ja, morgen geht ja die Schule wieder los!» Celia, die keinen regen Kontakt zu ihren Nachbarn mehr pflegen konnte und deshalb nur wenige Neuigkeiten aus der Gemeinde erfuhr, lechzte nach jeder kleinen Information, die etwas Abwechslung in ihren grauen, trostlosen Alltag brachte.

«Wie ist sie denn so, Linnie?»

«Ganz hübsch, denke ich, wenn man kleine, braune Zaunkönige mag.»

Celias überrascht geweitete Augen ließen Linn schnell

hinzufügen: «Sie ist wirklich nett, Mama. Du würdest sie mögen.»

Linn entfloh in ihr Zimmer, zog ihre gute Sonntagskluft aus, schnappte sich irgendein Kleid aus dem Schrank und knöpfte es mit nervösen Fingern zu. Die grünen Augen, die sie aus dem Spiegel über der Kommode ansahen, waren so dunkel wie nie zuvor – eine moosfarbene Mischung aus Gelb-, Braun- und Grüntönen, wie Wasser, von Sonnenlicht gesprenkelt, so dachte sie manchmal in ihrer Fantasie. Nun aber spiegelten sich Schmerz und Demütigung in diesen Augen ... und ein Hauch von Zorn.

Linn legte die Hände auf ihre erhitzten Wangen und versuchte, vernünftig über Abrams inakzeptables Verhalten am Morgen nachzudenken, das seinen stürmischen Umarmungen am Abend zuvor gefolgt war.

«Es muss doch eine Erklärung dafür geben», zwang sie sich zu denken und wartete, bis ihr Atem ruhiger und ihr Blick klarer geworden war.

Dennoch stocherte sie nur in dem Essen herum, das ihre Mutter zubereitet hatte. Schließlich fragte sie abrupt: «Stört es dich, wenn ich erst später abwasche?»

«Ich breite ein Geschirrtuch über die Sachen», bot ihre Mutter an und fragte dann mit besorgtem Blick: «Stimmt irgendetwas nicht?»

Linns Stimme klang selbst in ihren eigenen Ohren schrill, als sie antwortete: «Natürlich nicht! Was soll denn nicht stimmen? Ich bin nur müde. Die Party gestern, der stickige Schulraum heute Morgen ...»

«Leg dich doch eine Weile hin», schlug Judd vor. «Das mache ich jedenfalls. Ich hatte einen großartigen Abend.»

Judds Gesicht war fröhlich, als er ihr bedeutungsvoll zuzwinkerte. Doch Linn wusste, dass der Buggy am üblichen Platz gestanden hatte, als sie nach Hause kam. Zweifellos war Judds «großartiger» Abend im Vergleich zu ihrem nur wie Rauch zu Feuer gewesen. Oder war ihrer etwa auch nur Schall und Rauch?

Linn schauderte und hoffte inständig, ihre Mutter würde niemals herausfinden, dass sie so töricht gewesen war, mit Abram allein in das dunkle Schulhaus zu gehen. Selbst am helllichten Tag war es eigentlich undenkbar, so etwas zu tun. «Ein Techtelmechtel, das nur Probleme bringt», hätte ihre Mutter gesagt, oder Schlimmeres.

Der Gedanke daran, dass sie so indiskret gewesen und dass Abram am nächsten Tag so gleichgültig mit ihr umgegangen war, trübte das Erlebte und ließ es billig erscheinen, sogar in Linns Augen. Und wie würde es erst für ihre Mutter aussehen? Linn schauderte erneut.

Mit einem leisen Ausruf sprang sie auf und kündigte an: «Ich denke, ich werde in die Stadt ziehen und mir dort Arbeit suchen!» Ihr Ton war scharf, und ihre Worte waren eine Herausforderung.

Judd blieb der Mund offen stehen. «Was?», protestierte er, während Celias Gesicht sichtbar blasser wurde.

«Es steht doch nicht völlig außer Frage, oder?», beharrte Linn. «Marge ist schon dorthin gegangen und Leah auch, nachdem sie die Schule beendet hatten. Und ich habe die Schule schon seit zwei Jahren hinter mir. Hier gibt es keine Zukunft für mich – so viel ist sicher!»

Judd knallte seine Tasse auf den Tisch, so dass der Tee auf die Untertasse schwappte.

«Ich könnte bei Marge wohnen, bis ich Arbeit gefunden habe», fuhr Linn fort. «Wenn ich nichts anderes finde, könnte ich mich irgendwo als Hausmädchen verdingen!»

Celias ruhige Stimme unterbrach das verblüffte Schweigen, das auf Linns unerwarteten Ausbruch gefolgt war: «Denk in Ruhe darüber nach, Liebes. Wenn es das ist, was du *wirklich* tun willst, dann werden wir hier schon irgendwie zurechtkommen.»

Mit dem «Ich fasse es nicht!» ihres Bruders im Ohr und in dem Bewusstsein, dass die beiden ihr geschockt hinterherstarrten, verließ Linn das Haus und ging zu dem Versteck, das sie schon seit ihrer Kinderzeit aufsuchte.

Als Linn in das schattige Plätzchen mitten im Busch hineinstolperte, wusste sie schon, dass sie ihre Ankündigung, die aus einem verzweifelten Herzen kam und für sie selbst ebenso überraschend war wie für ihre Mutter und ihren Bruder, niemals würde verwirklichen können. Judd brauchte sie, nicht nur ihre Hilfe und ihre Arbeitskraft, sondern auch die Ermutigung, die sie ihm gab. Und Mutter – Linns Kehle schnürte sich zusammen –, nun, ihr immer schwächer werdender Zustand war beunruhigend. Niemals würden Celias gebrechliche Schultern die große Last eines Farmhaushaltes alleine stemmen können.

Ich bin gefangen, dachte Linn hilflos.

Das bunte Blätterwerk formte einen belaubten Tunnel über ihr, und zu ihren Füßen knisterte ein sich wandelnder rostroter und verbrannt gelber Teppich. Doch Linn hatte keine Augen für die Schönheit der Natur. Sie kroch an den vertrauten Platz, kauerte sich auf einen umgestürzten Baumstamm und ließ den Kopf auf die Knie sinken.

Mit geschlossenen Augen schlüpfte sie tagträumend noch einmal in Abrams Arme und fand es beim zweiten Mal genauso schön wie zuvor ... schön und bedeutungsvoll. Bis er ihr wieder diesen gleichgültigen Blick zuwarf und seine Augen, bar jeder Erinnerung, über sie hinwegglitten.

Linns schmaler Körper geriet beim Gedanken daran vor Schmerz ins Schwanken.

Dass sie ihr Herz so naiv verschenkt hatte! Dass sie geglaubt hatte, es bedeute Abram etwas, und dass sie selbst so warme Worte gefunden hatte: «Liebling!» Hatte sie ihm das tatsächlich zugeflüstert?

Überwältigt von Schmerz und Demütigung überhörte Linn die Schritte, die sich näherten, bis plötzlich eine männliche Stimme ein überraschtes «Hallo!» rief.

Linns Augen wanderten von den staubigen Stiefeln über die wohlgeformten Beine, die schmalen Hüften und die breiten Schultern zu dem markanten Gesicht mit den dunkelblauen Augen, deren freundliches Lächeln sich in einen Ausdruck von Sorge verwandelte.

«Ich hoffe, ich habe Sie nicht erschreckt», sagte Trapper Farley.

«Nein», brachte Linn mit belegter Stimme hervor, «das haben Sie nicht.»

Trapper Farley gehörte zu den Männern, die eine Frau und ihre Stimmungen durchaus verstehen konnten. Doch in diesem Fall brauchte man keine besondere Wahrnehmungsfähigkeit, um zu sehen, dass dieses Mädchen Sorgen hatte. Die beiläufigen Bemerkungen, die ihm schon auf der Zunge lagen, schienen ihm unangebracht, und so fragte er stattdessen: «Kann ich vielleicht helfen?» Doch er war nicht darauf vorbereitet, dass ein bitterer Zug ihre Lippen verzerrte und sie ihm die harsche Antwort gab: «Gehen Sie! Gehen Sie einfach!»

Doch Trapp zögerte. Hier war ein Mädchen, das ihm bei der Zusammenkunft abends aufgefallen war durch den lebhaften Ausdruck seiner vielfarbigen Augen und das angedeutete Lachen seiner schönen Lippen. Es tat ihm leid, sie nun so verletzt zu sehen. Natürlich hatte er nicht die Absicht, sich in irgendwelche Mädchen-Probleme verwickeln zu lassen, doch irgendetwas schien ihr große Sorgen zu machen, ihr vielleicht sogar Angst einzujagen. Und da er wusste, dass sie und ihr Bruder gemeinsam die Last ihrer Farm tragen mussten, hatte er Mitleid mit ihr.

Die junge Frau bemühte sich nun, vernünftig zu sprechen, doch ihre Lippen waren zusammengepresst, als sie sagte: «Glauben Sie mir, es ist alles in Ordnung. Ich wünschte, Sie würden sich wegen mir keine Umstände machen.»

Doch die weiße Linie um ihren Mund und ihre verkrampften Hände sprachen eine andere Sprache, und so setzte er geduldig nach: «Kann ich vielleicht jemanden für Sie holen? Ihre Mutter vielleicht?»

«Meine Mutter!» Ihr wildes Gelächter, ausgelöst durch irgendeinen grimmigen Humor, den er nicht verstand, ließen ihn zurückweichen. «Die letzte Person, die ich jetzt sehen will, ist meine Mutter!»

Und mit diesen Worten sprang das Mädchen auf die Füße, legte die Hand auf seine Brust und versetzte ihm einen heftigen Stoß. Dann fegte sie davon.

«Merken Sie nicht, dass Sie eine Grenze überschreiten?», rief sie ihm noch in bissigem Ton zu.

Trapper Farley beobachtete, wie der schlanke Rücken hinter der Wegbiegung verschwand und der Busch sie vor seinen Augen verbarg. *Nun, was hatte das wohl zu bedeu-*

ten?, fragte er sich nachdenklich. Er rief seinen Hund und folgte dem Weg, den das Mädchen eingeschlagen hatte.

Die Cooley-Farm – von der er hoffte, dass sie bald unter dem Namen Farley-Farm bekannt sein würde; denn er würde dort bleiben, egal wie sein Cousin sich entschied – grenzte direkt an das Land der Grahams. Zu beiden gehörte ein kleiner See, und an ihm entlang war Trapper Farley unterwegs gewesen, um das Gelände zu erkunden. Dabei war er auf das Land der Grahams geraten und hatte das Mädchen getroffen.

Ihr schroffer Kommentar, den sie ihm bei ihrem fluchtartigen Aufbruch an den Kopf geworfen hatte, war also berechtigt: Er hatte eine Grenze übertreten. Doch er bezweifelte, dass dies jemals irgendjemandem zum Vorwurf gemacht worden war. Die Felder und Wiesen durften jederzeit überquert werden; Tore und Türen waren unverschlossen. Nachbarschaftshilfe war in den Siedlergebieten ein Lebensstil. Es gab viele große und dringende Nöte und nicht selten auch Notfälle, und das schweißte die Menschen zusammen.

Die Worte der jungen Frau mussten also etwas anderes bedeuten, als dass er sich auf einem Grund und Boden befand, der ihm nicht gehörte. Er hatte irgendeine persönliche Grenze bei ihr überschritten, eine Privatzone, die sie verbissen verteidigte: *Bleib weg! Du bist ein Eindringling!*

Als Trapp die Lichtung betrat, auf der der Hof der Grahams lag, kam Judd gerade aus der Scheune und winkte ihm zu.

«Ich hoffe, ich überschreite hier keine Grenze», sagte Trapp, als sie zusammentrafen, und dachte dabei an den Vorwurf, den das Mädchen ihm so zornig an den Kopf geschleudert hatte.

Judd räusperte sich und schüttelte die Hand, die sein neuer Nachbar ihm entgegenstreckte.

«Ich habe gehört, es ist Brauch, Ihr Gelände zu durchqueren, wenn man zu unserem will», sagte Trapp, «anstatt die Straße außenherum zu nehmen.»

«So ist es immer gewesen», stimmte Judd zu und ergänzte mit trockenem Humor: «So erreichen Sie die meisten Teile der zivilisierten Welt am schnellsten. Wie zum Beispiel Meridian.»

Trapp Farley nickte lächelnd. Er wusste, dass sich von seiner Farm aus das unberührte Buschland ununterbrochen bis zum Saskatchewan-Fluss erstreckte.

«Es tut mir leid, dass ich Sie noch nicht besucht habe», entschuldigte sich Judd. «Wie kommen Sie zurecht?»

«Ziemlich gut, denke ich», antwortete Trapp. «Abgesehen von der Hütte. Was für ein Durcheinander!»

«Es hat lange keiner mehr darin gewohnt.»

«Und das merkt man – Mäusespuren, Getreidesäcke, es gibt sogar ein oder zwei Vogelnester. Boyd und ich sind es zwar gewohnt, nicht gerade im Luxus zu leben, doch es wäre nett, wenn die Wohnung sauber wäre, zumindest sauberer, als wir sie bisher hinbekommen haben. Ein paar Risse haben wir gestopft und Ritzen abgedichtet, einmal gründlich durchgefegt, aber zu mehr sind wir noch nicht gekommen. Nur eingezogen und Koffer ausgepackt.»

Judd nickte verständnisvoll und stimmte zu, dass das Junggesellendasein, gelinde gesagt, nicht immer spaßig war. Dazu noch in einer so abgelegenen Hütte.

«Sie werden kaum die Zeit haben, Dinge im Haus zu erledigen, so viel ist sicher. Nicht wenn man draußen noch dermaßen viel zu tun hat, bevor der Schnee kommt.»

«Wir müssen noch ein gutes Gespann finden», sagte

Trapp. «Unsere Ponys sind für die Farmarbeit zu schwach. Wir brauchen eine Milchkuh oder zwei und eine Sau zum Züchten. Hühner und Puten und so weiter werden wohl bis zum Frühjahr warten müssen, nehme ich an. Und der Garten – dafür ist es dieses Jahr schon zu spät. Wir werden uns diesen Winter also über den Laden in Meridian versorgen müssen. Was wir jetzt im Moment gut gebrauchen könnten», schloss Trapp nachdenklich, «wäre eine Haushaltshilfe, damit wir die Hütte in Schuss bekommen. Haben Sie eine Idee?»

«Meine Schwester könnte helfen», sagte Judd, setzte aber sofort hinzu: «Allerdings könnte es sein, dass sie in die Stadt zieht.»

«Ich würde sie auf keinen Fall damit belasten», beeilte Trapp sich zu sagen.

«Berry Lille käme vielleicht in Frage.»

«Berry Lille?»

«Sie kennen die Lilles noch nicht? Sie sind zur Hälfte Indianer, wissen Sie. Sie leben nördlich von Ihnen, gerade um den See herum auf der anderen Seite von Ihnen. Wenn man das einen See nennen kann», grinste der junge Mann. «Sumpfig und voller Blutegel. Trotzdem sind wir darin geschwommen, als wir jung waren. Berry auch.»

«Er ist immer noch sehr jung», dachte der ältere Mann im Stillen und betrachtete das frische junge Gesicht, das so offen und freundlich war und über dem doch der Schatten der Verantwortung lag, die er seit dem Tod seines Vaters trug. Laut fragte er: «Wie kann man an diese – Berry heißt sie? – denn herankommen?»

«Ja, Berry. B E R R Y. Aber an sie herankommen kann man nicht.» Ein Grinsen blitzte in Judds sonnengebräuntem Gesicht auf und ließ seine Zähne weiß aufleuchten. «Nicht dass ich es je versucht hätte, wissen Sie, aber andere Jungs haben es. Und das sollte man lieber lassen, es sei denn, man ist Löwenbändiger.»

Trapp ging nicht weiter auf seine eigenen Fähigkeiten oder sein Versagen im Zähmen von Tieren ein, und so fuhr Judd fort: «Nun ja, wie auch immer: Folgen Sie einfach dem Seeufer von Ihrem Land aus bis zu ihrem, wenn Sie zu Fuß gehen, oder nehmen Sie die Straße, die bei Ihnen vorbeiführt, wenn Sie fahren. Sie kommen auf jeden Fall dort vorbei. Es wohnt sonst keiner mehr in der Gegend.»

Trapper Farley dankte seinem jungen Nachbarn, schüttelte ihm die Hand und wandte sich zu dem Weg, der durch das offene Tor im Zaun zwischen den beiden Farmen führte. Wenn er zurückgeschaut und es ihn interessiert hätte, so hätte er beobachten können, wie an einem der Fenster im Haus der Grahams ein zurückgezogener Vorhang wieder herunterfiel.

Kapitel 7

Nach ihrem Ausbruch gegenüber Trapper Farley war Linn, voller Verzweiflung über Abrams unverständliches Verhalten, zu Bett gegangen und hatte vor sich hingebrütet, bis sie schließlich in einen tiefen Schlaf des Vergessens sank. Nur mit Mühe konnte sie sich am Morgen zum Aufstehen zwingen.

Unten in der Küche stellte sie fest, dass Judd ihr zuvorgekommen war und das Feuer im Herd angezündet hatte, bevor er in die Scheune ging. Unwillkürlich zog sie den Teekessel auf die vordere Herdplatte, goss Wasser für den Haferbrei in eine Schüssel, griff nach einem Laib Brot und fürchtete sich vor dem vor ihr liegenden Tag und ihren deprimierenden Gedanken.

«Ich übernehme das.» Celia kam blass und mit geschwollenen Augenlidern in die Küche und nahm ihrer Tochter das Brot aus der Hand. Sie begann es in Scheiben zu schneiden, passend für das Drahtgestell zum Toasten, das sie auf den Herd gesetzt hatte. «Es geht mir gut», sagte sie aufmunternd und betrachtete Linns Gesicht. «Und du hast genug anderes zu tun.»

Celia fuhr fort, die übliche Morgenmahlzeit zuzubereiten, und Linn ging, den leeren Eimer in der Hand schwingend, nach draußen zum Brunnen; sie stapfte lustlos durch das Queckengras, auf dem Tautropfen wie Juwelen glitzerten, so dass der ganze Hof in der Morgensonne in einem blendenden Schimmer lag.

«Hey!», rief Judd aus der Scheunentür. «Lass den Eimer doch stehen, ich mach das schon!»

Doch als seine Schwester keine Anzeichen von sich gab, dass sie ihn gehört hätte, zuckte Judd nur mit den Schultern, zog den Kopf ein und ging wieder zu seinen Kühen zurück.

Der Eimer fiel aus Linns Hand und taumelte den engen Schacht hinunter, platschte ins Wasser, füllte sich und verschwand. Tropfend wurde er wieder an die Oberfläche gezogen und über den Brunnenrand gehievt, wobei das eisige Wasser auf Linns bloße Füße schwappte – kaum kälter als das eisige Gefühl, mit dem sich ihr Herz zusammenkrampfte.

Als sie sich wieder dem Haus zuwandte, fiel ihr Blick auf den Hügel mit dem sonnenüberfluteten Schulhaus, und sie fragte sich, ob die Frau, die neu in den Distrikt gekommen war, ahnte, welche Turbulenzen sie ausgelöst hatte. Doch Linn konnte Kate Mason keine Schuld daran geben.

Abram jedoch – schmerzlich durchlitt sie noch einmal jene Szene: Wie sie, Linn, ihm verzückte Blicke zugeworfen hatte (sie wand sich bei dem Gedanken); und wie er, Abram, sie nicht beachtete, sondern nur Augen für ... für jemand anderen hatte.

Die Romane und Zeitschriften waren voll von dramatischen Geschichten über die Frau, die geliebt und dann verstoßen wurde. Oh, wie konnte Abram nur ein so falsches Spiel mit ihr treiben! Denn ein Spiel war das Ganze für ihn, so viel ahnte sie inzwischen. Doch hier in diesem abgelegenen Teil der Welt sollte die Liebe doch ernst genommen werden.

Linn biss die Zähne zusammen, und so ging es den ganzen Tag über weiter, immer zwischen Verzweiflung und Hoffnung, zwischen Niedergeschlagenheit und Optimismus. Sie nahm den Eimer, machte sich wieder zum Haus auf und widmete sich den Aufgaben, die der Montag so mit sich brachte.

Judd stellte die Waschzuber auf, bevor er an die Feldarbeit ging, und goss heißes Wasser hinein. Linn krempelte die Ärmel hoch, packte den Griff des verzinkten Wäschestampfers und nahm die erste Ladung Wäsche gnadenlos in Angriff.

«Mach langsam, Linnie», warnte Celia, während sie noch eine Handvoll Seifenraspeln in den Zuber warf, «mit dem Tempo hältst du kaum den ganzen Tag durch.»

Linn blies sich eine Haarsträhne aus dem Gesicht und verdoppelte ihre Anstrengungen. Immerhin fand sie einen gewissen Trost darin, dass ihr Körper sich dagegen auflehnte, denn das lenkte sie von ihrem gebrochenen Herzen ab.

Doch am Nachmittag, als sie einen Armvoll Wäsche abhängte, die von Sonne und Wind weich getrocknet worden war, wurde ihre Aufmerksamkeit wieder zum Hügel gelenkt, durch das Johlen der Kinder, die aus dem Schulhaus kamen. Einen Moment lang schien ihr Herz stehen zu bleiben. Ein wohlbekannter Buggy stand dort, und die Stute war an den Zaun angebunden. Mitten am Nachmittag eines arbeitsreichen Tages während der Erntezeit befand Abram Weatherby sich im Schulhaus – und es war noch jemand bei ihm.

Wie benommen bückte sich Linn wieder über den Wäschekorb. Da fiel ihr Blick auf eine spät blühende Rose zu ihren Füßen; sie war im Dornengewirr einer Distel gefangen. Das Unkraut umklammerte die kräftige Blüte in einer Umarmung, die Linn in diesem Augenblick fast schon unanständig erschien. Irgendwo tief in ihrem Inneren fühlte Linn einen Zorn aufsteigen, mit dem sie nicht gerechnet hatte und den sie auch nicht verstand. Ohne auf Disteln und Dornen zu achten und ohne Rücksicht auf die Wunden, die ihre Hände und die zarte Haut ihrer Handgelenke erleiden würden, riss sie die Anstoß erregende Gänsedistel mitsamt den Wurzeln heraus und schleuderte sie mit einer Geste der Abscheu in den Busch. Danach fühlte sie sich auf eine seltsame Weise erleichtert.

Celia beobachtete die kleine Szene verwundert vom Küchenfenster aus.

«Ach, wenn es doch nur so einfach wäre!», klagte sie und ließ den Vorhang wieder herunterfallen. «Herr», betete sie wie schon so oft, «hilf meinem Mädchen! Lass nicht zu, dass sie verletzt wird.»

Doch wenn der gute Gott Gebete nicht rückwirkend erhörte, dann kam diese Bitte wohl zu spät. Ganz offensichtlich war Linnie schon zutiefst verletzt.

Als das letzte Kind mit seinem Esskanister mit eingeritztem Namen in der Hand aus der Tür getrappelt war – die gleichen Deckeleimerchen, die alle anderen hatten und in denen «Golden Syrup» verkauft wurde –, ließ Kate sich auf den Stuhl an ihrem Pult sinken.

«Einen Tag überstanden! Und noch zweihundertundwieviele vor mir?»

Alles in allem war es kein schlechter Tag gewesen. Zwei Dutzend Kinder aller Größen und Altersgruppen hatten ihr gezeigt, wie höflich man sich hier im Hinterland benahm. Die Menschen in den Siedlergebieten nahmen es mit der Schulbildung ernst. Die Schule von Donnybrook-Wildrose war schon erbaut worden, noch bevor die letzten Häuser des Distrikts fertig waren, und das erste Gebäude, ein Blockhaus, war durch ein Fachwerkhaus ersetzt worden, während ringsum immer noch Blockhäuser errichtet wurden. Anfangs kamen die Kinder nur während der Sommermonate zur Schule, da sie für die weiten Wege in den kalten Wintern nicht ausgerüstet waren. Doch inzwischen fand der Unterricht regelmäßig statt. Es kam selten vor, dass Kinder von der Schule ferngehalten wurden, um auf der Farm mitzuhelfen.

Kate war gerade dabei, die Tafel zu wischen, als sie das Geräusch eines Pferdes mit Buggy hörte.

«Oh, nein!», stöhnte sie.

Als sie am Morgen, beladen mit Unterrichtsmaterial, zur Schule aufbrach, fuhr Gabriel Goss mit dem Buggy vor und verkündete mit einem kühlen Lächeln, John Edwards hätte angeordnet, dass Kate an ihrem ersten Tag zur Schule gefahren werden sollte.

Da hatte sie keine andere Wahl. Doch es waren unangenehme zwei Meilen, bei denen Gabriel ständig sein Knie gegen das ihre presste. Schließlich verlor Kate die Geduld und positionierte ihren Esskanister so auf ihrem Schoß, dass der nächste listige Annäherungsversuch des Mannes an der Gegenwart des Blechkanisters scheiterte.

Gabriels Gesicht wurde unter seiner gebräunten Oberfläche puterrot, und seine Augen hatten ein beunruhigendes Glitzern. Trotzdem sagte Kate, als sie schließlich vom Buggy herabsprang und ihre Materialien einsammelte: «Das nächste Mal möchte ich dann lieber zu Fuß gehen, Mr. Goss. Sie brauchen mich nicht abzuholen.»

Nun stand sie mit dem Rücken zur Tafel und wartete.

Doch um die Ecke erschien kein glattblonder, sondern ein schwarzer Haarschopf – dichtes, schwarzes Haar über gepflegten Zähnen und einem sonnigen Lächeln. Kate erkannte sofort den aufmerksamen jungen Mann wieder, den sie am Tag zuvor nach dem Gottesdienst getroffen hatte.

«Ach, hallo! Mr. Weatherby, nicht wahr?»

«Abram.» Abram sprang in den Schulraum und kam rasch nach vorne. «Ich habe Ihnen ja gesagt, dass ich Sie bald wiedersehen würde. Und hier bin ich … und sehe Sie.» Sein Blick verriet Kate, dass ihm das, was er sah, sehr gefiel.

«Abram …», sagte Kate kühl, «was kann ich also für Sie tun?»

«Es geht mehr darum, was ich für *Sie* tun kann!», erwiderte der junge Mann dreist. «Nämlich Sie nach Hause fahren.»

Kate öffnete den Mund, um zu erklären, dass sie lieber zu Fuß gehen wollte.

«Sie müssen nach Ihrem ersten Tag müde sein», sagte Abram mit schmeichelnder Stimme. «Ich fahre sowieso in Ihre Richtung. Sie werden also Ihre Schuhe schonen … und … und …» Als ob er eine plötzliche Erleuchtung gehabt hätte, fuhr er fort: «Und ich kann Ihnen alles über Donnybrook erzählen – die Flora und Fauna. Dies zum Beispiel», sagte er und zeigte auf einen Blumenstrauß auf ihrem Pult, «sind Goldruten.»

«Ich kenne Goldruten», erwiderte Kate und musste gegen ihren Willen lächeln. «Und ich kenne Rosen.»

«Jaja, aber kennen Sie auch Asklepias?»

«Asklep…»

«Seidenblumen! Sehen Sie, was ich Ihnen jetzt schon beigebracht habe? Und es gibt noch viel mehr, was ich Ihnen beibringen kann.»

Kate rang nach Luft, doch das fröhliche Gesicht vor ihr schien so voller Freude, dass sie schließlich nachgab und Abram gestattete, ihre Unterlagen einzusammeln. Danach fuhr sie mit ihm nach Hause und lachte mehr, als sie sonst in ihrem ganzen Leben in einer knappen Stunde gelacht hatte.

In der Luft des frühen Morgens lag das würzige Aroma des Busches und der Felder, als Trapper Farley das Tor zur Lille-Farm öffnete, wieder aufs Pferd stieg und gemächlich den engen Weg hinaufritt. Der bevorstehende Winter ließ sich noch einmal von der spätsommerlichen Sonne verführen.

Wie viele Tage wie diesen wird es wohl noch geben?, fragte Trapp sich, und das erinnerte ihn daran, wie dringlich sein Anliegen war, das er hier auf der Farm der Familie Lille vorbringen wollte.

Das Bellen des Hundes ließ einen Mann auf der Veranda erscheinen, die an das Blockhaus angebaut war: «Steigen Sie doch ab und kommen Sie herein», lud er seinen Besucher ein, als Trapp näher kam. Die Stimme des Mannes klang resonant und kehlig, und sie kam aus einem pockennarbigen, mächtigen Gesicht mit tiefliegenden Augen, die über den breiten Wangenknochen blinzelten. Die braune Hand, die der Mann ausstreckte, war rissig und schwielig. «Ich bin Joe Lille.»

So nahe waren sie am Ort der entscheidenden Schlacht von Batoche gelegen, dass Trapper die Frage durch den Kopf schoss, ob Joe Lille wohl in dem noch nicht lange zurückliegenden Aufstand unter Louis Riel teilgenommen hatte, als die Métis – Mestizen, die Nachfahren sowohl von Indianern als auch von Weißen waren und somit auch beide Lebensstile übernommen hatten – sich bei keiner der beiden Gruppen mehr zu Hause fühlten, die neue Ära herausforderten und verloren. In der Folge hatten viele von ihnen sowohl den Stolz, der ihnen noch geblieben war, als auch ihren Besitz eingebüßt und hatten sich in den Norden zerstreut, in das Gebiet des Peace River, oder sogar nach Süden in die Vereinigten Staaten. Andere hatten in aller Stille den Kampf aufgenommen, sich gemeinsam mit den ins Land strömenden Einwanderern niederzulassen. Überraschenderweise wurden sie mit nur wenig Misstrauen aufgenommen.

Die Rebellion hatte jedoch auch gewisse Erfolge erzielt. Die wachsende Bedeutung der Nordwest-Territorien wurde zunehmend anerkannt. Nun, als die Jahrhundertwende bevorstand, wurde deutlich, dass sie eine eigene, starke Regierung brauchten. Bald schon, so glaubte man, würde das große Gebiet zwischen Manitoba und British Columbia in die beiden sich selbst verwaltenden Provinzen Alberta und Saskatchewan aufgeteilt werden.

«Ich bin Trapper Farley, Ihr neuer Nachbar», erklärte Trapp und folgte dem kräftigen Mann in das kleine Haus. Hier schüttelte ihm Ruby Lille die Hand, eine gemütliche, etwas pummelige Frau. Sie deutete auf einen Stuhl mit gerader Rückenlehne, der neben dem Tisch stand, und wandte sich dann zum Herd. Sie schenkte eine Tasse Kaffee ein, stellte sie vor ihren Gast und schob ihm Sahne und Zucker hin.

«Danke», sagte Trapp mit einem warmen Lächeln. «Mein Cousin Boyd und ich sind Junggesellen ... und unser Kaffee lässt sehr zu wünschen übrig. Es tut mir leid, dass ich Sie schon so früh am Morgen störe», fuhr er fort und kam gleich zur Sache: «Wir befinden uns in einer etwas misslichen Lage. Wir haben zu viel zu tun ... und zu wenig Zeit. Judd Graham hat mir empfohlen, mich an Sie zu wenden.»

Als sich leise Fußschritte näherten, drehte Trapper Farley sich um, fast als ob er es erwartet hätte.

«Dies ist unsere Tochter Berry.»

Wer konnte es der Mutter verdenken, dass ihre Stimme

von Stolz erfüllt war? Denn das Mädchen war hübsch. Sie bewegte sich durch den Raum mit der Geschmeidigkeit eines wilden Tieres, eines jungen Rehs vielleicht. Einen Moment lang stellte Trapper Farley sich vor, dass sie vom Duft der Wildnis umgeben sein müsste.

Doch rasch schüttelte er diese Fantasien ab, nickte dem Mädchen zur Begrüßung lächelnd zu und wandte sich dann wieder an Ruby: «Er – also Judd – meinte, Sie wüssten jemanden, der uns im Haus helfen könnte. Wir würden natürlich dafür bezahlen.»

Ruby Lilles Augen wanderten zu Berrys Gesicht. Das Mädchen schaute mit unergründlichem Blick aus dem Fenster. Es war still im Raum; irgendwo gackerte eine Henne. Der Hund auf der Veranda klopfte mit dem Schwanz auf den Boden.

Schließlich räusperte sich Trapp und sagte: «Machen Sie sich keine weiteren Gedanken um uns. Wir werden schon jemanden finden.»

«Ich werde kommen.» Berrys Stimme war leise und musikalisch – wie ein singender Vogel, wie rauschendes Wasser und raschelnde Blätter. Wieder musste Trapper Farley seine Gedanken unter Kontrolle bringen.

Ohne weitere Umschweife traf er die notwendigen Absprachen, lehnte eine zweite Tasse Kaffee ab, drückte seinen Dank aus und erhob sich zum Gehen. Berry würde ihm gleich nachkommen und dann jeden Tag da sein, bis die Arbeit abgeschlossen und das Haus sauber und bewohnbar war.

Bevor der Buggy der Lilles in den Hof fuhr, zündeten die Farley-Cousins ein kräftig loderndes Feuer im Herd an und stellten einen Kupferkessel mit Wasser auf die rostige Herdplatte. Rasch versuchten sie noch, Ordnung in ihre Habseligkeiten zu bringen, sie wuschen das schmutzige Geschirr ab und stellten es umgekehrt zum Abtropfen auf ein Handtuch.

«Bist mir ein schönes Waschweib», brummelte Trapp. «Sieh dir mal die Farbe dieses Handtuchs an!»

«Es hat dieselbe Farbe wie dein Sonntagshemd», sagte sein Cousin nachdenklich. Trapps Entgegnung wurde durch das Geräusch einer nahenden Kutsche unterbrochen.

Während Boyds Cousin vorausging, um das Mädchen zu begrüßen, blieb er selbst im Schatten der Veranda stehen. Die junge Frau sprang leichtfüßig herunter und holte eine Kiste mit Putzsachen vom Sitz des Buggys. Ihre Bewegungen, so dachte Boyd, waren so geschmeidig wie die der Katze, die um seine Beine strich.

«Warten Sie», rief er und trat aus dem Schatten. «Lassen Sie mich das tragen.»

Ihre Augen, mit denen sie ihn nun ansah, waren so schwarz wie das Haar, das wie ein seidener Wasserfall über ihren Rücken fiel.

«Ich bin Boyd Farley, Trappers Cousin.» Boyd führte sie in die Hütte und war, als er sich nach ihr umdrehen wollte, fast überrascht darüber, dass das Mädchen direkt neben ihm ging. Ihre dunklen Augen begegneten den seinen. Ihr Blick, so dachte er, war so klar und unerschrocken wie der … der Katze.

«Sie sehen sich sehr ähnlich», sagte sie mit ihrer leisen Stimme, «Sie und Ihr Cousin.»

«Das sagen alle Leute. Unsere Eltern waren Geschwisterpaare, die sich gegenseitig geheiratet haben – so erklärt sich das. Allerdings sind wir trotzdem sehr unterschiedlich. Zum einen», und hier grinste der hochgewachsene Mann, «habe ich kein so gutes Benehmen wie Trapp.»

«Also ich», sagte das Mädchen ruhig, «kann mich sehr wohl gut benehmen.»

Einen Augenblick später war sie schon bei der Arbeit. Boyd, dem vor Überraschung der Mund offenstand, wandte sich zur Tür und stellte fest, dass sein Gesicht sich in ungewohnter Weise gerötet hatte.

«Donnerwetter!», sagte er mit einem gewissen Unterton, als er und Trapp sich auf den Weg zur Scheune machten. «Ich glaube, sie weiß gar nicht, dass ich die Bemerkung gar nicht ernst gemeint habe. Nun ja», fuhr er mit einem erneuten Grinsen fort, «dann muss ich wohl versuchen, meinem Ruf gerecht zu werden.»

Sie stellten fest, dass es befremdlich war, bei einem so jungen Menschen ein solches Selbstvertrauen anzutreffen, denn das Mädchen schien erst sechzehn oder siebzehn zu sein. Bei Berry hatte man das Gefühl, dass sie für ihr Alter zu erwachsen wirkte und zu weise.

«Sie erinnert mich an einen Weiher», bemerkte Trapp nachdenklich, «an einen sehr stillen Weiher.» Und nach einer Weile fuhr er fort: «Ich frage mich, ob es einem gelingen kann, hier ein paar Wellen hervorzurufen.»

«Man könnte es keinem Mann verdenken, dass er es zumindest versucht», antwortete Boyd gefühlvoll. «Aber», fügte er mit einem dramatischen Seufzen hinzu, «das Wellenverursachen auf einem Weiher steht nicht auf dem Programm, zumindest heute nicht.»

Voller Bedauern gingen die beiden Cousins daran, den kaputten Zaun zu reparieren, der auf sie wartete.

Als Trapper und Boyd am Mittag nach Hause kamen, hatte Berry eine Dose Bohnen geöffnet, den Käse, den sie im spärlich gefüllten Küchenschrank gefunden hatte, in

Scheiben geschnitten und einen Laib Brot auf den Tisch gelegt. Während die Männer aßen, ging sie nach draußen und putzte auf der anderen Seite der Hütte die Fenster.

Und als die Männer am Abend zurückkehrten, waren die Fenster innen und außen sauber, die rauen Holzbohlen der Wände waren von ihrer dicken Staubschicht befreit und die Schränke so lange geschrubbt worden, bis die Borde nach dem Trocknen golden glänzten. Im Ofen war Holz nachgelegt worden, der Teekessel war gefüllt, und ihre Einkaufsliste war um das Wörtchen «Wachstuch» erweitert worden. Berry war gegangen. Und die beiden Männer waren etwas enttäuscht, wenn auch nicht überrascht, dass sie kein Abendbrot vorbereitet hatte.

«Ich wünschte, ich hätte mich mit einem Koch zusammengetan!», sagte Boyd in säuerlichem Tonfall, während er Kaffeepulver abmaß und in den Emaille-Topf füllte. Sein Ärger wurde allerdings etwas gemildert, als er sah, dass der Topf von seinem glitschigen Bodensatz befreit und geschrubbt worden war.

«Ich kann mindestens so gut kochen, wie du Wäsche waschen kannst!», verteidigte sich Trapp.

«Naja, du weißt wenigstens, wie man Gerstenbrot backt», erinnerte Boyd ihn, «und am besten machst du dich gleich an die Arbeit. Die letzten Kanten von diesem gekauften Brot schmecken einfach hoffnungslos. Es ist schimmelig; nicht einmal die Mäuse wollen es haben. Ich nehme also an, es wird wieder Bohnen zum Abendbrot geben.»

Und so begann Boyd, Dosen zu öffnen. «Einer von uns sollte heiraten. Ich bin dafür, dass du das bist.»

Als keine Antwort von Trapper kam, warf Boyd seinem Cousin einen überraschten Blick zu: «Was ist?», grinste er. «Ich habe angenommen, du hättest schon darüber nachgedacht!»

Trapp warf Feuerholz in den Ofen und ging nicht auf die Bemerkung seines Cousins ein.

«Es stimmt doch, oder?», beharrte Boyd. «Du hast doch schon ans Heiraten gedacht?»

«Nicht direkt», antwortete Trapper.

«Aber indirekt vielleicht?»

«Wenn ich darüber bete, dann habe ich den Eindruck», sagte Trapp nachdenklich, während er die Backform mit dem Gerstenbrot in den Ofen schob, «dass Donnybrook tatsächlich der richtige Ort ist, um sich niederzulassen – zumindest für mich.»

Boyd stöhnte. Er wusste, wie wichtig es für seinen Cousin war, nach dem Willen Gottes für sein Leben zu fragen und Gott im Gebet um Führung zu bitten. Beide waren von gläubigen Eltern erzogen worden. Besonders Trapp war der festen Ansicht, dass der christliche Glaube der einzige Weg für ihn war. Boyd, der nicht so oft über diese Themen sprach und dem sie vielleicht auch nicht ganz so wichtig waren, respektierte dennoch die Einstellung seines Cousins. Es war nicht einfach gewesen, das wusste er. Das raue Vagabundenleben, das sie als junge Männer geführt hatten, hatte Trapps Überzeugungen gefestigt und geklärt, und auf eine stille Weise hatte er sich zu dem entwickelt, was in Boyds Augen ein «Mann Gottes» war.

«Wenn das so ist», kommentierte Boyd die überraschende Ankündigung seines Cousins, sich dauerhaft in Donnybrook ansiedeln zu wollen, «und das hier der Ort ist, an dem du deine zukünftige Frau finden willst – hast du schon irgendwelche Mädchen getroffen, die in Frage kämen?»

Doch Trapp war gerade dabei, nach dem Gerstenbrot zu sehen, und wieder blieb Boyds Frage unbeantwortet.

Die Mahlzeit, die irgendwie einsamer war als sonst, war

rasch beendet. Die beiden Männer wuschen das Geschirr, trockneten es ab und seufzten dabei resigniert. Denn sie wussten, wenn sie es stehen ließen, würde Berry denken, dass sie von ihr erwarteten, diese Aufgabe zu erledigen. Und obwohl sie Berry erst so kurz kannten, waren sie sich nicht sicher, ob sie es tatsächlich tun würde.

Doch sie legten sich immerhin mit einem zufriedeneren Gefühl schlafen als je zuvor, seit sie in Donnybrook angekommen waren. Keiner von ihnen erwähnte, ob seine Nacht mit Träumen von einer leichtfüßigen, flinken, geschmeidigen Gestalt erfüllt war, mit wehendem dunklem Haar und rätselhaften Augen, die durch den Busch entschlüpfte und sich so jedem Versuch, sie zu erreichen, entzog.

Kapitel 8

Wieder eine unruhige Nacht mit wenig Schlaf. Wieder eine traurige Morgendämmerung, obwohl die Sonne sich angesichts des vorrückenden Herbstes noch zu weigern schien, ihren goldenen Docht zu kürzen oder ihre Flamme schwächer werden zu lassen.

Als sich beim Wachwerden die Gedanken einstellten, begann für Linn auch wieder das Gefühlskarussell, bei dem sie sich selbst Vorwürfe machte und Abram entschuldigte, dann wieder sich selbst verteidigte und ihn anklagte. In ihren lichten Momenten wurde ihr äußerst schmerzlich klar, dass genau das, was so besonders und schön gewesen war, drohte, in den Schmutz gezogen zu werden, solange sie nicht fähig war, die Dinge im richtigen Licht zu sehen.

Klappernd stellte Linn die Bügeleisen auf den Herd, entschlossen, sich durch körperliche Anstrengung von ihren traurigen Gedanken ablenken zu lassen. Während die Eisen heiß wurden, begann sie mit dem Brotbacken – eine Arbeit, die ihr so vertraut war, dass sie sie ohne viel Nachdenken erledigen konnte: abwiegen, sieben, kneten, schlagen. Und das tat sie so heftig, dass Judd, der einen Armvoll Holz in die Kiste neben dem Herd ablud, ihr zurief: «Du brauchst den Teig nicht umzubringen, Schwesterherz!»

Während der Brotteig zugedeckt auf dem warmen Deckel des Wasserbehälters hinten auf dem Herd (hoffentlich) aufging, wandte sich Linn der sonst eher ungeliebten Aufgabe des Bügelns zu. Sie donnerte die schweren Eisen auf die Kleidungsstücke und hievte die unhandlichen Wäscheberge herum, bis sie das Gefühl hatte, dass ihr gebrochenes Herz ein Stück weit heilte. Wenn dabei ihr gemurmeltes «Dummkopf! Dummkopf! Dummkopf!» bis zu Celia in ihrem Schaukelstuhl durchdrang, so verlor ihre Mutter jedenfalls später kein Wort darüber. Wenn Linn nicht so sehr in ihrem eigenen Schmerz gefangen gewesen wäre, hätte sie vielleicht bemerkt, wie Celias bleiche Lippen sich so bewegten, dass es verdächtig nach einem geflüsterten Gebet aussah.

Als das Bügeln vollbracht und das Brot golden und knusprig aus dem Ofen geholt worden war, sagte Linn: «Ich gehe noch raus, Mama.»

«Mir ist noch ein Gedanke gekommen», rief ihre Mutter, und Linn schlüpfte in den Türrahmen zwischen den beiden Räumen. «Wir haben uns gegenüber den Farleys nicht wie gute Nachbarn verhalten. Ich hätte sie schon längst zu einem Abendessen einladen sollen.» Celias Ton war bedauernd, doch dann fügte sie fröhlicher hinzu: «Aber das werde ich nachholen, sobald ich mich besser fühle. Das Brot, Linnie, es duftet so gut. Diese Männer haben niemanden, der Brot für sie backt. Sie würden sich vielleicht über einen Laib freuen. Was meinst du?»

Linn stimmte zu. Außerdem war ihr klar, dass sie sich bei Trapper Farley entschuldigen musste für ihr Verhalten, als er sie zufällig im Busch getroffen hatte. Sie war so mit ihren törichten Problemen beschäftigt gewesen, dass sie ihn nicht vernünftig begrüßen und auf sein Hilfsangebot nicht höflich reagieren konnte. Wenn sie ihm in Zukunft ohne peinliche Gefühle begegnen wollte, dann war es nötig, die Sache zu bereinigen.

«Ich bringe ihnen das Brot, Mama», antwortete sie. «Der Weg durch ihre Wälder gehört zu meinen Lieblingsstrecken.»

«Die armen Männer», sagte ihre Mutter noch.

«Arme Männer?»

«Diese schreckliche Hütte. Judd sagt, sie ist kaum geeignet, um darin zu leben. Die beiden sind in einer verzweifelten Lage. Sie müssen die Hütte unbedingt in Ordnung bringen, bevor der Schnee kommt und sie den ganzen Winter darin eingeschlossen sind.»

«Ich verstehe, worauf du hinauswillst, Mama», sagte Linn und gab ihrer Mutter einen Kuss auf die ergrauten Haare. «Ich werde meine Hilfe anbieten. Es macht mir nichts aus – und es gibt dir ein gutes Gefühl.»

Ihre Mutter lächelte anerkennend. Doch dann verfinsterte sich ihr Gesicht, und sie sagte: «Jetzt hast du mehr zu tun, als du schaffen kannst. Es war nie meine Absicht, dass du in so jungen Jahren eine so große Last zu tragen hast. Ich bin keine große Hilfe ...» Ihre Stimme versagte.

«Unsinn!», sagte Linn heftig, und ihre Mutter lächelte schwach – eine Reaktion, auf die Linn gehofft hatte.

«Deine Kräfte kehren langsam wieder. Das sehe ich doch!», beharrte Linn.

Doch es war nicht so. Das Gesicht, das Celia nun ihrer Tochter zuwandte, zeigte eine Mischung aus Lachen und Weinen über den Unsinn, den Linn erzählte, aber es war auch blass und abgehärmt. Und das, obwohl sie regelmäßig «Dr. Blanes Nerven- und Hirntabletten» einnahm, eine Medizin, die sie sich zwar einerseits nicht leisten, auf die sie andererseits aber auch nicht verzichten konnte.

Doch Linn, die im Schrank nach einer Papiertüte suchte, war froh, ihre Mutter wieder fröhlich zu sehen.

Linn schlug das warme Brot lose in die Tüte ein, damit es nicht feucht wurde, und packte noch ein Schälchen frische Butter und – mit einem Gefühl der Großzügigkeit – ein Glas ausgezeichnetes Sauerkirschengelee ein, ihrer Meinung nach das Beste, was der Busch zu bieten hatte. Dies genügte, so meinte sie, um ihr rüpelhaftes Benehmen bei der Begegnung mit Trapper Farley im Busch wiedergutzumachen.

Sie zog ein frisches Kleid an und fuhr sich mit dem Kamm durch die Haare. Der Sommer, so stellte sie fest, hatte die ungewöhnliche Farbmischung ihrer Haare eher verschlechtert. «Rechne nicht allzu früh mit mir», rief sie ihrer Mutter zu, «vielleicht bleibe ich den ganzen Nachmittag dort und helfe. Wenn es nicht gerade Bügeln ist!»

Sie ging über den Hof zum Tor und folgte dann dem Weg zur Farley-Farm. Ihr Herz und auch ihre Schritte waren um einiges leichter als zuvor.

Das Vogelgezwitscher, das so sehr Teil ihres Lebens war, wurde meistens von ihr gar nicht wahrgenommen, doch heute hörte sie zu. «Nur Wesen, die fliegen können, singen», dachte sie in ungewohnt philosophischer Manier, «alle, die Flügel haben.» Sie summte ein paar Takte vor sich hin und lachte über ihre eigene Torheit.

Die Sonne fiel schräg durch das immer dünner werdende Blätterwerk, und das Laub segelte von den Bäumen herunter und bedeckte den Waldboden mit einem bunten Teppich. Der Winter, die lange Jahreszeit, würde bald über sie hereinbrechen. Doch mit Sicherheit – seit Anbeginn der Welt, in ununterbrochenen Kreisläufen – kehrte der Frühling wieder. Und wenn die Zeit kam, dann antwortete die Erde auf die umherziehenden Düfte, die verführerisch warmen Föhnwinde und die wärmende Sonne. Die Vögel kehrten von überall zurück. Aus jedem Winkel hoben Blumen ihre fröhlichen Gesichter. Und grüne Sprossen durchbrachen das tauende Erdreich. Man konnte darauf zählen. Es gab ein Leben nach dem Tod – im Busch.

Linn atmete tief durch, hob ihr Gesicht der Sonne entgegen und fühlte heiße, törichte, heilsame Tränen in ihren

Augen brennen. Die Tränen und die Sonne – sie mischten sich für ein paar Augenblicke, genau wie die bitteren und die schönen Seiten des Busches dem Leben Freude, aber auch Verzweiflung brachten.

Hier, an diesem stillen Ort und in dieser notvollen Zeit, hätte ganz spontan ein Gebet aufsteigen können, als heilender Balsam. Doch Linn ließ ihre Gedanken lieber auf ein vertrauteres Terrain wandern: ihren eigenen Willen für ihr eigenes Leben. Sie wusste genau, was sie wollte, und sie hatte zugleich das unbehagliche Gefühl, dass ihr Wille vielleicht nicht mit den Absichten Gottes übereinstimmte. Und das stellte den zerbrechlichen Frieden, den sie in der Schönheit der Umgebung gefunden hatte, wieder in Frage. Doch nach einem kurzen Augenblick war die nagende innere Stimme wieder einmal zum Schweigen gebracht.

Ein träger Rauch kam aus dem Kaminrohr des Cooley- oder besser gesagt: Farley-Hauses. Ein Hund hob den Kopf und klopfte zaghaft mit dem Schwanz, als Linn sich der Veranda näherte. Sie streichelte ihm über den Kopf, während sie an ihm vorbei zur Tür ging. Ihr Klopfen erschütterte den Rahmen der alten Fliegentür.

Ein leises Geräusch kam aus dem Inneren des Hauses, denn die Tür war offen, und plötzlich fühlte sich Linn neugierigen Blicken ausgesetzt, da ihr Umriss wohl im hell erleuchteten Türrahmen zu sehen sein musste. Es war ihr peinlich, dass sie ganz allein zwei Männer besuchte.

Schon war sie versucht, ihren Beutel abzustellen, auf den Fersen kehrtzumachen und zu entfliehen, als die Fliegentür sich knarrend öffnete und Trapper Farleys inzwischen vertraute Stimme zu hören war. Wie damals bei ihrer Begegnung im Busch, gab er ein überraschtes «Hallo, Sie sind es wieder!» von sich.

Dies war kein guter Anfang, wollte der Mann sie doch offensichtlich an ihr vorheriges Zusammentreffen erinnern, ein Treffen, das sie am liebsten so bald wie möglich vergessen würde.

In der darauffolgenden Stille wurde Linn bewusst, dass Trapper Farley sie vom erhöhten Boden der Küche aus überragte. Sie fühlte sich in gewisser Weise im Nachteil, und so wuchs ihr Unbehagen weiter. Als er die Tür öffnete und fragte: «Möchten Sie hereinkommen?», stieg sie automatisch die Stufe hinauf, nur um festzustellen, dass er immer noch größer war als sie.

In einem Anflug von brillanter Schlagfertigkeit, wie ihr schien, und mit einem Gefühl der Gegnerschaft, das sie selbst nicht ganz verstand, sagte sie in liebenswürdigem Tonfall: «Ich hoffe, ich habe Sie nicht erschreckt.» Damit, so fühlte sie, waren sie beide quitt.

Trapper Farley schien zu begreifen, dass sie seine eigene Formulierung benutzt hatte. Befriedigt sah sie für einen kurzen Augenblick etwas in seinen Augen aufglimmen. Danach folgte wieder eine kurze Stille, und es war Linn, als könnte man die Klingen sich kreuzen hören.

Zu spät fragte Linn sich, ob man die Situation jemals wieder ins Lot bringen konnte; wohl eher nicht.

«Was haben wir denn da?», fragte Trapper Farley mit einer fast zu liebenswürdigen Stimme. Er griff nach dem Beutel genau in dem Moment, als der Geruch von Laugenseife, frischem Kaffee und – unverwechselbar – von frisch gebackenem Brot in Linns Nase stieg.

Instinktiv schlossen sich Linns Finger fester um den dick gefüllten Beutel. Doch ohne Erfolg. Eine Hand, die stärker war als die ihre, lockerte ihren Griff, und eine andere Hand entwand den Beutel aus ihrer Umklammerung. Trapp nahm ihn an sich.

Als er hineinschaute, fiel Linns Blick auf den Tisch, wo ein goldenes, knuspriges Brot abkühlte.

«Ah ...», schnupperte Trapp, «Brot!»

«Meine Mutter ...», stotterte Linn, «es war meine Mutter, die meinte – das heißt, wir wussten ja nicht, dass Sie selbst auch backen.»

Sie sah ein Lachen in seinen Augen aufblitzen und fügte verteidigend hinzu: «Es war die Idee meiner Mutter ... Sie dachte, ich könnte mal rüberkommen und, nun ja – aushelfen.»

Während die lahme Erklärung von ihren Lippen stolperte, bemerkte Linn die Wiesenblumen in der Vase auf dem Tisch und den Wachsglanz auf dem alten Holz, und so brauchte es nicht das leise Geräusch aus der Ecke des Zimmers, um ihr die schreckliche Wahrheit klarzumachen, dass Trapper Farley nicht allein war.

Als Linn sich abrupt umwandte, sah sie die schlanke Gestalt von Berry Lille am Herd stehen, eine Schürze hübsch um die schmalen Hüften gebunden und eine Blume ins schwarze Haar gesteckt.

«Berry! Ich wusste nicht, dass du da bist! Das heißt ... ich dachte, Trapp sei allein.»

Trapper Farley zog eine Augenbraue hoch, und Linns Gesicht stand in Flammen.

«Ich meine ...»

Trapp lächelte nett und zog einen Küchenstuhl her. «Kann ich Ihnen etwas anbieten? Kaffee vielleicht? Oder vielleicht lieber – Kakao?»

In Linn stieg der Zorn auf bei dieser Anspielung auf den Gemeinschaftsabend, an dem sie ihr Getränk verschüttet hatte. *Ich krieg ihn schon noch!,* dachte sie, innerlich kochend. *Glaub mir, wenn er Krieg will, dann kann er einen Krieg haben!* Doch es war nicht der richtige Augenblick, denn Berry hörte zu und beobachtete die Szene mit einem verblüfften Gesichtsausdruck.

Wie es schien, hatte Berry kleine Wunder vollbracht: Der alte Ofen glänzte, das Handtuch in der Waschecke war fleckenlos, der hölzerne Küchenschrank war geölt worden, bis er schimmerte, das Geschirr stand ordentlich in den Regalen, und die Töpfe und Pfannen hingen griffbereit an Nägeln an der Wand des Blockhauses.

Nun, sie hätte doch wenigstens etwas sagen können! Linn, die zusammen mit der Halbindianerin zur Schule gegangen war, kannte und respektierte deren stoische Schweigsamkeit, doch jetzt ärgerte sie sich darüber.

Als Trapp, der Linn beobachtete, erklärte: «Berry hilft uns aus», murmelte Linn ein «Wie nett!» und bereute es im selben Moment. Berry war schließlich ganz und gar unschuldig an der Situation – oder vielleicht auch nicht?

Plötzlich war alles sonnenklar. Kein Wunder, dass Linn sich wie ein Eindringling gefühlt hatte, als sie auf der Veranda stand. Nun erhielt das Schweigen in der Küche eine tiefere Bedeutung ...

Als Linn zu diesem Schluss gekommen war, stand sie abrupt auf.

«Was? Wollen Sie etwa schon gehen?», fragte der Mann. «Übrigens, haben Sie sich schon von diesem kleinen ... äh ... Problem erholt?»

Linn erstarrte. «Sie irren sich», sagte sie dann mit ausdrucksloser Stimme. «Es gab kein Problem. Es war nur die Hitze.»

Ihre Lippen brachten zwar noch ein höfliches «Gern geschehen» hervor, als Trapper Farley sagte: «Vielen Dank für das Brot … und das Gelee … und die Butter», während er das Mitgebrachte aus dem Beutel holte. Doch ihre Augen, dessen war sie sicher, sprühten grüne Funken auf das amüsierte Gesicht des Mannes, der ihr zum Abschied die Tür aufhielt.

Erst später, als ihr Zorn sich abkühlte, fiel Linn auf, dass sie sich nicht für ihr rüdes Benehmen bei ihrem letzten Zusammentreffen entschuldigt hatte.

Und nun hatte sie, wie es schien, all dem noch eine weitere Beleidigung hinzugefügt.

Kapitel 9

Als Übergang zwischen dem viel zu kurzen Sommer und dem überlangen Winter würde das Herbstfest ein unvergesslicher Abend werden. Und so etwas gab es selten genug für die Bewohner des kanadischen Buschlands. Bald schon würde ihre Welt vom Schnee ummantelt sein, und all ihre Anstrengungen würden sich darauf ausrichten, hier zu überleben: Holz hacken, Schnee schaufeln, das Eis in den Wassertrögen und Eimern aufbrechen, irgendwelches Futter in die Mäuler der hungrigen wiederkäuenden Kühe und der ungeduldig stampfenden Pferde stopfen, stetig lodernde Feuer im Küchenherd und in den Öfen mit ihren Eisenbäuchen füttern – und daneben wenig, worauf die eng zusammengepferchten Familien sich während der endlosen Folge grauer Tage freuen konnten.

Also würden sie aus vielen Meilen Entfernung zusammenkommen, Kinder und Erwachsene gleichermaßen, alle begierig darauf, die tägliche Routine einmal unterbrechen zu können.

Die Frauen bereiteten besondere Mahlzeiten zu und packten die Essenskisten bis zum Überquellen; die Kinder freuten sich auf Gerichte, die es sonst nicht gab.

Die jungen Mädchen stellten sich vor den Spiegel und probierten neue Frisuren aus, feilten und polierten ihre Nägel, die bei der täglich zu verrichtenden Arbeit oder beim Spielen abgebrochen waren, tupften sich Eau de Toilette hinter die Ohren und träumten ihre Träume. Denn Träume waren in Donnybrook kostenlos.

Halbwüchsige Jungen machten Pläne, die Schultoiletten umzukippen, nicht ahnend, dass dieser Streich ungefähr so alt war wie die Klohäuschen selbst und dass es nur jedes Jahr andere Kinder waren, die ihn verübten.

Die jungen Männer, die mit Stoppelfeldern besser vertraut waren als mit Stoppelbärten, fuhren mit rauen Händen über ihre flaumigen Wangen, rasierten sich, egal ob es nötig war oder nicht, und hofften, der Duft der Rasierseife würde genauso lange halten wie der Duft von Rasierwasser, das nur wenige besaßen, wenn überhaupt jemand. Ein paar Glückliche steckten sich die Pfefferminzbonbons, die sie extra aufgehoben hatten, in die Tasche und machten Pläne, wie sie bestimmte junge Damen für sich einnehmen könnten.

Im Haus der Familie Trimble hatte Dolly genügend Anlass, sich Sorgen zu machen. Sorgen, die weit über die alltäglichen Belange hinausgingen, wie zum Beispiel das Feuer in Gang zu halten, Alvins Schuhe auf Kratzer durch die Aufenthalte im Scheunenhof zu untersuchen und darauf zu achten, dass ihre Töchter zu anständigen Menschen gerieten.

«Da ist er!», quiekte die kleine Harmony, und Modesty hielt den Atem an, fuhr sich mit der Hand an den Kopf, um die Nadeln zu überprüfen, die ihr Haar in einem ungewohnten Knoten oben hielten.

Modesty ließ alle Zurückhaltung fahren und lief leichtfüßig zur Tür, doch Dolly rief ihre älteste Tochter mit einem harschen «Moment mal, Miss!» zurück. Modesty blieb stehen und drehte sich widerwillig zu der Zimmerecke um, wo ihre Mutter stand und sie mit einer gebieterischen Handbewegung zurückwinkte. Es war immer ernst, wenn ihre Mutter «Miss» sagte.

«Ich verlasse mich auf dich, meine Missy, dass du in jeder Situation daran denkst, dich zurückhaltend zu benehmen!»

«Ja, Mama», versprach Modesty rasch. Zu rasch, dachte Dolly, und ihr Gesichtsausdruck wurde grimmig, als Modestys Augen von ihrer Mutter wieder zur Tür wanderten, wo Charity gerade Judd begrüßte.

Dolly, die den Funken in den Augen ihrer zweiten Tochter glimmen sah, wandte nun ihr ihre Besorgnis zu.

«Charity!»

Charity fuhr zusammen. «Was? Was ist?», fragte sie.

Als ihre Mutter sie von dem jungen Paar zurückwinkte, bekam Charitys rundes, hübsches Gesicht einen sturen Ausdruck. «Ach, Mama», murmelte sie, während Dolly zur Tür eilte und die Strenge aus jeder Falte ihres Gesichts blickte.

«Judd», mahnte sie mit furchterregender Entschlossenheit, «ich erwarte, dass du Modesty anschließend sofort wieder nach Hause zurückbringst.»

«Selbstverständlich, Mrs. Trimble.» Judds Versprechen kam ebenso rasch wie das von Modesty, und Dolly traute ihm ebenso wenig wie ihrer Tochter.

Wie jeder andere auch kannte Judd Dollys Sorge um ihre Töchter, und wenn ihm die gerade erst aufblühende Beziehung zu Modesty etwas wert war, so musste er vorsichtig sein, sehr vorsichtig.

Doch das Schulhaus und das Haus ihrer Eltern lagen zwei Meilen auseinander, und Pferde konnten manchmal furchtbar langsam sein. In einem Buggy konnte man einem Mädchen ernsthaft den Hof machen, und Judds Augen leuchteten schon in Vorfreude.

So schnell wie möglich trachtete das junge Paar danach, Dolly zu entkommen, die in ihrem schwarzen Kleid um sie herumflatterte wie eine verwundete Krähe.

«Es ist ungerecht!», beklagte sich Charity, sobald sich die Tür hinter den beiden geschlossen hatte.

«Meine liebe Miss», warnte ihre Mutter eindringlich, «fang nicht wieder damit an.»

«Ich bin alt genug», sagte Charity entschlossen, «und Marc ... Marc Szarvas ...»

«Niemals», bekräftigte Dolly, «niemals der Sohn dieser Einwandererfamilie.»

Charity öffnete den Mund, um zu protestieren, doch bevor sie sprechen konnte, wies ihre Mutter sie scharf zurecht: «Wenn du *reif* genug bist, kannst du dich mit jemandem verabreden – unter Aufsicht. Doch nie, niemals mit Marc Szarvas. Und nun hol deinen Mantel. Dein Vater und deine kleine Schwester warten im Wagen draußen. Versuch einfach, den Abend zu genießen ... ohne die jungen Männer.»

Dolly blies die Lampe aus und nahm den aufmüpfigen Ausdruck im Gesicht ihrer Mittleren nicht wahr.

John Edwards legte eine Decke über die Füße seiner Frau und setzte sich dann neben sie auf den Buggy. «Gabe und Kate sind beide schon weg, wie ich sehe», sagte er. «Allerdings glaube ich nicht, dass sie gemeinsam gefahren sind.»

«Wohl kaum!», erwiderte Maggie. «Obwohl ich mir denken könnte, dass er sie gefragt hat. Du weißt ja, John, er ist ein bisschen aufdringlich – falls man überhaupt *ein bisschen* aufdringlich sein kann. Genau genommen ist er eine Nervensäge – und das ist der netteste Ausdruck, den ich für ihn finden kann.»

John warf den Kopf nach hinten und lachte herzhaft. Das Pferd stellte die Ohren auf und lief schneller.

«Ich wette, Kate wird damit schon alleine fertig», sagte John. «Aber wer hat sie denn mitgenommen? Ich habe vor etwa einer Stunde eine Kutsche wegfahren hören.»

Maggie blickte nachdenklich drein. «Abram Weatherby natürlich.»

«Dann stimmt es also», sagte John, als der Wagen vom Weg auf die Landstraße abbog. «Die beiden interessieren sich also wirklich füreinander. Geht ganz schön schnell.»

«Ja, ziemlich schnell. Aber Kate ist eine reife junge Dame, John. Das war von Anfang an klar. Und Abram hat die Farm und sein Haus», meinte Maggie wieder mit nachdenklicher Stimme, «und ich vermute, er denkt, dass er eine Frau braucht.»

«Sie passt aber irgendwie nicht zu ihm.»

«Gegensätze ziehen sich an, heißt es. Leute wie er, die viel Spaß haben wollen und sich herumtreiben, werden irgendwann doch sesshaft mit jemandem, der etwas ernster ist. Er hat ja nun lange genug herumgeturtelt. Es wird Zeit, dass er sich endlich entscheidet, obwohl er damit wahrscheinlich die Herzen von vielen Mädchen bricht, ganz zu schweigen von deren Müttern.»

«Nun, Kate ist ja auf einer Farm aufgewachsen.»

«Sie wird eine gute Farmersfrau werden. Jeder kann dazulernen, ganz egal ob er auf einer Farm aufgewachsen ist oder nicht.»

«Du musst es ja wissen», antwortete John leise.

«Ich weiß es.»

Und schließlich fragte er: «Und – war es das wert, Maggie?»

Johns Stimme war noch leiser geworden, so dass sie fast vom Knarren des Geschirrs und dem Rattern der Räder übertönt wurde.

«Daran darfst du nie zweifeln, John.»

«Nie bereut?»

«Nie bereut.»

«Ich auch nicht. Obwohl ich manchmal nicht glauben kann, dass wir wirklich zu etwas so Schlichtem wie zu diesem Herbstfest fahren.»

«Und es genießen. Mach dir um mich keine Gedanken, John. Ich liebe unser Leben. Und ich liebe Donnybrook.»

John zog seinen Handschuh aus, nahm Maggies Hand in die seine, und in einer Stille, die für sie beide eine Bedeutung hatte, lächelten sie einander an, während der Wagen über die gefrorene, unebene Straße holperte – unterwegs zu einem Treffen mit guten Freunden, tief im abgelegenen Buschland Kanadas.

Linn Graham bereitete sich mit gemischten Gefühlen auf den Abend vor: Einerseits sehnte sie sich danach, Abram wiederzusehen, andererseits fürchtete sie sich davor. Tage und Wochen waren vergangen ohne ein Wort oder einen bedeutsamen Blick von ihm. Und Linn fand es schwer, die Situation richtig einzuschätzen.

Doch die Hoffnung stirbt zuletzt, und die junge Liebe auch. «Er hat sich entschieden, es etwas langsamer angehen zu lassen», tröstete sie sich anfangs. Oder, wenn sie sich an Abrams Leidenschaft erinnerte: «Es ist meine Schuld. Ich habe ihm gesagt, er soll warten. Meine Reaktion war ein Rätsel für ihn.»

Doch wenn sie daran dachte, dass sie ihn spontan «Liebling» genannt hatte, vergrub Linn das Gesicht in den Händen und hätte weinen können über ihre unschuldige Offenheit, die ihm offenbar gar nichts bedeutet hatte.

Eines zumindest war ihr sonnenklar: Sie musste ihm

ihre wahren Gefühle mitteilen, ohne Heuchelei, ohne Schüchternheit oder falsche Bescheidenheit. Und heute Abend war genau der richtige Zeitpunkt.

Was schon einmal aufgeflammt war, wenn auch nur kurz, konnte wieder entzündet werden.

Mit der Lampe in der Hand beugte Linn sich zum Spiegel hin und sah zu, wie ihre Lippen sich zu einem, wie sie hoffte, einladenden Lächeln formten und wie ihre Augen einen weichen, bedeutsamen Blick bekamen. So plante sie eine Begegnung, die die Mauer zwischen ihr und Abram Weatherby zum Einstürzen bringen sollte.

Aber die goldenen Lichtstrahlen spiegelten in den moosgrünen Augen einen Hauch von Verzweiflung wider, der sich mit der Vorfreude mischte. Und so ging sie den kurzen Weg den Hügel hinauf zum Schulhaus mit einer Mischung aus Erwartung und Furcht angesichts des kühnen Schachzugs, den sie durchführen musste.

Als Linn den Raum mit all seinem Getümmel betrat und Abrams Gesicht sah, hüpfte ihr Herz vor Freude, denn er hatte es ihr zugewandt mit einer offenen Einladung in seinen lachenden Augen. «Mein Liebling ...», flüsterte sie, und ihr Puls raste. Unwillkürlich machte sie einen Schritt auf ihn zu.

«Hey, Marc! Marc Szarvas!», rief Abram über ihren Kopf hinweg. «Komm hier rüber!»

Marc Szarvas drängte sich vorbei. Schnell wandte Linn sich ab, und das Verlangen in ihren Augen wurde von den Tränen, die sie nun füllten und ihren Blick trübten, erstickt. Sie senkte den Kopf, um die offensichtlichen Anzeichen ihres Schmerzes und ihrer Demütigung zu verbergen. Dann stürzte sie sich in die Menschenmenge und bewegte sich Richtung Tür, um zu entfliehen.

«Verzeihung», murmelte sie mit erstickter Stimme und merkte plötzlich, dass ihre Hände festgehalten wurden, als sie die männliche Brust, die ihren Durchgang blockierte, wegdrängen wollte.

«Ich bin's nur», sagte eine amüsierte Stimme, «oder behandeln Sie alle Männer so?»

Linn sah auf und blickte in die nur wenige Zentimeter entfernten Augen, in deren dunklen Tiefen ein Lachen funkelte.

Doch Trapper Farleys Gesicht wurde sofort ernst, als er einen Moment lang in ihr Herz blickte und den Grund für die schimmernden Tränen und den schmerzverzerrten Mund entdeckte.

Während Linn für ein paar Sekunden durch die unerwartete Begegnung und das Drängen der lauten Menschenmenge – zu viele Leute für einen so kleinen Raum – gegen ihn gedrückt wurde, konnte sie sehen, wie Trapper Farley die Augen hob und sie durch den Raum wandern ließ zu Abram Weatherby, der mit gerötetem Gesicht mit Kate Mason kindisch herumschäkerte, womit kein Mann, der bei normalen Sinnen war, sonst seine Zeit zubringen würde. Und als Trappers Blick wieder zu Linns Gesicht zurückkehrte, meinte Linn ein aufkeimendes Verstehen darin zu sehen. Sie befreite ihre Hände und floh zur Tür – doch nicht so schnell und nicht so blind, dass sie nicht noch das hübsche, unbewegliche Gesicht von Berry Lille dicht neben Trapps Schulter entdecken konnte.

«Ich glaube, ich hasse diesen Mann!», knurrte sie, als sie die Stufen hinabstolperte. Doch ob sie dabei Trapper Farley oder Abram Weatherby meinte, war nicht klar.

Linn stützte die Arme auf eine Zaunlatte und legte ihr heißes Gesicht darauf. Warum musste ausgerechnet dieser Fremde den Grund für ihre Probleme entdecken? Denn wie es schien, hatte Trapper Farley das kleine Zwischenspiel beobachtet und die richtigen Schlüsse daraus gezogen.

Die kalte Luft, die durch einen eisigen, starken Regen noch verstärkt wurde, kühlte Linns überhitzten Körper ab; sie zitterte nun vor Kälte und auch vor Erregung. Sie sehnte sich danach, weglaufen zu können, doch ihr Mantel war noch drinnen. Außerdem würde ihre Mutter zu Hause ihr nur Fragen stellen. So fühlte sie sich in einer unglücklichen Situation gefangen.

Gerade hatte sie sich entschlossen, wieder hineinzugehen und den elend traurigen Abend so gefasst wie möglich zu überstehen, da ging plötzlich die Tür auf und eine weibliche Person schlüpfte heraus, nur kurz im Gegenlicht zu sehen. Doch der kurze Blick genügte Linn, um die dralle, lebhafte Gestalt zu erkennen.

Charity verschwand rasch um die Ecke des Gebäudes. Und während Linn auf die Tür zuging, öffnete diese sich wieder und die schlanke Gestalt eines Mannes erschien. Er blieb auf der Stufe stehen und zündete sich eine Zigarette an. Das Feuer des Streichholzes erhellte das Gesicht von Gabriel Goss.

Obwohl Linn unerträglich fror, wartete sie, denn sie wollte auf keinen Fall Gabriels hochgezogenen Augenbrauen und seinem andeutungsvollen Grinsen begegnen. Doch auch er schlüpfte schnell um die Ecke und verschwand. Linn fragte sich noch, ob die für die Notdurft errichteten Hütten wohl noch aufrecht standen, und lief dann schnell zur Tür.

Drinnen, mitten im fröhlichen Trubel, unter dem nachdenklichen Blick von Trapper Farley und von Abram Weatherby keines Blickes gewürdigt, brachte Linn mit einem gefassten Lächeln den Abend hinter sich.

Kapitel 10

Die Sturmfenster waren angebracht worden, Holzhaufen türmten sich in jedem Hof, und ein Gemisch von Lehm und Stroh war rund um die Fundamente der Häuser, Scheunen und Hühnerställe gepackt worden. Die Keller waren gefüllt mit selbst angebautem und selbst eingemachtem Obst und Gemüse. Und die Küchenschränke waren voll mit Nahrungsmittelvorräten für die Zeit, wenn es schwierig oder sogar unmöglich sein würde, nach Meridian zu fahren.

Den Fuhrwerken wurden die Räder abgenommen und Kufen darunter montiert, in Vorbereitung auf die Zeit, wenn die Schleusen des Himmels sich öffnen und die großen Schneefälle kommen würden. Die Buggys holperten über die gefrorenen Wege, die Tiere bekamen struppige, dichte Felle und standen eng beieinander, den Rücken den Nordwinden zugekehrt. Die Bäume verloren alles Laub, und gelegentlich, wenn ihr Lebenssaft gefror, gaben sie kleine explosive Laute von sich. Das Thermometer fiel, doch der Schnee ließ immer noch auf sich warten.

Kate genoss jeden Morgen den Spaziergang zur Schule, während sie sich in Donnybrook-Wildrose einlebte. Es war alles so anders, verglichen mit den endlosen Prärien und Weizenfeldern des Südens, wo der weite Horizont nur gelegentlich durch die herausragenden Umrisse eines Hauses, einer Scheune oder eines Kornspeichers unterbrochen wurde. Hier lagen die kleinen und meistens weiß getünchten Häuser im Busch versteckt. Die Fachwerkhäuser – von Leuten gebaut, die mit genügend Geld hier angekommen waren – waren in der Regel nicht gestrichen und besaßen ein verwittertes Grau, das sich nahtlos in die Umgebung einfügte.

Nirgends sah man die Überreste von den sogenannten «Grashütten», die bis vor wenigen Jahren noch zu Tausenden die Ebenen im Westen gesprenkelt hatten. Kates Mutter war in einer solchen geboren worden. Denn Kates Großmutter, eine kultivierte Frau, war ihrem Mann gefolgt, der sich nach dem Land sehnte, das wenig kostete und zu den besten Anbaugebieten der Welt zählte. Die Wände ihres ersten Hauses bestanden aus quadratischen Grassoden, die man aus dem harten Prärieboden geschnitten hatte. Das Dach war aus Pappelstämmen, mit einer Schicht aus Heu, Grassoden und Lehm bedeckt – «Regierungs-Schindeln», so nannte man sie.

Obwohl man es im Winter wunderbar warm und im Sommer kühl hatte, war das Leben in einer solchen Grashütte unerträglich rau. Doch allmählich waren die Farmen entstanden. Riesige Getreideflächen grünten und ließen das Prärieland später golden schimmern. Im Vergleich dazu waren die Farmen hier im Buschland klein, die Anbausaison war kurz und der Ertrag ungewiss. Andererseits gab es hier aber nicht die Sand- und Schneestürme, die man im offenen Land fürchten musste.

Hier, so dachte Kate, *gehören das Raue und das Schöne zusammen: die stachelige Distel und der überwältigende Duft der robusten, fünfblättrigen Wildrose.*

Morgens ging Kate immer zu Fuß. Doch wenn der Unterricht vorbei war und sie das letzte Kind verabschiedet hatte, ging nicht selten die Tür auf und Abram Weatherby kam herein, und ein Lachen lag in seinen blauen Augen und auf seinen gebräunten Wangen. Er setzte sich gemütlich auf eine der hinteren Bänke und sah ihr zu, wie sie die Ofenklappe schloss, ihr Pult zurechtrückte und ihre Unterlagen einsammelte. Dann half er ihr in seinen Buggy, legte eine Decke um sie und ratterte mit ihr über die Straßen, bis sie das Gefühl hatte, dass sie keine weitere Meile mehr schaffen würde. Dann zog er sie an sich und lachte in ihre Augen.

Er tut mir gut, dachte sie. *Ich bin eher ernst, und er steckt immer voller Spaß*.

Alle flachen Tümpel und Pfützen waren zugefroren. Das «Gummi-Eis» auf den Seen – auf dem zu gehen so viel Spaß machte, das aber auch gefährlich war – war nun felsenfest geworden, und es hatte immer noch nicht geschneit.

Es war der ideale Zeitpunkt für eine Schlittschuh-Party. Später würde das Eis unter einer dicken Schneeschicht liegen und man konnte nur noch auf einer schmalen Bahn eislaufen, die man mühsam freigekratzt hatte.

Von allen Seen war der Graham-See am zentralsten gelegen. Und es gab eine kleine Blockhütte am Ufer, die von allen scherzhaft das «Clubhaus» genannt wurde. Es diente den Eisläufern zum Aufwärmen, wenn sie von Zeit zu Zeit eine Pause einlegen mussten, um ihre gefühllos gewordenen Füße zu rubbeln, denn Frostbeulen waren immer eine Gefahr.

«Wenn du nach dem Clubhaus siehst», sagte Judd zu seiner Schwester am Tag, an dem die Party stattfinden sollte, «dann werde ich etwas Holz dorthin schaffen.» Es war wie jedes Jahr, und so nahm Linn gern ihre Schaufel zur Hand, um die alte Asche wegzubringen, und einen Besen, um die Bänke abzufegen.

Es war ihr nicht entgangen, dass Abrams Buggy an vielen Tagen beim Schulhaus stand, und so war sie oft missmutig und deprimiert. Ihren Plan, Abram anzusprechen, hatte sie nicht ausgeführt, und schließlich fing sie an, ihm aus dem Weg zu gehen. Einmal, als sie seine oberflächliche Begrüßung nur mürrisch erwiderte, sah sie einen fragenden Ausdruck in seinen Augen und wurde rot, noch bevor sie ihr Gesicht abwenden konnte.

«Er erinnert sich sehr wohl daran», dachte sie und wusste nicht, ob diese Erkenntnis ihren Gefühlszustand verbesserte oder verschlechterte.

Einen Abend lang Schlittschuh zu laufen würde eine willkommene Ablenkung sein. Der Winter, die lange Jahreszeit, hatte kaum begonnen, und schon fand Linn die erzwungene Ruhe bedrückend.

Trotz aller Befürchtungen, dass es doch noch schneien könnte und man alles absagen müsste, war der Himmel am Abend klar. Buggys füllten den Hof der Grahams und reihten sich am Zaun vor dem Schulhaus auf, und lachende Menschen, jung und alt, machten sich auf den Weg zum See.

Trapper und Boyd Farley wanderten von ihrem Grundstück aus über den zugefrorenen See und holten unterwegs Berry Lille ab. Berry war eine dunkle Schönheit mit ihrer scharlachroten Mütze, während das Licht der Laterne, die am Clubhaus hing, wie ein Saphir auf Linns blauer Kappe und dem Schal schimmerte. Kates weiße Haube saß dagegen wie eine Krone auf ihrem braunen Haar.

Über ihnen schien der Mond von einem wolkenlosen Himmel und folgte ihren Füßen auf dem Eis, während sie Schlittschuh liefen, eine prachtvolle Spiegelung auf einem See blank wie Glas. Die Kufen zischten leicht durch eine Nacht mit Millionen von Sternen, und das Haar der Läufer flog mit dem Wind und schien von einer weiteren Million glitzernder Sterne durchwebt zu sein.

Von Anfang an sah Abram nur noch Kate. Dieselbe eisige

Luft, die ihre Wangen gerötet hatte, brachte auch das Blut in den Adern des jungen Mannes warm zum Pulsieren.

Kate hatte Abrams Annäherungsversuche zwar nicht zurückgewiesen, doch sie war von einer stillen Zurückhaltung umgeben, die ihn quälte und ihn an ihrem Interesse zweifeln ließ. Und das war Abram nicht gewohnt.

Plötzlich musste er Gewissheit haben. Lange genug hatte er hier und da herumgeturtelt. Abrupt hielt er mitten auf dem See an und schwang sich herum, so dass er direkt vor ihr stand. Mit einem Finger hob er Kates Kinn an. Sie sah ihm fest in die Augen. Es lag etwas in diesem ebenbürtigen Blick, eine würdevolle Haltung, eine reife Persönlichkeit, die seine Leichtherzigkeit in Frage stellte.

Dort im Mondlicht schlang er seine Arme um sie und zog sie zu sich heran, so nahe, wie es mit der dicken Kleidung möglich war, und ihr Gesicht war immer noch zu seinem erhoben, als ob sie ahnte, dass nun ein sehr ernster und im Leben dieses fröhlich-geselligen Mannes seltener Moment gekommen war.

Mit heiserer Stimme sagte Abram: «Kate, heirate mich», und seine Augen hörten nicht auf, diesen festen Blick zu erforschen mit dem Wunsch, er möge sich doch verwandeln.

Doch erst als er «Ich liebe dich» hinzufügte, glomm ein warmes Licht in ihren Augen auf – und gab ihm die ersehnte Antwort.

Im Clubhaus gestattete Charity Marc, ihre Schlittschuhe zu schnüren, und sie genoss es, dass dieser kräftige Mann vor ihr kniete. Marc, der ihren zufriedenen Ausdruck bemerkte, setzte sich auf seine Fersen und sagte in dem üblichen leichten Tonfall, den er ihr gegenüber immer anschlug: «Also, Miss Schlauberger, es kann losgehen.»

«Komm, lauf mit mir», neckte Charity ihn mit gesenkten Wimpern. «Vielleicht habe ich es verlernt ... es könnte sein, dass ich hinfalle.»

Marc wusste, dass sie mit ihm flirtete. Er nahm sie beim Arm und führte sie am Kreis der ausgestreckten Beine und Füße derer vorbei, die sich auf die Bänke im Clubhaus rund um den glühenden Ofen gesetzt hatten; und dann ging es hinaus aufs Eis.

Eine Weile liefen sie schweigend nebeneinander her und genossen in vollen Zügen den ersten Schlittschuhlauf des Jahres. Der Kreis führte rechts herum, und der ganze See war gesprenkelt mit Schlittschuhläufern, die allein oder in Paaren unterwegs waren. Die Kinder fassten sich an den Händen und bildeten lange Schlangen.

«Hast du schon richtige Skibeine entwickelt?», fragte Marc scherzhaft, und Charity lachte.

Doch als er seine Hände aus ihrem überkreuzten Griff löste, klagte Charity: «Mein Schlittschuh ist lose!»

Und als sie weiter darauf beharrte, liefen sie zum Ufer und setzten sich auf einen umgestürzten Baumstamm. Charity streckte ihr Bein aus. Marc kniete sich nieder, untersuchte die Schnürsenkel, dann hob er den Blick und sagte mit spöttischem Tonfall: «Also schön – raus mit der Sprache: Was hast du wirklich im Sinn? Oder gefällt es dir einfach, mich vor dir auf den Knien zu sehen?»

«Du nimmst mich nie ernst!», schnaubte Charity, die den Augenblick sichtlich genoss.

Marc betrachtete eine Weile ihr Gesicht, dann setzte er sich neben sie und fragte sich, wie er mit der Situation umgehen sollte. Sein natürlicher Instinkt sagte ihm, dass er sie in die Arme nehmen sollte. Aber er hatte sich selbst strenge Vorschriften auferlegt, und er wusste, dass diese leicht zu erschüttern waren, wenn er schwach wurde, und dass dies Folgen haben würde. Charitys Jugend, die Einwände ihrer Mutter, sein Plan, eine eigene Farm zu gründen – all dies würde schon irgendwann Gestalt annehmen, doch es würde Zeit brauchen.

«Charity, meine süße …» Marc hielt inne, unsicher, wie weit er sich offenbaren sollte.

Charity wandte ihm ihr Gesicht zu, und ihre Augen glühten im Mondlicht. Einen qualvollen Augenblick lang zögerte Marc. Sie wirkte so viel älter, sie schien schon reif genug für die Liebe. Und weil Marc sie liebte, wusste er, dass er vorsichtig vorgehen musste. Wenn er ihre Gefühle zu früh weckte, würde Charity nur schwer zu kontrollieren sein.

Mit einem Stöhnen nahm er trotz seiner Handschuhe Charitys Kinn zwischen Daumen und Zeigefinger und schob ihr Gesicht weg von ihm.

«Benimm dich, du Frechdachs», sagte er mit belegter Stimme.

Das Glühen in Charitys Augen erlosch ebenso wie ihr erwartungsvoller Ausdruck. Selbst im schwachen Schein des Mondes konnte Marc ihre mürrisch zusammengepressten Lippen sehen. Er wusste, dass sie wütend und verletzt war, und so fügte er mit ernster und sanfterer Stimme hinzu: «Hör mir zu. Wenn du so erwachsen sein willst, dann versuch es zu verstehen. Denn ich sage es nur ein einziges Mal, Cherry: Ich möchte dich küssen … und wie ich es will! Aber es ist zu früh … es ist zu früh. Siehst du das nicht ein? Du bist zu jung. Und das hier ist kein Spiel – nicht für mich.»

Mit einem zornigen Ausruf sprang Charity auf und lief wieder auf den See. «Zu jung! Ich habe es satt, immer hören zu müssen, ich sei zu jung!»

Mit einer Mischung aus tiefem Schmerz und leichtem Ärger sah Marc, wie Charitys Gestalt im Zickzacklauf über den See in Richtung Hütte davonflog.

Sie ist alt genug, um eine Frau sein zu wollen, dachte er, *doch zu kindisch, um damit richtig umzugehen. Warte doch einfach, meine Geliebte, warte doch …*

Und er wagte zu hoffen, dass sie warten würde.

Wie immer, wenn Abram anwesend war, wurde Linn von widersprüchlichen Gefühlen überwältigt. Als sie ihn mit Kate Mason sah, endete ihre Hoffnung auf einen schönen Abend in Seufzen und Stöhnen. Sie entfloh den jungen Männern, die sie um einen gemeinsamen Lauf baten, und begab sich zum weit entfernten Ende des Sees. Hier, weit weg von neugierigen Blicken, lief sie in engen Kreisen und hatte keine Augen für die Schönheit des Abends.

«Wenn doch nur … wenn doch nur …» Doch sie konnte den Satz nicht beenden. Kein Gebet kam über ihre Lippen. Sie konnte sich einfach nicht überwinden, um die Liebe Abram Weatherbys zu bitten. Andererseits: Darum zu beten, dass Gottes Wille geschah – es war nicht einfach, die eigenen Träume aufzugeben! Und so fand Linn den Trost nicht, den sie hätte finden können.

Eines Tages, irgendwann in der Zukunft, wäre es sicher vernünftig, sich Gottes Willen unterzuordnen. Doch nun, im Selbstbewusstsein und Eigensinn ihrer Jugend, war Linn überzeugt – wenn auch mit ein paar Zweifeln –, dass sie selbst wusste, was gut für sie war.

Manche Leute sind an gebrochenem Herzen gestorben, dachte sie finster und klammerte sich an ihre verzweifelte Lage. *Doch ich habe das Glück, weiterzuleben*. Mit diesem eher trostlosen Gedanken fand sie ihren Humor wieder, der traurige Zug um ihren Mund entspannte sich, und sie war in der Lage, zum Clubhaus zurückzukehren und sich den anderen anzuschließen, die sich drinnen drängten, um ein paar Erfrischungen zu sich zu nehmen.

Doch dann zuckte sie zusammen, und der heiße Kakao schwappte aus der Tasse auf ihre Hand, ohne dass sie den Schmerz bemerkte, denn ein aufgeregter Abram zog Kate durch die Tür und verkündete: «Überraschung! Katy und ich werden heiraten!»

Inmitten der spontanen Gratulationen, in die alle Anwesenden ausbrachen, beglückwünschte Linn sich zu ihrer Selbstbeherrschung und ihrer Fähigkeit, unbewegt auszusehen. Doch warum nur warf sie einen raschen Blick zu der einzigen Person, die ihre Farce durchschaute und ihre wahren Gefühle ahnte? Trapper Farleys dunkle Augen waren über die Köpfe der johlenden Menge hinweg auf sie gerichtet.

Linn hob das Kinn und blickte ihn herausfordernd an, bis er schwach lächelte und sich abwandte.

Aufgebracht schwor sie sich: *Ich werde nie wieder Kakao trinken, so lange ich lebe!*

Kapitel 11

«Alvin! Wach auf!»

«Was ist, Mutter?» Alarmiert richtete Alvin sich auf einen Ellbogen auf und blickte in das grimmige Gesicht seiner Frau, die sich mit der Lampe in der Hand über das Bett beugte, das Haar offen über ihre Schultern hängend.

«Modesty ist noch nicht zu Hause!»

Alvin seufzte, gähnte, legte sich wieder hin und schloss die Augen. «Sie kommt schon noch, Mutter. Keine Sorge.»

«Aber wir sind doch schon über eine halbe Stunde zu Hause!»

«So lange ist das nicht. Hast du schon vergessen …?»

«Alvin!»

Dolly lief von einem Fenster zum anderen, bis kurz darauf das Räderrattern von Judds Buggy zu hören war, der in den Hof fuhr.

Dolly, die sich nur mühsam beherrschen konnte, ihre Tochter nicht von der Veranda ins Haus zu zerren, stellte Modesty zur Rede, kaum dass sie die Tür hinter sich geschlossen hatte: «Wo bist du gewesen, junge Dame?»

«Mutter! Du hast mich erschreckt. Wo ich gewesen bin? Nun ja, du weißt doch … bei Judd natürlich … er hat mich nach Hause gefahren.»

Modesty schlüpfte an ihrer wutschnaubenden Mutter vorbei in das kleine Zimmer, das sie mit Charity teilte. Das Flüstern und unterdrückte Kichern, das von dort zu hören war, reichte, um Dolly wieder ins Schlafzimmer marschieren zu lassen und Alvin wachzurütteln. Mit donnernder Stimme rief sie: «Nun haben wir's! Es ist klar und deutlich zu sehen: Wir können keiner von beiden trauen! Sie sorgen dafür, dass ich vorzeitig ergraue – sie bringen mich noch ins Grab!»

«Geh schlafen, Mutter», sagte Alvin mild. «Sie sind gute Mädchen.»

«Das sollen sie noch werden, so wahr ich Dorinda Eustachia Trimble heiße!»

Alvins Augenlider zitterten, und er drehte sein Gesicht rasch ins Kopfkissen.

Murrend und brummend warf Dolly sich ins Bett, sah vor ihrem inneren Auge alle möglichen unwahrscheinlichen Szenarien und steigerte sich immer mehr in die Frage hinein, was sie dagegen unternehmen sollte.

Was würde Queen Victoria tun? Die damalige Königin, die ihrem Zeitalter ihren Namen gegeben und den Stempel ihrer Persönlichkeit aufgedrückt hatte, was Anstand und Schicklichkeit betraf, war für Dolly Trimble das oberste Vorbild in allen Dingen.

Ein letztes Murmeln von Alvin ließ Dolly zunächst aufhorchen und sich dann wieder hinlegen. Sicherlich hatte sie sich nur verhört, hatte es doch verdächtig nach dem Bibelvers geklungen: «Wirf dein Anliegen auf den Herrn; der wird dich versorgen.»

«Dreh dich um, Alvin, du schnarchst!»

Die Arbeit auf der Farm am nächsten Morgen und die Vorbereitungen für den bevorstehenden Kirchgang ließen den Konflikt zwischen Mutter und Töchtern in den Hintergrund treten. Trotzdem scheute die Familie nervös vor Dollys bebenden Nasenflügeln und ihrem kühlen Blick zurück, denn sie kannten sie nur allzu gut.

Nach dem Gottesdienst schlüpfte Modesty an die Seite

ihrer Mutter und fragte: «Darf ich heute Nachmittag mit Judd ausreiten?»

«Nein, das darfst du nicht», antwortete Dolly unvermittelt und fügte hinzu: «Wir reden noch darüber, Miss!»

Modesty, die den ernsten Ton ihrer Mutter wohl einzuschätzen wusste, war auf dem ganzen Nachhauseweg und während des Mittagessens still.

Am Nachmittag, während Alvin schlief und Harmony draußen spielte, ging Dolly zum Zimmer ihrer älteren Töchter. «Mädchen», sagte sie, «ich muss mit euch reden. Von Mutter zu Tochter.»

Modesty und Charity sahen einander bestürzt an und folgten der ausnehmenden Gestalt ihrer Mutter ins Wohnzimmer.

Dolly ließ sich auf ihrem Stuhl breit nieder wie eine Regentin auf dem Thron, betrachtete die hübschen jungen Gesichter vor sich und beschloss, sich von ihren bittenden Mienen nicht erweichen zu lassen.

«Vielleicht habt ihr die Grundsätze, die euer Vater und ich beschlossen haben, nicht verstanden. Wohlerzogene Töchter tollen nicht mit Vertretern des anderen ... mit männlichen Wesen herum.»

Modestys und Charitys Blicke begegneten sich. Nichts konnte verhindern, dass sie in Gelächter ausbrachen. Doch dies war ein schwerer Fehler.

Aus Frost wurde Eis. «Du, Modesty, wirst Judd Graham ein ... einen Monat lang nicht treffen. Und dann auch nur, wenn du bitteschön daran denkst, dass du zum vereinbarten Zeitpunkt zu Hause sein wirst.»

Modesty öffnete ihren Mund, um zu protestieren, doch Dolly fuhr unbeeindruckt fort: «Und du, Miss», und damit meinte sie Charity, «wirst nichts, aber auch gar nichts mit dem anderen ... Ge... mit Männern zu tun haben.»

Charitys Augen weiteten sich in ungläubigem Entsetzen: «Aber … warum? Ich bin doch kein Kind mehr. Als du Papa geheiratet hast, warst du kaum älter als …»

«… so lange, bis du gelernt hast, dich nicht so schamlos aufzuführen», fuhr Dolly fort, als sei sie gar nicht unterbrochen worden. «Du bist viel zu impulsiv, viel zu rasch. Ein … ein Wildfang. Ein Glück habe ich dich nicht Prudence, die Vorsichtige, genannt.»

Charity stöhnte. «Aber Mama, so bin ich nun mal. Es ist meine Natur! Ich bin diejenige, die immer zuerst die Weihnachtsgeschenke aufreißt – erinnerst du dich nicht? Ich bin diejenige, die eine Kartoffel ausgegraben hat, um zu sehen, ob sie schon keimt.»

«Ich erwarte nicht, dass du jemals besonders zurückhaltend und sittsam sein wirst», räumte ihre Mutter ein, «doch Selbstbeherrschung kann man lernen. Und du, meine Missy, wirst nur so viel Freiheit bekommen, wie du gelernt hast, dich zu beherrschen.»

Charitys Augen wurden so grau und tot wie der Winterhimmel draußen vor dem Fenster, neben dem sie stand. Ihr Gesicht war so weiß wie ihre Schürze. Ohne ein Wort drehte sie sich um und ging in ihr Zimmer.

Dolly wandte sich zu Modesty und sagte in einem fast entschuldigenden Ton: «Ich hoffe, du verstehst, warum ich das alles gesagt habe.»

Als Modesty nicht antwortete, fuhr Dolly fort: «Es geht nicht so sehr um dich, mein Liebes. Judd ist ein feiner junger Mann, und es gibt da nicht wirklich ein Problem. Nein, es ist …»

«Es ist Marc Szarvas, nicht wahr, Mama?»

Dolly wandte den Blick ab.

«Aber warum, Mama? Marc Szarvas hat überall einen guten Ruf.»

«Nicht bei mir! Dein Vater und ich wollten damals dieses Land. Aber dann bekam es dieser ... Immigrant, Lazlo Szarvas bekam es! Denk mal, ein Ausländer, der kaum Englisch, die Sprache unseres Königs, sprach, während meine Großeltern bereits in die Neue Welt gekommen waren – von England! Es ist wie beim Turmbau zu Babel ... die Leute brabbeln in allen ausländischen Sprachen!»

Modesty sah sie mit fragendem Blick an. «Aber Mama, heißt es denn nicht in der Bibel, dass alle Gläubigen in Christus eins sind, dass es keinen Unterschied zwischen Juden und Griechen mehr gibt, zwischen Sklaven und Freien ...»

«Doch es heißt auch», antwortete Dolly schlagfertig, «‹soll ich meines Bruders Hüter sein?› Und wenn das zur Zeit Adams gegolten hat, dann gilt es auch noch für mich.» Dolly zitierte die Bibel so frei, wie sie Queen Victoria zitierte.

Modesty öffnete schon den Mund, um ihre Mutter daran zu erinnern, dass sie die Ausrede des ersten Mörders auf der Welt benutzt hatte, doch Dolly fuhr unbeeindruckt fort: «Doch *ich* bin meiner *Tochter* Hüterin! Und ich werde sie von Marc Szarvas fernhalten, und wenn es das Letzte ist, was ich tue. Eines Tages wird sie mir dafür dankbar sein. Du wirst schon sehen.»

Darauf würde ich mich nicht verlassen, sagte Modesty zu sich selbst.

Modesty schloss die Tür hinter sich und betrachtete ihre Schwester, die auf dem Bett lag. Charitys Verzweiflung war jenseits aller Tränen. Sie lag auf dem Rücken, beide Hände in die Bettdecke gekrallt, und starrte an die Zimmerdecke.

«Sie ist verrückt», murmelte sie mit zusammengepressten Lippen. «Wenn sie denkt ...» Modesty beendete ihren Satz nicht.

«Marc wird auf dich warten», sagte Modesty und rieb die kalte Hand ihrer Schwester in der ihren.

«Ich will nicht warten», sagte Charity mit tonloser, flacher Stimme. «Marc ist der Einzige für mich. Ich weiß es. Marc weiß es. Es wird einen Weg geben … es muss einen Weg geben …»

Modesty weinte hilflose Tränen, stellvertretend für ihre Schwester.

Charity kam nicht zum Abendbrot. Als Alvin nach ihr fragte und Modesty keine Erklärung gab, blickte er seine Frau fragend an.

«Sie schmollt, Alvin», erklärte Dolly. «Aber sie wird darüber hinwegkommen.»

Dolly besaß einen so starken Willen und es war so bequem, sie die Dinge regeln zu lassen, dass Alvin, ein friedliebender Mann, meistens still seiner Wege ging und alles ihren fähigen Händen überließ. Und wenn es um seine Töchter ging, fühlte er sich besonders hilflos. Es gelang ihnen leicht, ihn um den Finger zu wickeln, und ihm fiel es schwer, sie zurechtzuweisen.

«Ich hoffe, du weißt, was du tust», sagte er nun zu Dolly und war nicht wirklich überzeugt, als sie mit Nachdruck antwortete: «Das tue ich, mein Lieber. Morgen wird es ihr wieder gut gehen, du wirst sehen.»

Und zu seiner Erleichterung schien Charity am nächsten Morgen wieder ganz die Alte zu sein. Wenn sie stiller war als sonst, führte er das auf ihre Kindlichkeit zurück. Sie war ja halb Kind und halb Frau. Er beugte sich mit seiner hageren Gestalt zu ihr herunter und gab ihr einen Kuss auf die Wange, bevor er hinaus zur Scheune ging. Sie gab ihm nicht ihre sonst übliche ungestüme Antwort, und Alvin warf Dolly einen Blick zu. Die schüttelte nur warnend den Kopf. Alvin seufzte, tätschelte Charitys Schulter und verließ das Haus.

Charity bereitete für sich selbst und Harmony die Pausenmahlzeit zu, packte Wurstbrote und großzügige Stücke Prinz-Edward-Kuchen in die Essensbehälter. Dann rief sie ihre kleine Schwester herbei und zog ihr die Überschuhe an, als Schutz gegen die bittere Kälte und zur Vorsicht, falls es doch noch schneien würde, bevor der Tag vorüber war.

Sie schlüpfte in ihren Mantel, nahm die Behälter und ihre Schulbücher und wandte sich zum Gehen. Modesty sah ihr hilflos zu.

«Charity.» Dollys Stimme ließ Charity an der Tür innehalten.

«Dreh dich um!», sagte Dolly scharf, und Charity wandte sich um.

«Sieh mich an, Charity», befahl Dolly in aufgebrachtem Ton. Charity gehorchte.

«Nun, meine Liebe ...», begann Dolly. Doch als sie Charitys unbewegliches Gesicht sah, verstummte sie, und die versöhnlichen Worte, die sie sagen wollte, blieben unausgesprochen. «Trödle nicht auf dem Heimweg», setzte sie lahm hinzu, und ihr Gesicht rötete sich, als Charity mit keiner Regung verriet, ob sie ihr zugehört hatte und ob sie ihr folgen würde.

Schließlich sagte Dolly seufzend: «Also, dann geht los, sonst kommt ihr zu spät.»

Charity schloss leise die Tür.

«Siehst du?», sagte Dolly zu Modesty und unterbrach so mit ihrer festen Stimme die drückende Stille im Raum. «Ich habe doch gesagt, heute geht es ihr wieder gut.»

Kapitel 12

Der beladene Himmel sackte tiefer und tiefer, bis er wie ein zu vollgestopftes Kissen an den Nähten platzte und seine federleichte Last abwarf.

Von einem Fenster in einem alten Blockhaus mit einer verblichenen grünen Tür aus blickte Hubert Runyon durch den Vorhang aus Schnee hinüber zu einem anderen Haus, das nicht weit weg war und genauso aussah, nur dass es eine rote Tür hatte. Er betrachtete den Rauch, der dort aus dem Ofenrohr stieg.

«Guck mal, Harry», sagte er, und sein Bruder trat neben ihn.

«Ich hab schon mal Schnee gesehen, Bert, mehr als mir lieb ist.»

«Nicht der Schnee, du Nudelhirn! Der Rauch – es kommt wieder Rauch aus meinem alten Haus.» Man merkte Hubert an, wie zufrieden er darüber war, denn seine Stimme bebte vor Aufregung.

«Nudeln mochte ich schon immer gern», erklärte Harry mit milder Stimme. «Willie ist drüben, macht sauber und streicht, damit sie nach der Hochzeit dort einziehen können.»

«Wie es scheint, wird unsere Köchin schon ziemlich bald dort drüben einziehen.»

«Aber sie bleibt trotzdem unsere Köchin. Und im Moment kocht hier irgendwas ganz Leckeres.» Harry schnüffelte verzückt, denn er konnte es immer noch nicht fassen, dass sie solches Glück gehabt – oder besser gesagt: einen solchen Segen erfahren hatten: Ihre Großnichte und deren Sohn waren aus Manitoba gekommen, um ihnen in ihrer Hilflosigkeit und Verzweiflung beizustehen.

«Sieht so aus, als hätten wir ein echtes Wunder erlebt», staunte Bert wieder einmal, während er darüber nachdachte, wie Sarah in ihr tristes Leben getreten war. Und dass sie und Willie Tucker nun auch noch ihr gemeinsames Glück gefunden hatten!

«Warum haben wir bloß nicht früher mit dem Beten angefangen, Bert?»

«Wir waren halt dumm.»

«Das gilt ja wohl nur für dich.»

Und schon waren die beiden alten Männer wieder in das allerschönste Wortgefecht verwickelt, das beste seit Wochen.

Im Haus der Jamesons zog auch Abbie den Vorhang beiseite und betrachtete den heftigen Schneefall. Irgendwo da draußen war Jamie dabei, ihre beiden Söhne, Corcoran und Cameron, von der Schule abzuholen. Natürlich hätten sie auch nach Hause laufen können wie sonst jeden Tag. Doch dies war wieder ein Zeichen dafür, wie Jamie seine neue Familie umsorgte. Und Abbie war darüber keineswegs überrascht. In der bitteren Zeit nach Matthews Tod, als das Leben sich ihr von der harten Seite zeigte, hatte Jamie dieselben guten Eigenschaften offenbart. Gott sei Dank hatte sie das rechtzeitig erkannt, bevor ihr eigensinniges Herz sie immer tiefer in ihr nur gespieltes Gefühl von Unabhängigkeit verwickelte.

«Danke, lieber Vater im Himmel, für Jamie», flüsterte Abbie und wusste, dass ihre Angst vor dem Busch und der alles unter sich begrabenden Schneedecke unter der Liebe und Fürsorge ihres zweiten Mannes dahingeschmolzen war wie der Schnee im Frühling.

«Danke für Papa», wiederholte die kleine Merry an der Seite ihrer Mutter. Abbie drehte sich um und schloss die kleine Gestalt in ihre Arme. Gemeinsam warteten sie dann auf die Ankunft der drei männlichen Wesen in ihrem Leben.

Endlich hatten der Winter und der endlos tiefe Busch nichts Bedrohliches mehr für Abbie.

Kate beendete den Unterricht früher und schickte die Kinder rasch nach Hause, denn wie es schien, stand ein gewaltiger Sturm bevor. Sie ging mit denen zusammen, die dieselbe Richtung wie sie hatten, und ermahnte sie, nicht zu trödeln, als sie schließlich ihrer eigenen Wege gingen.

Sie stampfte den Schnee von ihren Stiefeln ab und öffnete die Tür zur Küche, wo es schon nach Mittagessen duftete. Maggie goss gerade Wasser in eine Teekanne.

Die Gute, dachte Kate, dankbar für die liebevolle Geste dieser starken, ruhigen, freundlichen, reifen Frau, über die sie immer noch so wenig wusste. Woher sie auch kam und wer sie auch war, sie war einfach ein Schatz.

Kate hängte ihren schneedurchnässten Mantel auf und nahm eine dampfende Tasse Tee entgegen. Dann trat sie neben den Herd und sagte: «Es ist merkwürdig da draußen.»

Maggie zog den gemusterten Baumwoll-Vorhang beiseite und warf einen Blick auf den düsteren Himmel. «Ich hoffe, alle sind gut nach Hause gekommen», sagte sie. «Der Schnee hat so lange auf sich warten lassen. Er ist so spät dran ... Wir werden heute Abend alle am warmen Kaminfeuer am besten aufgehoben sein.»

Maggie erschauerte, und aus irgendeinem Grund

musste Kate plötzlich an das kleine Bild mit dem Goldrahmen denken und an das Kind, dessen Gesicht sie so bezaubert hatte und von dem sie nie etwas gehört oder gesehen hatte.

«Ja, in einer solchen Zeit sollten die Familien beieinander sein – so viel ist sicher», sagte sie nachdenklich. Dann wanderten ihre Gedanken zu Abram und seinem kleinen Haus am anderen Ende des Distrikts. Sie musste zugeben, dass sie sich wohler gefühlt hätte, wenn sie jetzt beieinander wären. Abram war wie Sonnenschein an einem düsteren Tag.

Er drängte auf einen frühen Hochzeitstermin. Vielleicht war es die Einsamkeit dieses Tages, doch irgendwie dachte Kate plötzlich: «Warum warten?» Der düstere Tag schien sich doch ein wenig aufzuhellen bei dem Entschluss zu heiraten, in Abrams gemütliches Haus zu ziehen und glücklich zu leben bis ans Ende ihrer Tage.

«Maggie», sagte sie und wandte sich an ihre Freundin um Rat, «könnte ich es schaffen, bis Weihnachten eine Hochzeit vorzubereiten?»

Linn stand zwischen Kornspeicher und Hühnerhaus und linste zum Schulhaus hinüber, wo auch das letzte Kind verschwunden war und durch das Schneegestöber nach Hause eilte.

Spontan ließ sie den Eimer mit der Maische stehen, blickte kurz zum Haus, wo ihre Mutter in ein Buch vertieft neben dem rot glühenden Ofen saß, und lief mit schnellen Schritten, ohne viel nachzudenken, den Hügel hinauf, einem plötzlichen, fernen Impuls ihres Herzens folgend, der sie dorthin zog.

Das kleine Gebäude, das für das Leben in Donnybrook eine so zentrale Bedeutung hatte, war für die Kinder viel mehr als nur ein Schulhaus: Hier erhielten sie ihre religiöse Erziehung und empfingen geistliche Lehre. Die Tür, die niemals abgeschlossen wurde, öffnete sich willig.

Linn stampfte den frisch gefallenen Schnee von ihren Füßen, schloss die Tür hinter sich und stand eine Weile still in der allmählich abklingenden Hitze des großen Ofens. Ein gewisser Friede kehrte in ihr verwundetes Herz ein. Wie ein Boot aus Birkenrinde von tosenden Stromschnellen hin und her geworfen wird, so hatte auch Linns kleines Lebensschiff in den unbekannten Strudeln und Wirbeln ihres Herzens die Orientierung verloren und Schiffbruch erlitten.

Und wie ein zerschmettertes Schiff den übermächtigen Wogen entkommt und sich endlich, wenn auch ohne Ruder, in ruhigeren Gefilden wiederfindet, so fand Linn ihren Weg in eine Ecke des Raumes, wo auch das kleine Harmonium stand. Hier neben dem Stuhl mit dem roten Samtbezug und den goldenen Verzierungen fiel sie auf die Knie und warf Anker, als sie den Kopf auf ihre Arme sinken ließ.

Doch ihr Mund konnte oder wollte ihre gemischten Gefühle nicht zum Ausdruck bringen. *Gott, wenn du wortlose Gebete erhörst, dann erhöre meines!* Aber es waren nicht nur ihre sturen Lippen, die sich weigerten, ihre verzweifelte Suche nach Hilfe auszusprechen – es war auch ihr stures Herz, das in einer tödlichen Umklammerung ein bestimmtes Gefühl festhalten und es nicht dem prüfenden Blick des himmlischen Vaters aussetzen wollte.

Als Linn den Raum wieder verließ, fragte sie sich, ob es ihr gelungen war, die Erinnerungen hinter sich zu lassen, die einerseits so bitter und andererseits so schön waren, dass man sie nicht einfach vergessen konnte.

Schon bevor die Bewohner von Donnybrook-Wildrose schlafen gingen, lagen die schweren, weichen Flocken mehrere Zentimeter hoch auf allen Zaunpfosten, hüllten jeden Baum und Busch in einen wolligen Mantel und löschten jede menschliche Spur auf der Erde aus.

Die üblichen abendlichen Geräusche erklangen gedämpft. Tief in ihre Betten verkrochen wie jedes andere Lebewesen im Busch, tauchten die Menschen hier und da aus dem Schlaf auf und lauschten in die Stille, zogen ihre Wolldecken noch ein Stück höher und widerstanden jedem Bedürfnis und jedem Impuls, ihren warmen Kokon zu verlassen.

Einen halben Meter hoch lag der Schnee, als eine schwache Sonne, die nichts gegen die weiße Pracht ausrichten konnte, sich durch die dünner werdende Atmosphäre an den Himmel kämpfte. Kräftige Männer standen nur zögernd aus ihren warmen Betten auf und gingen zu den kalten Öfen, bliesen auf die glimmenden Kohlen und entlockten ihnen die Flammen, legten Brennholz nach und öffneten die Lüftungsklappen des Ofens, bis er rot glühte.

Zitternd huschten die Ehefrauen über das Linoleum, das so kalt war, dass es knackte. Sie zogen den Teekessel voller Eis auf die sich allmählich erwärmenden Herdplatten vorne, damit das Eis schmolz und das Wasser heiß wurde. Erst dann konnte man sich das Gesicht waschen, eine Tasse Tee kochen oder einen Brei zubereiten.

Die Kinder flitzten aus ihren eisigen Zimmern, hüpften wie Tänzer leichtfüßig über die kalten Böden und wirbelten wie die Derwische vor dem Ofen herum, in dem vergeblichen Versuch, Bauch und Rücken gleichzeitig aufzuwärmen. Die Kleider schleiften sie schnell zum Kamin und zogen sie über die lange Unterwäsche, in der sie geschlafen hatten. Heißer Haferbrei, mit einer sahnigen Milch übergossen und mit braunem Zucker bestreut, würde ihnen die nötige Energie für den vor ihnen liegenden Tag geben und für das abenteuerliche Unternehmen, sich einen Weg zur entfernt liegenden Schule zu bahnen.

Doch am Sonntag waren die Wege wieder frei, und es versammelte sich eine erstaunlich große Gemeinde zum Gottesdienst. Mit roten Wangen und kalten Nasen legten sie ihre schweren Mäntel ab und begrüßten einander mit klammen Händen. Kaum jemand bemerkte, welche Ironie nun in den Texten der Lieder lag, die Bruder Victor ausgesucht hatte. Voller Inbrunst sangen sie:

«Wo Milch und Honig fließen
und himmlische Lüfte weh'n,
die Blumen so herrlich sprießen,
die Sommer niemals vergeh'n.»

«Es war nicht einfach, heute hierher zu kommen, nicht wahr?», begann der Prediger.

Genau so sei auch das Leben, führte er weiter aus. Der Weg, auf dem sie heute gekommen waren, war voller Hindernisse. «Aber ihr habt sie überwunden», sagte er. Und die gute Nachricht war, dass der Heimweg leichter sein würde, weil sie den Weg bereits gebahnt hatten.

Für Linn aber würden die wenigen hundert Meter nach

Hause wie eine Ewigkeit sein, denn es war abgekündigt worden, dass Abram Weatherby und Kate Mason an Weihnachten heiraten würden.

Kapitel 13

Lustlos streute Linn den braunen Zucker über ihre kleine Schale mit Haferbrei und blickte dabei durch das mit Eisblumen verzierte Fenster hinaus auf einen außergewöhnlich schönen, noch jungen Tag. Der Winter zeigte sich von seiner besten Seite. Die Sonne glitzerte auf Milliarden von Juwelen, die Mutter Natur auf ihrer verschneiten Brust trug.

Seit Tagen wurde Linn die Zeit immer länger. Mitten im Winter gab es in einem so kleinen Haus einfach nicht genug zu tun für zwei Frauen. Das Lesematerial war begrenzt, und Zeitungen gab es immer nur in Bündeln, und zwar dann, wenn jemand zum Postamt gefahren war und die Post an alle Farmen verteilte, die auf seinem Nachhauseweg lagen. Dazu kam, dass Linn ihrer Meinung nach schon jedes Buch aus jedem Haus in Donnybrook ausgeliehen hatte. Und selbstgestrickte Socken brauchte man auch nur in begrenztem Maß!

Ungefähr zwei Tage waren ganz und gar ausgefüllt gewesen, nämlich als sie geschlachtet hatten. Das meiste Fleisch hatten sie auf Haken in den Kornspeicher gehängt, wo es gefroren blieb, bis man es brauchte. Ein paar gute Stücke hatten sie zum Pfarrhaus gebracht und einen Teil des Fleisches eingemacht, die einzige Möglichkeit, wie man auch im Sommer Fleisch essen konnte, abgesehen von den allgegenwärtigen Brathühnern.

Das Einmachen bedeutete viel Arbeit, doch es lohnte sich, vor allem wenn unerwarteter Besuch kam und man nur in den Keller zu gehen und ein Glas mit zartem Fleisch zu holen brauchte, das man nur noch erhitzte und dann den Gästen servierte. Man musste keinem widerspenstigen Huhn hinterherjagen ... keinen Kopf abhacken ... nicht ewig beim Feuer warten – einfach nur heißmachen und essen. Was für ein wunderbarer Fortschritt für jeden Haushalt war doch das Einmachglas mit seinen Gummiringen! Es war eine enorme Verbesserung im Vergleich zum Herstellen von geräuchertem oder gedörrtem Fleisch für den späteren Verzehr.

Jedes Haus hatte seinen Keller, wo die Gläser aufbewahrt werden konnten, (hoffentlich) ohne einzufrieren. Es handelte sich dabei in der Regel um ein großes Loch, das man unter dem Haus tief in die Erde gegraben hatte und das man durch eine Falltür im Fußboden erreichen konnte. Hier lagerte man frisches und eingemachtes Gemüse, Eier, Marmeladen und Gelees und manchmal sogar Nüsse aus dem Busch. Mit der Lampe in der Hand stieg man vorsichtig hinunter in diese dunkle Höhle, wo die Schätze lagerten.

Jede Hausfrau empfand ein Gefühl der Befriedigung, wenn sie am Ende des Sommers einen gut bestückten Keller hatte, und sie wähnte sich äußerst glücklich, wenn die Vorräte reichten, bis im Frühling die warmen Föhnwinde wehten und den gefrorenen Boden auftauten und der Garten wieder anfing, Früchte zu bringen. Wohl der Hausfrau, deren Kartoffeln und andere Mahlzeiten bis zum Ende des Winters reichten!

Für Linn aber schien alles so sinnlos, so unbefriedigend wie nie zuvor. Die Mahlzeiten, egal wie verführerisch zubereitet, schmeckten ihr nicht. Einmal, während sie gerade Holz im Herd nachlegte und ihr Gesicht von der Hitze rot glühte, brummte sie mit zusammengebissenen Zähnen eine Zeile des Liedes «Wie träge und trostlos vergehen die Stunden» vor sich hin und begegnete, als sie sich wieder umwandte, dem verwunderten Blick ihrer Mutter.

Nun sah sie Judd teilnahmslos zu, der gelbe Sahne über seinen Porridge goss und alles zu einem goldenen Brei verrührte, und fragte ihn: «Hast du heute Nacht die Rebhühner schnarren hören?»

«Nö. Ich gehe ins Bett und schlafe, das ist alles.»

Linn presste einen Moment lang die Lippen zusammen. «Wollen wir nicht auf die Jagd gehen?», fragte sie dann, angeregt durch den herrlichen Tag und ihren ruhelosen, an das Haus gebundenen Geist.

«Kann nicht. Soll den Szarvas heute beim Sägen helfen. Morgen bringen sie die Säge hierher, und wir machen unser Feuerholz. Schon vergessen?»

Das hatte sie. Doch so war es hier üblich: Jeder half jedem mit dem, was zu tun war.

«Und du bist bitte vorsichtig, mein Sohn!», warnte Celia wie immer. In der bitteren Kälte wurden die Hände klamm und taub, und so kam es häufig zu Unfällen. In mehr als einem Haushalt gab es einen Mann, dem ein oder zwei Fingerspitzen fehlten.

«Das bin ich, Mama. Mach dir keine Sorgen», antwortete Judd wie immer.

Mutter und Sohn lächelten einander an, beide irgendwie erleichtert, dass sie es ausgesprochen hatten.

Auf Celias Lächeln folgte ein Seufzen, als Judd sein Frühstück beendete und aufstand, wobei er seinen schlanken jungen Körper streckte. Er trug eine schwere Verantwortung. Doch beide Kinder liebten die Farm, und niemals beklagten sie sich über die viele Arbeit, die Entbehrungen oder die Abgeschiedenheit. Und natürlich kannten sie auch nichts anderes.

Doch Linn, so empfand es Celia, war in letzter Zeit so ruhelos, nicht so fröhlich wie sonst. Irgendetwas bedrückte ihre Tochter, und Celia ahnte, dass es mit ihrer ersten Liebe zu tun hatte. Linn würde ihr Herz nicht leichtfertig verschenken.

Wie es ihre Gewohnheit war, schwieg Celia, beobachtete und betete.

Linn hauchte gegen die Scheibe und kratzte die Eisblumen mit dem Fingernagel weg, dann betrachtete sie die Welt da draußen: Auf den Fensterbänken türmte sich der Schnee.

«Warum gehst du nicht eine Weile hinaus?», schlug Celia vor.

Linn sah ihre Mutter überrascht an. «Wo in aller Welt könnte ich denn hingehen?»

Celia hatte plötzlich einen Einfall. «Auf Rebhuhnjagd. Du kannst ja alleine gehen, wenn dein Bruder keine Zeit hat. Ein so schöner Tag kommt so schnell nicht wieder.»

Es klang verlockend. Selbst wenn sie keine Vögel fand: Allein schon der Weg quer durch den Busch würde ein aufregendes Erlebnis sein. «Hört sich gut an», gab sie zu.

«Na, dann los! Was hier zu tun ist, kann ich gut allein erledigen … Es muss ja heute nichts gebacken werden.»

«Ich mach's!» Linn sprang auf und erledigte schnell die wenigen Aufgaben, die sie sich noch vorgenommen hatte. Sie mischte die Maische für die Hühner und brachte sie hinaus, fütterte den Hund, holte Rüben aus dem Keller, füllte den Wasserbehälter und machte sich dann zum Gehen fertig.

Sie zog ein Paar alte Hosen von Judd an und stopfte sie in ihre Überschuhe, damit der Schnee nicht eindringen konnte. Dann schlüpfte sie mit ihrem warmen Pullover in ihre dicke Jacke, knotete sich einen Schal um den Hals und setzte eine rote Wollmütze auf.

«Jetzt sehe ich aus wie eine Meise!» Sie lachte, als sie sich im Spiegel über der Anrichte erblickte, und holte vorsichtig das alte Gewehr ihres Vaters herunter, das dort oben an der Wand hing.

«Es gibt nur Rüben und Kartoffeln zu Abend, wenn du kein Rebhuhn schießt!», drohte Celia.

Linn grinste, steckte eine Handvoll Patronen in die Jackentasche, zog warme Handschuhe an und trat hinaus in den wunderbaren, kalten Tag.

Jenseits des Hofes erstreckte sich, nur von ein paar Wegen durchkreuzt, die Welt in unberührter Vollkommenheit, abgesehen von dem Pfad, der zur Farley-Farm führte. Die beiden Farleys kamen ab und zu hier vorbei, doch Linn gelang es stets, eine Begegnung zu vermeiden, besonders mit Trapper.

Wenn sie anfangs auch noch Zweifel gehabt hatte, so wusste sie nun genau, dass Trapper Farley ihre unerwiderten Gefühle für Abram Weatherby kannte. Er hatte ihre Reaktion beobachtet, als am Sonntag unter Jubel die Hochzeit angekündigt wurde. Sie war sichtbar erschrocken, das wusste sie, und sie hatte gefühlt, wie ihr das Blut ins Gesicht schoss. Trapp hatte sie unumwunden angeschaut, bis sie ihm mit einem Blick zu verstehen gab, dass er sich lieber um seine eigenen Angelegenheiten kümmern sollte.

Schon vorher hatte sie sich in seiner Gegenwart unwohl gefühlt, doch nun, seit sie ihre Gefühle derart offengelegt hatte, verdoppelte sie ihre Anstrengungen, ihm aus dem Weg zu gehen.

Linn wusste, wo sie am ehesten Rebhühner antreffen könnte. Sie überquerte den Scheunenhof, das Gewehr leicht unter den Arm geklemmt, folgte dem Weg und schritt zügig voran. Das Knarren ihrer Überschuhe im Schnee war im Einklang mit ihrem Herzschlag; es war ein unvergleichlicher Morgen. Kein sehr musikalisches Geräusch, dachte sie, aber immerhin ein Anfang.

Endlich konnte sie den ausgetretenen Pfad verlassen und den unberührten Schnee betreten. Man kam nur schwer voran, und so machte sie ab und zu eine Verschnaufpause und genoss die Umgebung. Vor ihr flogen Meisen auf und ließen nur ungern von den Saatkörnern ab, die sie aus den rostroten Früchten der Wildrosen gepickt hatten, dem einzigen Farbklecks auf der ganzen Welt, wie es schien – abgesehen vom weiten blauen Himmel und Linns roter Mütze. Winzige Pfotenspuren hatten ein zartes Muster auf den Schneewehen hinterlassen und verrieten eine Maus, die der Hunger und der helle Sonnenschein aus ihrem Nest gelockt hatten.

Leise näherte Linn sich einer kleinen Lichtung und blinzelte, geblendet von den Sonnenstrahlen, die auf den Schnee fielen. Sie sah, dass der Schnee rund um einen umgefallenen Baumstamm zerwühlt war; es war der perfekte Ort, um den fetten Wintervogel aufzuspüren.

Linn stopfte ihre Handschuhe in die Taschen, löste die Sicherung ihres 22-Kaliber-Gewehres, hob es an und wartete. Als sich nichts rührte, nahm sie eine Handvoll Schnee, formte ihn zu einem Ball und warf ihn in Richtung des Baumstammes. Ein Rebhuhn hob verwundert den Kopf.

Als Linn abdrückte, echote ein zweiter Schuss direkt aus dem Busch neben ihr, und der Widerhall der beiden Gewehre erklang fast gleichzeitig. Der Vogel wurde durch den doppelten Treffer in die Luft gewirbelt, Federn flogen wild umher, und das Tier landete mit einem dumpfen Geräusch auf einer Schneewehe.

Dann trat ein Mann auf die Lichtung, in einer grauen Tarnjacke, die ihn vor dem Vogel und dem Mädchen gründlich verborgen hatte. Mit ein paar langen Schritten erreichte er den Baumstamm und hob das Rebhuhn hoch. Seine Augen suchten den Busch ab und entdeckten Linns rote Mütze.

«Kommen Sie raus!», rief er.

«Oh, nein!», stöhnte Linn. Es war Trapper Farley. Sie seufzte und machte sich auf eine weitere Konfrontation gefasst.

Trapper Farley sah mit unbewegter Miene zu, wie Linn auf ihn zustolperte. Als sie vor ihm stand, sah sie schweigend auf den Vogel, der in seiner Hand baumelte. «Sie denken wahrscheinlich, dass er Ihnen gehört», sagte sie schließlich.

«Was denken *Sie* denn?»

Es war ein gekonnter Schachzug, das musste man ihm lassen.

Einen Atemzug lang überdachte Linn die möglichen Antworten, von denen die meisten schnippisch waren. Sie konnte ihre Feindseligkeit gegenüber diesem Mann fortsetzen oder ein besseres Verhältnis beginnen, und dies war der richtige Zeitpunkt dafür. Doch da sie es bei den letzten Versuchen jeweils gründlich vermasselt hatte, war sie nun vorsichtig.

Linn blickte Trapp in die Augen. Sein Blick war zwar ernst, doch konnte da auch ein verborgenes Lachen in den dunkelblauen Tiefen glimmen. Vielleicht war es aber auch nur ein Reflex des Sonnenlichtes auf dem Schnee.

Linns Antwort war bedächtig: «Ich denke, ein Gentleman würde ihn einer Dame überlassen.»

Nicht schlecht!, dachte sie, stolz auf ihren kleinen Triumph.

Einen Augenblick lang sah es so aus, als sei Trapper Farley versucht, eine Bemerkung über die «Dame» zu machen. Doch dann hielt er ihr einfach nur den Vogel hin.

«Wo einer ist, werden auch mehrere sein», sagte Linn und nahm das Angebotene an.

«Ein Rebhuhn reicht sowieso nicht für zwei Tische», räumte Trapp ein.

«Ich kenne einen guten Ort.»

Linn ging los, und Trapper Farley folgte ihr, wobei er seine langen Schritte ihren kürzeren anpasste.

Keine zehn Minuten später – schweigsame Minuten – hatten sie weitere zwei Vögel gesichtet.

«Sie nehmen den linken und ich den rechten», flüsterte Trapp, und kurz danach verschwanden beide Vögel in dem Jutesack, den er dabeihatte.

Als sie zurückgingen, lief Linn in den Fußstapfen dieses Mannes, der sie so sehr gegen sich aufzubringen schien, und sie fragte sich, warum.

Vielleicht stimmt irgendetwas nicht mit mir und meinem Verhältnis zu Männern, seufzte sie innerlich. Was auch immer der Grund war, sie fühlte eine innere Abwehr gegenüber diesem Mann. Vielleicht lag es an ihrer ersten unglücklichen Begegnung in ihrem geheimen Versteck im Busch. Aber auch die nachfolgenden Begegnungen waren nicht besser verlaufen. Ganz offensichtlich war Berry Lille ja von ihm eingenommen. Doch was bedeutete das schon?

Als sie schließlich mit matten Beinen und mit bis an die Knie schneebedeckten Hosen die Straße wieder erreichten, nahm Trapp zwei von den drei Rebhühnern aus dem Sack und reichte sie Linn.

«Ein Gentleman überlässt sie einer … Dame», sagte er, mit einer Pause, die so lang war, dass Linn ihm einen scharfen Blick zuwarf. Abgesehen von einem kleinen Zucken des Mundwinkels war sein Gesicht jedoch ernst.

Allzu ernst. Linns Temperament brauste auf. Dennoch gelang es ihr, freundlich zu antworten. Allzu freundlich. «Ich weiß gar nicht, wie ein Rebhuhn für drei Leute reichen soll.»

«Drei?» Trapp blickte misstrauisch drein.

«Sie, Boyd, Berry.»

«Ein Gentleman kann einer Lady seine Portion überlassen», sagte Trapp trocken, woraufhin Linn herumwirbelte und ging.

Allerdings war es schwer, sich würdevoll zu entfernen, wenn der Schnee unter einem knirschte, man unförmige Überschuhe trug und nur mühsam das Gleichgewicht halten konnte – und wenn beim Gehen die beiden Rebhühner gegen Judds alte Hose schlugen.

«Hey, Linn!»

Bei seinem Zuruf drehte sie sich blitzschnell um.

Trapper Farley legte die Hände trichterförmig an den Mund, und seine Stimme schallte über die Schneewehen hinweg: «Übrigens – merken Sie nicht, dass Sie eine Grenze überschreiten?»

Das Blut schoss heiß in Linns kaltes Gesicht, und sie schnappte nach Luft vor Zorn.

Dann drehte sie sich wieder um und stapfte davon. Das Letzte, was sie noch sah, war Trapper Farleys lachendes Gesicht.

Celia war froh, als sie Linns gerötete Wangen und funkelnde Augen sah, und sie schloss daraus, dass der Ausflug ihrer Tochter gutgetan hatte. Gemeinsam nahmen sie die

Vögel aus, legten das üppige Brustfleisch in eine Schüssel mit Eiswasser und freuten sich darauf, es später zum Abendessen in gewürztem Mehl zu wenden und zu braten.

Am Abend saßen die drei um den alten Eichentisch, und der Ofen verbreitete eine gemütliche Wärme, die fast bis in die Ecken des Raumes reichte. Sie schnitten in das saftige weiße Fleisch, das sie mit Bergen von Kartoffelpüree, einer gehaltvollen braunen Soße und golden gebratenen Rüben angerichtet hatten. Linn dachte über den Tag nach, und ein gurgelndes Lachen stieg in ihrer Kehle auf. Als Judd sie neugierig musterte, verwandelte sie das Lachen schnell in ein Husten.

Bevor Linn an diesem Abend einschlief, dachte sie darüber nach, wer wohl im Hause Farley das Fleisch gekocht hatte.

Kapitel 14

Das Weihnachtsprogramm, das man traditionell als «Konzert» betitelte, obwohl der Begriff nicht sehr zutreffend war, wurde auf den letzten Freitagabend vor Weihnachten gelegt.

Es war die schönste Zeit des Jahres. Die Kinder von Donnybrook-Wildrose, allesamt in einem Zustand der Euphorie, ließen sich durch das um einen Tag vorgezogene Bad kaum beruhigen.

Jedes Kind würde den Abend mitgestalten. Die Kleineren hatten nur kurze «Stücke» vorzutragen. Die Älteren lasen lange und manchmal recht dramatische Geschichten vor oder sagten Gedichte auf, und sie führten steife, gekünstelte Theaterstücke vor. Dazwischen gab es immer wieder musikalische Beiträge, vom näselnden Klang der Orgel begleitet.

Als Bänke dienten uralte Bretter, die man von den Kehlbalken unter den Dächern der Scheunen heruntergeholt hatte, wo sie das ganze Jahr über aufbewahrt wurden. Auch die Bühne bestand aus solchen Planken, die man im vorderen Teil des Schulraumes auf Sägeböcke gelegt hatte.

Bevor der Vorhang sich hob und das erste Gedicht stolz, aber nervös aufgesagt wurde, gab es nur noch Stehplätze. Wer sich am dichtesten beim Ofen aufhielt, war schon nach kurzer Zeit schweißgebadet und konnte nichts dagegen tun. Die Duftmischung von Schweiß, nasser Wolle und selbstgemachter Seife war nicht in der Lage, die Farmgerüche zu überdecken, die in den Brettern steckten und an den schweren Stiefeln hafteten. Es waren vertraute Gerüche, die kaum noch jemand wahrnahm, außer vielleicht die ganz verwöhnten Nasen.

Doch trotz allem ließ sich der berauschende Duft der Kiefer erhaschen, die in der vorderen Ecke des Raumes wie eine Königin über allem thronte, mit selbst gebasteltem Schmuck behängt und mit Kerzenhaltern bestückt, die gleichmäßig auf ihren Zweigen verteilt waren.

Hinter dem Vorhang aus Betttüchern spielte die Souffleuse eine äußerst wichtige Rolle. Mit zischendem Geflüster gab sie den jungen Künstlern ihr Stichwort, wenn sie nicht mehr weiterwussten. In den vorderen Reihen schauten die Mütter gespannt zu, und ihre Lippen bewegten sich, wenn sie leise den Text mitsprachen, den sie ebenfalls bereits in- und auswendig kannten.

Als sich schließlich die älteren Schüler verlegen auf der Bühne versammelten, um «Stille Nacht» zu singen, schüttelte Charity Trimble nur den Kopf und weigerte sich aufzustehen, obwohl sie regelmäßig mit der Gruppe geprobt hatte. Dolly runzelte wütend die Stirn.

Hubert und Harry verfolgten das Programm auf der Bühne, das sie seit Jahren nicht gesehen hatten, und mehr als sonst spürten sie, dass aus ihren wässrigen alten Augen die Tränen perlten. Nachdem sie so lange nicht an gemeinsamen Veranstaltungen teilgenommen und nun endlich wieder Anschluss an das Leben im Distrikt gefunden hatten, kannte ihre Freude keine Grenzen.

«Leih mir mal dein Taschentuch», drängte Harry, als Hubert sich die Augen wischte und sich schnäuzte.

«Du hast dein eigenes, du alte Schniefnase! Hab genau gesehen, wie Sarah es dir in die Tasche gesteckt hat.»

«Aber du hast deins doch schon draußen, Bert. Wir behalten meins für das nächste Mal auf.»

Da die beiden Brüder durch ihr Taschentuchproblem für kurze Zeit abgelenkt waren, bemerkten sie nicht, dass

Marc Szarvas sich vorsichtig an ihnen vorbeizwängte und auf Charity Trimble zusteuerte.

Marc hatte nachdenklich beobachtet, wie das Mädchen mit angespannten Schultern dasaß, und nun bewegte er sich langsam auf sie zu. Dolly, die ganz und gar durch die Vorführung vereinnahmt war, bemerkte es nicht und hätte auch nicht viel dagegen unternehmen können, ohne eine Szene zu machen. Und mit Stirnrunzeln, das hatte Dolly allmählich herausgefunden, konnte sie bei ihrer mittleren Tochter in letzter Zeit nicht mehr viel erreichen. Charity hörte sich die scharfen Anweisungen ihrer Mutter stets mit unbewegtem Gesicht geduldig an, sagte nichts und ging still ihrer Wege. Nur Alvins warnende Blicke hoben von Zeit zu Zeit die lückenlose Überwachung durch Dolly auf.

Jemand zündete vorsichtig die Kerzen am Baum an, und die Lampen wurden gelöscht. Als der Schein der Kerzen auf die kleinen, ehrfürchtig erhobenen Gesichter fiel, war dies ein so wunderbarer Moment, wie sie ihn kaum noch einmal erleben würden.

Irgendjemand – wenn man sich umschaute, konnte man in der Regel herausfinden, wer fehlte – hatte sich das alte Weihnachtsmann-Kostüm angezogen. Draußen hörte man Schlittenglöckchen fröhlich durch die winterliche Landschaft klingen und die immer näher kommenden Rufe: «Fröhliche Weihnachten!» Dann drängte sich eine Gestalt durch die Tür, bahnte sich den Weg durch das zum Bersten vollbesetzte Schulhaus – allein das grenzte schon an ein Wunder – und öffnete einen Kopfkissenbezug, in dem sich für jedes Kind ein Geschenk befand: Zinnsoldaten für die kleinen Jungen, Messer für die größeren, kleine chinesische Dosen mit Blumenmuster für die kleinen Mädchen und elegant bestickte Taschentücher für die älteren.

Und als sie dann noch eine Tasche mit Süßigkeiten öffnen durften – Bonbons aus dem Laden, Nüsse aus exotischen Ländern und klebriges, süßes Popcorn –, da war ihre Freude vollkommen. Die Einzigen, die sich noch mehr freuten als sie, waren Hubert und Harry.

«Hol dieses Taschentuch raus, Harry!», bat Hubert, dessen Augen feucht waren. Denn beim Anblick von Simons glücklichem Gesicht waren die Tränen herausgeschossen und liefen nun in den Falten seines zerfurchten Gesichtes herunter.

Eingezwängt in die Menschenmenge, befanden sich die beiden alten Männer genau an der Stelle, wo sie die Unterhaltung zwischen Marc Szarvas und Charity Trimble mithören konnten, nachdem Marc sich während des allgemeinen Aufbruch-Trubels an die Seite des Mädchens geschmuggelt hatte. Als sie ihn anblickte, sagte er: «Ich wollte dir nur etwas sagen: Nach Weihnachten gehe ich in den Norden zu den Holzfällern.»

Charity warf einen raschen Blick in Richtung ihrer Mutter.

«Und soll ich dir sagen, warum?», fuhr Marc fort und betrachtete ihr Gesicht, in dem er einen Hoffnungsschimmer aufleuchten sah. «Um Geld zu verdienen ... für uns.»

Hoffnung und Verzweiflung rangen miteinander im Blick des Mädchens, als sie ihr Gesicht zu ihm aufhob.

«Und Cherry – ich habe schon die Stämme zurechtgesägt für ein Haus. Vater und Billy haben mir geholfen. Und wenn sie trocken sind, dann werde auch ich fertig sein, um das Haus zu bauen. Wahrscheinlich Ende des nächsten Sommers.»

«Wenn ich siebzehn bin.»

«Das passt doch genau, oder?», grinste Marc.

«Es ist doch völlig egal – ob siebzehn, achtzehn ... oder fünfundachtzig!» Charitys Stimme war bitter.

Marc runzelte die Stirn. «Du meinst …», sagte er langsam.

«Charity!»

Die Stimme ihrer Mutter ließ Charity wie vom Blitz getroffen zusammenzucken. Und mit ihr Hubert und Harry. Da sie direkt neben ihr standen und in das Drama mit hineingenommen waren, erschraken die beiden alten Männer bei dem unerwartet scharfen Ton.

Dolly war es gelungen, sich mit ihrer behäbigen Gestalt einen Weg durch die hinausdrängende Menschenmenge zu bahnen, bis sie sich neben dem jungen Paar befand. Der Zorn stand ihr ins Gesicht geschrieben.

«Mrs. Trimble», begann Marc, «können wir uns einen Moment unterhalten? Ich hätte Ihnen das schon früher sagen sollen, aber – ich bin an Charity interessiert.» Die Wortwahl war zwar seltsam, doch der Ton aufrichtig. Hubert und Harry zogen die Augenbrauen hoch und warfen sich einen vielsagenden Blick zu.

«Charity können Sie vergessen, Marc Szarvas!», sagte Dolly mit fester Stimme, und der Name klang aus ihrem Mund wie ein Schimpfwort. «Zum einen ist sie zu jung.»

«Ich bin bereit zu warten», erwiderte Marc entschlossen.

Charity aber hatte nicht das gehört, was sie sich wünschte. «Marc», begann sie tapfer, «warten wird nichts nützen. Sie wird nie zustimmen … zu dir und mir.»

«Natürlich wird sie das», beharrte Marc.

Marc war der Überzeugung, dass die Zeit alle Probleme lösen würde. Dollys aufbrausendes Temperament herauszufordern, würde ihnen nicht weiterhelfen. Zurückhaltung vielleicht schon. «Die Zeit wird schnell vergehen», sagte er in versöhnlichem Ton.

«Zeit ist nicht das Problem!» Charitys Stimme klang allmählich hysterisch. «Marc – du musst dich ihr widersetzen. Sag ihr …»

Marc sah Charitys bleiches Gesicht und das rote von Dolly an und traf eine Entscheidung, die ihn zufriedenstellte, Dolly beruhigte, Charity mit Verzweiflung erfüllte und für sie alle Folgen hatte, die er in diesem Augenblick nicht absehen konnte: «Wie Sie meinen, Mrs. Trimble. Wie Sie meinen.»

Dolly schob ihre massive Figur zwischen die beiden und bugsierte ihre Tochter hinaus.

Marcs Grinsen und Augenzwinkern konnte Charity mit ihren tränenerfüllten Augen nicht mehr sehen.

Hubert und Harry sahen sich betroffen an. «Bert», sagte Harry in das haarige Ohr seines Bruders, «Zeit zum Beten.»

Sie wandten den Blick ihrer wässrigen Augen zu Sarah und Willie, die auf sie warteten und deren Schultern sich durchaus absichtlich berührten. Das brachte die beiden alten Männer zum Schmelzen.

«Das da geht auf unser Konto, Harry», flüsterte Bert zufrieden zurück. «Und was der gute Gott einmal getan hat, das kann er auch wieder tun.»

«Dieses Amor-Spielen könnte für uns noch zur Gewohnheit werden.»

Bert protestierte. «Für so etwas sind wir zu runzelig und wackelig. Nein, wir helfen ja nur ein wenig nach bei etwas, was sowieso gut ist. Und dieser Marc Szarvas ist ein ganz feiner junger Kerl.»

«Es gibt keinen besseren!»

So murmelten Hubert und Harry vor sich hin, stützten ihre spindeldürren Arme auf die helfenden Hände des jungen Simon und wackelten zur Tür.

Während Charity von Sorge erfüllt war, waren die Herzen der anderen Menschen, die nun den Heimweg antraten, zufrieden und glücklich. Sie wünschten einander frohe Weihnachten, drückten die Geschenke mit ihren Fausthandschuhen an sich und zockelten zurück zu ihrem Land, das sie erworben hatten oder auf dem sie geboren waren und dessen Rauheit durch diesen schönen Abend und die nahen Freunde etwas gemildert wurde.

Die Schlitten knarrten über die verschneiten Wege und fuhren durch eine Nacht, die unvergesslich sein würde: Das Polarlicht glühte eindrucksvoll und zog still über den weiten Himmel. Jeder, der es sah, war beeindruckt. Wie immer war es so ehrfurchterregend, dass selbst die Skeptiker unter ihnen versucht waren, es auf eine übernatürliche Ursache zurückzuführen: «Die Himmel erzählen die Ehre Gottes, und die Feste [das Firmament, das Himmelsgewölbe] verkündigt seiner Hände Werk.»

Für einen Großteil des Abendprogramms war die Lehrerin verantwortlich gewesen. Bevor Kate in einen erschöpften Schlaf fiel, trat sie ans Fenster ihres Zimmers und betrachtete ein letztes Mal das Land, das sie zu lieben begonnen hatte, in dem Wissen, dass sie es von nun an aus einem anderen Fenster sehen würde. Denn ihre Hochzeit war für den nächsten Nachmittag angesetzt.

Ein kleines Licht blinzelte aus dem Fenster von Gabriel Goss' Hütte und ließ Kate denken: «Gott sei Dank bin ich die lüsternen Blicke dieses widerlichen Kerls bald los! Ich frage mich, auf wen er künftig seine gierigen Blicke und Hände richten wird.»

«Liebe Brüder und Schwestern, wir sind hier im Angesicht Gottes und in Anwesenheit dieser Zeugen» – einige wenige Familienangehörige und Freunde – «versammelt, um diesen Mann und diese Frau im heiligen Bund der Ehe zu vereinen ...» So begann die vertraute Zeremonie, als Kate und Abram zusammen mit ihren Trauzeugen Maggie Edwards und Marc Szarvas vor dem Prediger standen.

Es gab keinen Mittelgang und keinen langen Teppich. Kate stand stolz an Abrams Seite auf einem ausgetretenen Läufer mit dunklen Flecken vom Schnee, der dem Besen am Eingang entkommen war und nun in der Wärme des Raumes schmolz.

Kein Duft von Orangenblüten lag in der Luft. Stattdessen roch es nach frischer Kiefer, denn die Weihnachtsdekoration lag schon bereit, und der kleine Baum stand in der Ecke.

Niemand vermisste die majestätischen Klänge des Hochzeitsmarsches, denn in der Stille des Augenblicks spielte der Winterwind sein vertrautes Lied, als er um die Hausecken fegte und dadurch auf eine gewisse Weise die Wärme der Gemeinschaft im Haus hervorhob.

Keine bunten Glasfenster erleuchteten die Szene. Doch die Wintersonne von Saskatchewan warf schüchterne Strahlen durch das Fenster und das Sturmfenster und beschien das Gesicht der Braut mit ihrem wohltuenden Licht. Kate, die diesen sanften Kuss auf ihrer Wange genoss, verpasste dabei fast ihren Einsatz:

«... willst du ihn lieben, ihn trösten und ehren, auf ihn hören und in Freud und Leid zu ihm halten, willst du allen anderen entsagen und allein zu *ihm* gehören, solange ihr lebt?»

Die Antwort war ein fröhliches, klares: «Ja, ich will!»

«Abram, willst du diese Frau zu deiner Ehefrau nehmen,

mit ihr gemeinsam im heiligen Stand der Ehe leben? Willst du sie lieben, sie trösten und ehren und in Freud und Leid zu ihr halten, willst du allen anderen entsagen und allein zu *ihr* gehören, solange ihr lebt?»

Was sollte ihn hindern, sofort zu antworten: «Ja, ich will!»

Bruder Victor schloss die Zeremonie mit den Worten: «Da Kate und Abram übereingekommen sind, diesen heiligen Bund der Ehe zu schließen, und dies vor Gott und der versammelten Gemeinde bezeugt haben, erkläre ich sie hiermit zu Mann und Frau, im Namen des Vaters und des Sohnes und des Heiligen Geistes. Was Gott zusammengefügt hat, das soll der Mensch nicht scheiden!»

Und nachdem der Bräutigam seine Braut «gegrüßt» hatte, umringten Familie und Freunde sie unter Lächeln und Tränen.

Maggie servierte noch ihren gehaltvollen, dunklen Früchtekuchen, und dann fuhren Braut und Bräutigam in seinem Schlitten davon, mit Winken und Glückwünschen verabschiedet von denen, die auf der Treppe standen und zum Schutz gegen die Kälte die Arme um sich selbst geschlungen hatten.

Als sie über die gefrorenen Wege dahinflogen, hielt Abram Kate dicht bei sich und gratulierte sich selbst zu seinem großen Glück: Er war jung, stark, besaß eine eigene Farm und ein Haus, und nun hatte er eine Frau gefunden – eine außergewöhnlich schöne dazu. Die Zukunft sah rosig aus.

Falls irgendwelche Erinnerungen in ihm aufstiegen, als sie an dem dunklen Schulhaus vorbeifuhren, und falls das unbehagliche Bild eines empfindsamen Gesichtes und eines vertrauensvoll auf ihn gerichteten Blickes vor seinem inneren Auge auftauchte, so schob Abram es geschwind beiseite. Falls ihm für einen kurzen Augenblick der Gedanke durch den Kopf schoss, dass Linn Graham seine … Annäherungen in jener noch nicht lange zurückliegenden regendurchtränkten Nacht nicht so oberflächlich gedeutet hatte, so verachtete er diese Vorstellung nur und heftete die ganze Episode in einem Ordner ab – einem dicken Ordner – mit der Aufschrift: «Pläne, die nicht aufgingen».

Linn schloss die Tür zum Hühnerstall und hörte dabei den Schlitten, der auf dem Weg am Schulhaus vorbeifuhr. Und als er über den Hügel preschte, erkannte sie ihn als den von Abram Weatherby. Der Bräutigam brachte seine Braut zu ihrem neuen Heim.

Auch wenn Linn in letzter Zeit schon einige Siege errungen hatte, fühlte sie nun doch wieder Bitterkeit in ihrem Herzen aufsteigen, und sie bereute es sehr, dass sie Trapper Farleys Einladung gefolgt war, mit ihm zum Polterabend zu gehen.

Linn hatte sich schon vorgenommen, Kopfschmerzen vorzuschützen, falls Judd sie fragen würde, ob sie mitging. Doch dann ließ Linn sich überzeugen, als Trapp am Morgen sein Pferd anhielt und sie rief, während sie den Hof überquerte. Er schaute auf sie herab mit einem Gesichtsausdruck, den sie nur schwer deuten konnte.

Seine Stimme klang allerdings beiläufig: «Wie sieht's mit dem Polterabend aus, Linn?»

Überrascht fragte sie: «Was – was meinen Sie damit?»

«Ich meine», antwortete er wohlüberlegt, «was werden Sie tun?»

«Nichts. Warum sollte ich?»

«Ist das nicht ein bisschen feige?» Trapps Augen hatten ihr dunkelstes Blau, und sein Blick war direkt.

Linn sah weg. «Was wissen *Sie* schon davon?», fragte sie ärgerlich, wobei ihr klar war, dass er genug wusste.

Und so antwortete er auch: «Genug. Genug, um zu wissen, dass Sie sich der Tatsache von Abrams Heirat stellen müssen, damit Sie von dort an weitergehen können. Oder», fügte er mit einem sanften Humor hinzu, «überschreite ich jetzt wieder eine Grenze?»

«Ja! Nein! Aber warum? Warum tun Sie das?»

«Kann man nicht einfach ein guter Nachbar sein? Oder vielleicht sogar ein Freund?»

«Aber warum wollen Sie denn zu einem Polterabend gehen? Dazu noch zu Leuten, die Sie kaum kennen?»

Trapp grinste, und seine weißen Zähne blitzten in seinem von den Wäldern des Nordens gebräunten Gesicht auf. «Ganz einfach: Alles, was die Langeweile unterbricht, ist willkommen.»

Auch für Menschen, die an die langen Winter gewöhnt waren, konnte die erzwungene Ruhe manchmal bedrückend sein. Trapp wartete auf Linns Antwort. Sie ließ auf sich warten.

«Vielleicht haben Sie Recht», gab sie schließlich zu. «Vielleicht benehme ich mich wirklich wie ein Feigling. Komisch – die ganze Zeit habe ich gedacht, ich sei … tapfer. Ich mache es! Ich gehe hin!»

Nun bereute sie ihre Entscheidung, und ihre Gedanken wanderten hin und her wie eine Maus im Käfig, die einen Fluchtweg sucht.

Doch als Trapps Schlitten auf den Hof fuhr, war sie fertig angezogen und zurechtgemacht. Es war ihr sogar gelungen, ihre Mütze in einem kecken Winkel auf ihr widerspenstiges, mit goldenen Strähnen durchzogenes Haar zu setzen.

Trapp legte die Decke um sie, und Linn lehnte sich zurück und genoss, ganz gegen ihren Vorsatz, den schönen Abend. Die Sterne «machten die Nacht des Lichtes voll», und der weihnachtliche Mond schuf einen silbernen Pfad vom Himmel über die weite Schnee-Ebene bis zum Schlitten. Er bewegte sich mit ihnen weiter, bis er wie ein helles Band an den Kufen befestigt schien.

«Ein Licht, das da scheint an einem dunklen Ort», sagte Trapp Farley leise. Doch nicht so leise, dass er nicht über den Klang des Schlittens hinaus gehört werden konnte. «Bis der Tag anbreche und der Morgenstern aufgehe in euren Herzen», beendete er das Zitat.

Erstaunt wandte Linn sich um und sah ihn an.

«Denken Sie, das könnte geschehen?», fragte er, den Blick auf die Ohren des Pferdes geheftet.

«Was könnte geschehen?», fragte Linn verwirrt.

«Dass er in Ihrem Herzen aufgeht – der Morgenstern.»

Doch Linn war zu überrascht, um vernünftig antworten zu können. Ihr Murmeln verlor sich zwischen dem Stampfen der Pferdehufe und dem Klingeln des Geschirrs.

In Linns Augen war Bibellesen und Beten eher etwas für ihre Mutter und für Bruder Victor, abgesehen von den Tisch- und Abendgebeten. Oder, wie sie nun zugeben musste, für Zeiten der Not. Dass Trapper Farley das Ganze so ernst nahm ...

Als sie auf den Hof der Weatherbys fuhren und sich der kleinen Gruppe anschlossen, die sich hinter dem Kornspeicher versammelte, berührte Trapp Linn am Ellbogen und flüsterte: «Kopf hoch!»

Linn konnte nur schwer sagen, ob ihr Zittern von der Aufregung, der Kälte oder ihrer Nervosität herrührte.

Doch dann wurden sie vom lärmenden Getöse des Polterabends mitgerissen, trommelten auf ihren Backblechen und Dosen herum und ließen sich in einer Woge zusammen mit all den anderen ins Haus hineinspülen.

Braut und Bräutigam begrüßten mit verlegenem Lächeln ihre zwar nicht eingeladenen, aber doch nicht unerwarteten Gäste und servierten die Erfrischungen, die sie «zufällig» bereithatten. Linn stand mit den anderen mitten im Trubel und hörte sich das Lachen und Scherzen an. Überall ringsum sah man, dass hier nun eine Frau am Werk war: An den Wänden des Blockhauses, die frisch getüncht worden waren, hingen Bilder, auf der Anrichte glänzten Glasdekorationen, frische Handtücher hingen am Waschstand, und auf dem Tisch lag eine bestickte Decke. Und die Frau, die für all das verantwortlich war, stand mit glücklichem Gesicht und leuchtenden Augen neben ihrem Mann.

Wenn ich daran denke, dass ich sie einen kleinen braunen Zaunkönig genannt habe!, dachte Linn beschämt.

Gerade als Linn sich fragte, wie lange sie es noch aushalten könnte, und ihre Lippen vom Lächeln schon steif waren, deutete Trapper Farley mit dem Kopf in Richtung Tür, und sie machten sich davon. Linn stolperte zum Schlitten hin.

«Steigen Sie ein», sagte Trapp nur kurz, und sie stieg ein.

Trapp ließ die Zügel auf den Rücken der Stute klatschen und lenkte den Schlitten eilig vom Hof und die Straße hinunter. «Sind Sie sicher, dass es Ihnen wirklich so viel ausmacht?», fragte er schließlich.

Diese Frage hatte Linn sich auch schon gestellt.

«Warum lassen Sie nicht los?», fügte er hinzu.

Beinahe stieg wieder der Zorn in Linn auf. Doch sie hatte

das Gefühl, als sei Trapper Farley dabei, eine Wunde aufzuschneiden.

«Sagen Sie mir, dass Sie ihn lieben», bohrte Trapper Farley noch tiefer.

Linn schwieg.

«Na los, sagen Sie es!»

Linn öffnete den Mund, um es auszusprechen, und stellte fest, dass es nicht ging. Stattdessen stieg in ihrer Kehle ein Lachen auf, frei und leicht, und ihr Geist schien mit nach oben zu schweben, als sie endlich losließ.

«Ich kann es nicht sagen», stellte sie überrascht fest. «Nicht mehr.»

Trapper Farley holte tief Luft und atmete mit einem langen Seufzen aus, das wie eine weiße Wolke um seinen Kopf herum schwebte, sich auflöste und auf der winterlichen Straße zurückblieb.

Kapitel 15

Der Januar kam und ging in einem weißen Schleier. Der Winterhimmel schien nie müde zu werden, seine weiße Pracht zu einem komplizierten Spitzenmuster zu weben, und jedes war einzigartig und zerbrechlich. Die Winterwinde wirbelten es hin und her, und die Wintersonne, die nur wenig Einfluss hatte, drückte es sanft zu Boden wie die weichen, sittsamen Falten eines exquisiten Schals.

Wie Kaninchen und manche anderen Nagetiere sich nach einem Sturm wieder aus dem Boden ausbuddeln, so krochen die Menschen aus ihrem Bau mit derselben Regelmäßigkeit, schufen geduldig neue Wege zu den Nebengebäuden, den Scheunen, Brunnen, Hühnerställen und Heuhaufen, nur damit es nachher wieder schneite und das Ganze sich wiederholte.

Die Aschehaufen wurden größer, während die Holzstapel kleiner wurden. Die Misthaufen wuchsen, und die Heuhaufen schrumpften. Konservengläser voll Farbe und Geschmack wurden aus dem Keller geholt und leer wieder in die Regale zurückgestellt.

Es war die Zeit der Ruhe. Das rastlose Treiben in den Baumwipfeln und das Tanzen der Blätter war vorbei. Kein Schmetterling flatterte, und es flogen keine Pusteblumen in Wolken vorbei. Kein Gras neigte sich im Wind, kein Getreide wogte auf den Feldern. Kein Käfer krabbelte vorbei, und keine Ameise huschte vorüber. Pflug und Egge und Mähbinder wirbelten auf den stillen Feldern keinen Staub auf. Das Wasser in den Tümpeln und Seen kräuselte sich nicht hinter Füßen mit Schwimmhäuten. Der Wind wehte zwar, doch wenn er nicht den Schnee aufgewirbelt, die Mähnen und Schweife der

Pferde zerzaust und den Rauch fortgetragen hätte – man hätte es kaum bemerkt.

Es war die Zeit der Stille. Keine Wiesenlerche trällerte von den schneebedeckten Zaunpfosten. Die Grashüpfer zirpten nicht, kein Frosch quakte, keine Biene summte und keine Stechmücke surrte. Die Pferde und die Hausfrauen wurden nicht von Fliegen geplagt. Das Gackern der Hühner und das Brüllen der Kälber wurde durch die soliden Wände der Hühnerhäuser und Scheunen gedämpft. Jeder Tropfen, der auf dem vom Feuer gewärmten Dach geschmolzen war, wurde von der Regenrinne aufgefangen und gefror zu einem Eiszapfen, noch bevor sein kleines Tropfgeräusch das Vakuum der Stille unterbrechen konnte.

Es war eine farblose Zeit. Fort waren die leuchtende Brust des Rotkehlchens und der blaue Flügel des Hähers. Das Rot der dunklen Wildrose, das elegante Blau des Hasenglöckchens und das üppige Orange der Tigerlilie leuchteten nirgends auf. Der Busch hatte sein grünes Laub verloren. Keine saftigen Beeren hingen reif und glänzend an den Zweigen. Die goldenen Stoppelfelder waren ebenso verschwunden wie die Disteln mit ihren violetten Köpfen und die gelben Löwenzahnblüten, die sich auf den Feldern breitmachten.

Der Geruch des Buschlands war nicht mehr wahrzunehmen. Der wunderbare Duft der Blumen, das Waldaroma von frischem Laub und feuchtem Humus – sie waren verschwunden. Vorbei war es auch mit dem Potpourri von Gras, Goldrute und Rosen, Erdbeermus, regengetränkten Feldern, umgepflügter Erde und Gewitterluft. Draußen gab es nichts als eine geruchlose Leere. Die bittere Kälte brannte in den Nasenlöchern, und die Lungen schmerzten davon; doch die Luft roch nach gar nichts.

Drinnen jedoch war es anders. Die Fenster wurden mit Beginn der kalten Jahreszeit nicht mehr geöffnet, bis die warmen Lüfte und Föhnwinde des Frühlings zu spüren waren. Die Türen öffnete man nur so weit und so lange, dass man hinein- und hinausschlüpfen konnte. Küchendämpfe setzten sich in den Wänden fest. Und da man sich nur einmal in der Woche ein Bad leisten konnte, war die heiße Luft, die aus den dickbäuchigen Öfen stieg, mit Körpergerüchen gesättigt. Katzen und Hunde trugen ein weiteres zu den beißenden Düften bei, ebenso wie die Farmstiefel, die man im Haus aufbewahrte, weil man ja doch immer wieder seine Füße hineinstecken musste.

Aber der erfrischende Duft von Pappel und Fichte, die zersägt in den Feuerholzkisten lagerten und von dort in die Öfen und Küchenherde geworfen wurden, reinigte die Atmosphäre. Dieselbe Wirkung hatte der Rauch, der aus einem geöffneten Ofen entwich oder durch eine beschädigte Lüftungsklappe in den Raum drang. Und frisch gebackenes Brot war geradezu berauschend.

Bevor der erste Monat des Jahres vorüber war, hegte Kate Mason-Weatherby den Verdacht, dass sie schwanger war. Die Wintergerüche schienen es zu bestätigen. Die Kinder drängten sich in den kleinen Schulraum, warfen ihre Handschuhe auf die Ablage an der Seite des Herds, damit das daran haftende Eis auftauen konnte, oder legten sie zum Trocknen unter den Ofen – und der Geruch von nasser Wolle brachte Kates Magen in Aufruhr. Nach den Pausen am Morgen, am Mittag und am Nachmittag rollten und zischten die übelriechenden Tropfen über den heißen Ofen, und Kate fürchtete die Folgen. Sich über schwitzende Kinder beugen zu müssen, wurde zur Tortur. Pferdehaare, die nach einem Ritt ohne Sattel an den Hosen der jungen Reiter hafteten, brachten eine Ausdünstung mit sich, die Kate übel werden ließ.

Zunächst behielt sie ihren Verdacht für sich. Außerdem war sie besorgt darüber, schon so schnell ein Kind zu bekommen, und fragte sich mit Unbehagen, wie Abram wohl reagieren würde. Sie und Abram waren, so musste sie zugeben, einander noch in vielem fremd – denn sie hatten sich noch nicht lange gekannt, als sie heirateten. Sie wusste noch nicht viel über ihren Mann, außer dass er Spaß liebte, gesellig und warmherzig war.

Als er sie eines Nachmittags abholte, schloss Kate gerade die Schnallen an den Überschuhen des jüngsten Kindes der Victors – an Überschuhen, die zu nahe am Herd gestanden hatten. Das weich gewordene Gummi war heiß, wenn man es berührte, und fast schon klebrig. Als Kate sich wieder aufrichtete und dem Kind noch beim Umwickeln des Schals half, schwankte sie einen Moment. Abram dachte zuerst, dass sie das Gleichgewicht verloren hatte. Doch als er ihr blasses Gesicht sah, trat er neben sie, um sie zu stützen, und rief: «Katy – was ist los?»

Nun konnte sie ihm nichts mehr vormachen. Kate fiel ihm in die Arme, und ihre stillen Tränen bildeten kleine Pfützen auf seiner Schulter. Abram trat einen Schritt zurück und blickte ihr besorgt ins Gesicht. «Was ist denn?», fragte er unruhig. «Was ist passiert?»

«Du bist das, was passiert ist!», antwortete Kate, halb wütend, halb lachend, und versuchte, ihre Tränen zu trocknen.

«Ich? Meine Liebste – es tut mir leid ...»

Worauf Kate wieder zu weinen anfing und ihr Gesicht wieder in Abrams Mantel verbarg.

Hin- und hergerissen zwischen Sorge, Ärger und Neugier, setzte Abram sich hin, zog Kate neben sich und bat: «Wirst du es mir nun endlich sagen?»

«Abram ... ich glaube ... vielleicht ... bekomme ich ein Baby.»

Abram zögerte einen Augenblick zu lang mit seiner Antwort. Und als er antwortete, tat er es mit einer Herzlichkeit, die Kates Befürchtungen nur bestätigte. Er konnte doch nicht so erfreut darüber sein!

«Ein Baby! Na so was!»

Kate aber brauchte Ermutigung. «Ist es in Ordnung? Ich meine, wirklich in Ordnung?»

«Dummkopf! Es ist wunderbar! Ich war nur einen Moment überrascht.»

«Und du wolltest dich noch entschuldigen!», sagte Kate mit zitternder Stimme, und als Abram lachte, stimmte sie zaghaft mit ein.

«Und wann wird der große Tag sein?», fragte Abram, während er eine Decke um seine Frau legte und neben sie in den Schlitten kletterte.

«Ungefähr ein Jahr, nachdem wir uns kennengelernt haben», antwortete Kate leise.

«Wenn es ein Mädchen wird, nennen wir es Jubilia, von Jubiläum», schlug Abram mit seiner üblichen guten Laune vor, und Kate konnte nicht anders, als mit ihm zu lachen, wie sie es so oft tat.

Der Februar war ein Monat, den man immer lange in Erinnerung behielt – oder so schnell wie möglich vergaß.

Der Ofen wurde zu einem kleinen Heiligtum in den Häusern, denn die extreme Kälte kroch aus der gefrorenen

Welt draußen herein, überzog Stoffe mit Frost und machte das Wasser in den Eimern über Nacht zu solidem Eis.

Selbst kleine Abwechslungen während der langen, in Abgeschiedenheit und mit alltäglichem Einerlei verbrachten Tage waren von höchster Bedeutung: ein seltener Besucher, ein Nachbar, der beim Vorüberfahren die Post vorbeibrachte, das Ausleihen eines Buches.

Die stets sehr einfachen Mahlzeiten wurden zu Höhepunkten des Tages. Gläser, in denen man die Früchte des Sommers eingemacht hatte, wurden geöffnet, der Inhalt gezuckert, bis er eine Art Fruchtsuppe ergab, und mit Sahne serviert, die so dick war, dass sie in schweren Flocken aus dem Krug platschte – eine wahrhaft königliche Mahlzeit. Haselnüsse wurden trotz ihrer harten Schalen geknackt und waren umso nussiger und süßer, weil man so lange darauf gewartet hatte.

Die Kinder dachten sich Spiele aus: Dame mit Knöpfen aus Mutters Knopfkiste, Puzzles mit Bildern, die man aus Zeitschriften ausgeschnitten, auf Karton aufgeklebt und dann zerschnitten hatte. Jedes Buch wurde wieder und wieder gelesen; die Kinder von Donnybrook waren gute Leser. Wolle wurde von den kleinen Fingern zu merkwürdigen, klumpigen Gestalten gestrickt, wieder aufgetrennt und von neuem gestrickt. Aus den Katalogen schnitt man Puppen aus, zusammen mit den Kleidern, die man ihnen anziehen konnte.

Vielleicht aufgrund der Abwechslung, die sie boten, waren die Gottesdienste in der Regel gut besucht. Und so traf Linn an einem Sonntagmorgen Trapper Farley im Gottesdienst wieder, das erste Mal seit jenem Polterabend, als er sie mit ihren törichten Gefühlen für Abram Weatherby konfrontiert und sie eine Art Reinigungsprozess durchlaufen hatte.

Wenn Linn nun an Abram dachte, fragte sie sich: *Wie konnte ich nur so naiv sein?* (Aber auch: *Wie konnte er nur so falsch sein?*)

Bruder Victor hielt eine Predigt über die Heiligung des Sonntags. Allerdings musste er dabei reumütig und humorvoll zugeben, dass dieselbe Botschaft, an einem milden Sommertag verkündet, nicht so viele von Herzen kommende Amen hervorgerufen hätte. Seine Schäfchen wären dann viel mehr geneigt gewesen, die biblische Ermahnung zu überhören.

Trapps Augen begegneten denen von Linn quer durch den Raum. Sie errötete, doch er hielt ihren Blick durch den seinen ruhig fest. Linn ahnte nicht, dass er einen Schatten der Verlegenheit, eine Frage in ihren Augen sah. Doch dann kräuselten sich seine Augenwinkel und seine Lippen wurden weich, als er sie leicht anlächelte, und sie fühlte Wärme in sich aufsteigen.

«Der himmlische Schein der Sonne», sang sie mit den anderen, mit wahrer Begeisterung.

Und als am Montag Trapps Schlitten vor ihrer Tür hielt, er anklopfte, in die kleine Küche trat, sie offen anlächelte und ihr vorschlug, ihren Mantel zu holen und ihn nach Meridian zu begleiten, da zögerte sie keinen Augenblick, sondern rief ihrer Mutter: «Mama, ich gehe raus. Trapper Farley ist hier. Er fährt nach Meridian.»

«Schön, mein Liebes», antwortete Celia aus dem anderen Zimmer, wo der Ofen stand. «Nimm die Einkaufsliste und meine Geldbörse mit.»

Pferd und Schlitten flogen über die schneebedeckten Straßen, und das Pferdegeschirr gab seine musikalische Begleitung dazu. Trapper Farleys Augen, die sonst ein so dunkles Blau hatten, schimmerten wie Saphire. Als er

Linns Blick erhaschte, grinste er ihr zu. Und Linn antwortete mit einem spontanen Lächeln.

Charity Trimble, die allein auf einer einsamen Straße unterwegs war, hörte das Lachen, als der Schlitten vorüberflitzte, und fragte sich, ob sie selbst jemals wieder so glückliche Laute würde von sich geben können.

Charity verließ das Haus mit seinen Einschränkungen und seinen beengten Räumen so oft wie möglich. Meistens wanderte sie einfach allein durch die Winterlandschaft. Und häufig führte ihr Weg sie an der Runyon-Farm vorbei. Harry und Hubert, die aus dem Fenster blickten, weil Simons junger Hund Flo gebellt hatte, betrachteten die einsame Gestalt auf ihrer ziellosen Wanderung, wie sie mit gesenktem Kopf und gebeugten Schultern daherkam. Und da sie sich an die merkwürdige Unterhaltung während des Weihnachtskonzerts erinnern konnten, warfen sie einander bedeutungsvolle Blicke zu.

«Sieht nicht so aus, als ob unser Gebet schon erhört worden ist, Harry», seufzte Bert. «Sieh sie dir an, wie sie hier vorbeischleicht, nichts als ein Häufchen Elend.»

«Oh, ihr Kleingläubigen!», zitierte Harry mitleidig, als er sich wieder vom Fenster abwandte und, gefolgt von seinem Bruder, ächzend zu seinem Stuhl zurückhumpelte. Gemeinsam nahmen sie zwei Bibeln zur Hand, die früher, in glücklicheren Zeiten, Bessie und Virgie gehört hatten.

Nachdem er mit seinen dicken Fingern eine Weile durch die Seiten geblättert hatte, fragte Bert: «Was denkst du, wo wir anfangen sollen zu suchen?»

«Bei den Korinthiern», sagte Harry wie aus der Pistole geschossen. «Hier – ich hab's markiert. Siehst du, Bert, hier heißt es, wenn wir Glauben haben, können wir Berge versetzen. Los, Bert, das müssen wir auswendig lernen.»

«Ich weiß nicht, Harry», brummelte Bert. «Warum können wir nicht einfach sagen: ‹Beten hilft›, wie andere Leute das auch tun?»

«Bist du sicher, dass das ein Bibelvers ist, Bert?», fragte Harry misstrauisch.

«Nein», gab Bert zu, «aber es hört sich gut an.»

Und so beschäftigten sie sich den ganzen Nachmittag und konzentrierten sich, so gut sie konnten, auf die Probleme der jungen Charity Trimble, die sich gerade entschieden hatte, einem bekannten Weg zu folgen, dem zu den Edwards.

Maggie war mehrere Jahre lang Charitys Sonntagsschullehrerin gewesen. Da sie immer fröhlich, höflich, würdevoll und fürsorglich gewesen war, hatte Maggie sich Charitys Respekt und Liebe erworben. Maggie wunderte sich zwar über die Ruhelosigkeit des jungen Mädchens, stellte aber keine Fragen, sondern bot ihr eine Tasse Tee und eine Umarmung an, wann immer Charity mit einem gequälten Gesichtsausdruck die Sicherheit und Wärme der Edwards-Küche aufsuchte.

Wenn das einsame Mädchen hier und da einen Blick mit Gabriel Goss, Johns Arbeiter, tauschte, so geschah es ohne die prüfenden Augen einer überbesorgten Mutter und ohne die Bedenken einer fürsorglichen Freundin. Gabe Goss war schließlich viel zu alt, um für eine junge Frau in Charity Trimbles Alter in Frage zu kommen.

Dass Charity tatsächlich eine junge Frau war und kein Kind mehr, das entging Maggie nicht – und sie fragte sich mit Unbehagen, ob Dolly Trimble sich der Reife ihrer Tochter so bewusst war, wie sie es sein sollte.

Dolly wusste von den Besuchen ihrer Tochter bei Maggie, und sie rang mit einer tief verwurzelten Abneigung dagegen. Allerdings konnte sie keinen vernünftigen Grund finden, um den Kontakt zu verbieten.

«Es ist etwas mit dieser Frau ...», klagte sie gegenüber Alvin, «und ich kann nicht herausfinden, was es ist.»

«Oh, Mutter», begann Alvin müde, «Maggie und John sind über jeden Zweifel erhaben.»

«Aber wer sind sie? Und woher kommen sie? Ich sage dir, Alvin, da stimmt etwas nicht.»

«Sie sind aus British Columbia», erklärte Alvin geduldig. «Wie wir alle wollten sie ein neues Leben beginnen, und das hat sie nach Donnybrook verschlagen.»

Dolly rümpfte die Nase. «Sie zieht sich kein bisschen wie Queen Victoria an ... Diese Farben, die sie trägt, weinrot, kadettblau – was soll das überhaupt für eine Farbe sein? Und diese Feder, Alvin – Straußenfeder, wenn ich es recht sehe! Die gute Königin ...»

«Es ist der 24. Mai, die Königin hat Geburtstag heut!», kreischte Harmony und hüpfte im Zimmer herum. Als ihre Mutter ihr einen entsetzten Blick zuwarf, verlangsamte das Kind sein Tempo, um der Zurechtweisung zu entgehen, die es befürchten musste. So lenkte Harmony Dolly von ihrer Schimpftirade gegen Maggie Edwards ab.

In Wirklichkeit hatte Dolly Gewissensbisse. Sie wusste, dass sie das Vertrauen ihrer Tochter verspielt hatte. Und der Gedanke, dass Charity nun Maggie Edwards ihr Vertrauen schenkte, war kaum zu ertragen.

Doch Entschuldigungen gehörten nicht zu Dollys Repertoire. Sich mit Charity zu versöhnen, würde bedeuten, ihren Standpunkt gegenüber Marc Szarvas aufzuweichen. Fast wünschte Dolly, sie hätte sich nie in eine solche Pattsituation bezüglich dieses jungen Mannes hineinziehen lassen. Wer hätte auch ahnen können, dass Charity so hartnäckig sein würde. Dolly hatte angenommen, dass Charity nach kurzem Schmollen schließlich doch nachgeben würde. Und damit wäre die Sache erledigt gewesen.

War das Ganze ein solches Tauziehen wert? Dolly war überzeugt davon.

Kapitel 16

Obwohl es so aussah, als ob dies nie geschehen würde, kam der Tag – wie es immer war und immer sein wird, solange die Erde besteht –, an dem die warmen Föhnwinde wehten und der Nordwind, ausgezehrt und gedämpft, noch ein paarmal wimmerte und sich dann zurückzog. Irgendwann – so wie es immer war und immer sein wird, solange die Erde besteht – würde er wieder dahergefegt kommen, erfrischt und erneuert, voller Kraft und voller Wut über die Unterbrechung. Doch bis dahin würden mehrere wunderbare Monate vergehen.

Das Wasser tropfte von den Regenrinnen, bis die Dächer wieder bloßgelegt waren und nass glänzten. Das Schmelzwasser floss unter den schrumpfenden Schneewehen davon, und sie senkten sich leise erdwärts. Hunderte von Rinnsalen sickerten die Hänge hinab, bildeten in jeder Vertiefung kleine Tümpel und kräuselten sich bei jeder steifen Brise wie kleine Ozeane.

Wie jeden Frühling suchte sich Linn den richtigen Zeitpunkt aus, zog Gummistiefel an, warf sich einen der weichen Pullis, die Celia den Winter über gestrickt hatte, über die Schulter und suchte die Wälder ab, bis sie ihn fand: den ersten Frühlingsboten des Busches.

Blasslila war er und so weich wie das Innenohr eines jungen Kaninchens. Hübsch und einsam wuchs er, an einem versteckten Ort, an die feuchten Überreste des Schnees geschmiegt.

Linn kauerte sich neben den Krokus, summte fast vor Vergnügen darüber, dass sie ihn gefunden hatte, und schloss ihn in ihre Hände. Nach dem langen Winter, in dem man nichts Frisches, Lebendiges sehen konnte, war das Anzeichen neuen Lebens nicht weniger als ein Wunder.

In diesem Jahr bedeutete dies für Linn nicht nur: «Die Blumen sind aufgegangen im Lande, der Lenz ist herbeigekommen, und die Turteltaube lässt sich hören in unserm Lande.» In diesem Jahr bedeutete es ganz sicher auch: «Ein jegliches hat seine Zeit, und alles Vorhaben unter dem Himmel hat seine Stunde.»

Nachdem sie erfahren hatte, dass «Weinen seine Zeit hat», konnte es sein, dass nun für sie eine «Zeit des Lachens» kam? Wenn Verlieren «seine Zeit hatte», hieß es dann nun für sie: «Suchen hat seine Zeit», «Behalten hat seine Zeit», «Lieben hat seine Zeit»?

Linn war so hingerissen von der schönen kleinen Pflanze, dass sie die Schritte nicht hörte, die von dem aufgeweichten Boden gedämpft wurden. Trapper Farley blieb stehen und beobachtete sie, wie sie sich über die kleine, versteckte Blüte freute.

Als ein Zweig knackte, sah sie zu ihm auf. Mit immer noch sanftem Blick sagte sie leise: «Sehen Sie», um die besondere Bedeutung dieses besonderen Moments mit ihm zu teilen.

Trapp streckte seine Hand aus und fand ihre kleine, warme Hand, die auf ihn wartete. Auf ihre Weise ebenso schön wie die Blume, hob Linn ihr Gesicht zu ihm auf und folgte dem sanften Zug seines Armes, bis sie vor ihm stand. Sie sah ihn an und verlor sich in den dunklen Augen, die zu ihr herabblickten, fühlte sich hingezogen zum verlockenden Schwung seiner schönen Lippen.

Wie eine Blume sich im lauen Frühlingswind neigt, so lehnte Linn sich zu dem Mann hin, der sie wie die warme Frühlingssonne anzog, bis sein Mund den ihren berührte. So sanft, wie eine Biene die Blüte berührt, so küsste er sie.

Während der milde Wind sie beide neckte und die zarte Blume sich verheißungsvoll zu ihren Füßen wiegte, küsste er sie.

Schließlich trat Linn schwankend zurück, lehnte sich an eine Pappel, durch die schon der Saft des Frühlings floss, und starrte ihn keuchend, mit aufgerissenen Augen an.

«Es war der Krokus», sagte er. «Der erste Krokus des Jahres hat solche Auswirkungen bei mir.»

Sein Ton schien ernst, und doch war da wieder dieser vertraute Humor – den sie früher so abstoßend und nun so anziehend fand –, der seine Lippen umspielte und seinen Blick sanft werden ließ.

Dann knieten sie gemeinsam auf die feuchte Erde nieder, neben dem robusten kleinen Frühlingsboten, diesem Abgesandten, der ihnen bedeutete, dass Leben und Hoffnung sich wieder über das gesamte Buschland ausbreiteten.

Und als sie sich zum Gehen wandten, schien es ihnen auf irgendeine Weise wichtig, ihn dort weiterblühen zu lassen.

Als sie noch ganz neu in Donnybrook-Wildrose angekommen war, um dort zu unterrichten, hatte Kate sich sofort in den Busch verliebt, der sie im Herbst so großzügig willkommen geheißen hatte. Und den Winter hatte sie in einem behaglichen Haus verbracht, umgeben von warmer Liebe. Die Monate waren schnell vorbeigegangen wie ein glücklicher Traum.

Im Frühling war Donnybrook ein großer Park.

Da sie es gewohnt war, die ganze Woche über früh aufzustehen, wachte Kate unwillkürlich auch an den Wochenenden um dieselbe Zeit auf und war meist dankbar, dass sie sich noch eine weitere Stunde ins Bett kuscheln konnte. Doch als der Frühling kam, wirkte jeder Tag so frisch, lag eine Art Vorfreude in der Luft, an der Kate unbedingt teilhaben und von der sie nichts verpassen wollte. Also stand sie früh auf und ging nach draußen.

Jenseits des grünenden Hofes war Abram dabei, die Kühe durch taugetränktes, frisch aufsprießendes Gras zu treiben, und die Kuhglocken läuteten ihre kleine Melodie dazu. Und aus dem Busch und von den Wiesen kam ein Klang, der den Himmel ergötzte und fast alle Herzen höher schlagen ließ.

Nichts lässt sich mit dem Frühling im Busch vergleichen, wenn unzählige Vögel ihre Freude über den neuen Tag ausdrücken und die endlosen Meilen klaren Himmels mit einer unglaublichen Vielfalt an Tönen und leuchtenden Farben erfüllen. Sie schienen das warme Wetter herbeizuführen, als ob sie allein durch den Zauber ihres Gesangs die sanften Winde herlocken und die Erde dazu verführen könnten, zu erwachen und mit ihrer ganz eigenen Melodie zu antworten.

Kate legte die Hände auf ihren Bauch und fühlte sich mit dem aufblühenden Land merkwürdig eins. Das Leben, das in ihr und um sie herum heranwuchs, schien durch ein irdisches Band verbunden zu sein.

Sie langte über den Rand der Veranda nach dem Fliederbusch, den ein früherer Siedler hier angepflanzt hatte, und besah sich die zartgrünen Triebe und weichen Knospen. Bald schon, so dachte sie, würde die wunderschöne Wildrose ihre Schönheit und ihren Duft aus Tausenden von Büschen über die Welt ausbreiten. Wie herrlich würde es sein, dies einzuatmen – wie reines Parfum!

Marc Szarvas kam aus den Wäldern des Nordens zurück, und das Geld klingelte in seiner Tasche. Sofort machte er sich zum Schulhaus auf und suchte Charity.

Mit dem Lohn, den er verdient hatte, konnte er seine Hütte auf dem freien Land neben dem seiner Eltern weiterbauen. Sein Vater würde ihm helfen, einige einfache Stühle, einen Tisch, einen Schrank und einen Waschstand zu zimmern. Fenster, Geräte, Ofenrohre und einen Herd würde er selbst kaufen. Marc hatte einen Herd der Marke «Acme Royal» ins Auge gefasst, studierte den Katalog und merkte sich die besonderen Vorzüge:

«Dieser Ofen für $ 24,95 kann es mit jedem Herd auf dem Markt aufnehmen, ganz gleich welcher Preisklasse. Er vereint die allerneuesten Errungenschaften hochwertiger Herde in sich, ohne deren Nachteile zu übernehmen.»

Marc war überzeugt, dass der Herd Charitys Herz erfreuen würde: «Ofen in voller Größe, Duplex-Rost, geschliffene Oberseite und Mitte, porzellanverkleideter Wasserspeicher, automatischer Ofentür-Verschluss, großer Feuerbehälter, großer Rauchfang, verzinkter Aschebehälter, verstellbare Herdplatten, neuestes und schönstes Rokoko-Design».

Zeit, dachte Marc, war alles, was er brauchte, und er besaß genug davon! Er konnte warten. Aber würde Charity das auch tun? Er musste sie unbedingt sehen, ihr Mut machen, die Hoffnungen und Pläne mit ihr besprechen. Er beschleunigte seine Schritte.

Ungeduldig stand Marc dann am Zaun des Schulgeländes und sah zu, wie die Kinder aus der Tür strömten, begierig nach der Freiheit, auf die sie so viele Monate verzichtet hatten, weil sie an das Haus gebunden waren. Hüpfend und tobend kamen sie die Stufen herunter und liefen nach allen Richtungen. Sein Herz machte auch einen Sprung, als Charity erschien.

Die Monate hatten sie verändert. In ihren Bewegungen steckte nicht der Frühling, sie hüpfte nicht wie ein kleines Mädchen in die Welt hinaus. Doch als sie ihn erblickte, wurden auch ihre Schritte schneller.

«Marc! Wann bist du zurückgekommen?»

«Erst gestern.»

«Und warum hat es so lange gedauert, bis du zu mir kamst?», lachte Charity, und Marc stimmte ein.

Doch als sie merkte, dass er sie nach Hause begleiten wollte, verstummte ihr Lachen. «Ich weiß nicht, ob das eine so gute Idee ist …»

Marc schob seinen Hut in den Nacken und kratzte sich verwundert am Kopf. «Ich wüsste nicht, warum ich es nicht tun sollte, Dummerchen!»

«Harmony», sagte Charity zu ihrer Schwester, «geh voraus, aber sag Mutter ja nicht, dass Marc mich nach Hause bringt!»

Marc schenkte Charity ein kleines Fläschchen «Crème pour peau sèche», das versprach, «trockene, rissige Haut zu schützen, zu glätten und ihr Feuchtigkeit zu verleihen». Charity freute sich offensichtlich darüber, doch dann spürte Marc eine gewisse Zurückhaltung bei ihr. Er wurde nachdenklich.

«Charity», sagte er ernst, «ändere dich mir gegenüber nicht … ändere dich niemals.»

«Ich bin nicht diejenige, die sich verändert hat», sagte sie und warf ihm einen schiefen Blick zu.

«Also, *ich* habe mich bestimmt nicht verändert!», behauptete er hartnäckig.

Wechselhaft in ihren Stimmungen wie immer, ließ Charity das Thema fallen und fing in ihrer üblichen Art an zu plaudern. Marc hörte nur mit halbem Ohr zu und begann der Tatsache ins Auge zu sehen, dass Charity wenig bis gar nichts von seinen Plänen für sie beide verstand. Ihr impulsives Wesen und seine männliche Art waren eine Kombination, die Zündstoff bot. Marc hatte wohlüberlegt einen ihm weise erscheinenden Weg eingeschlagen: ihre Beziehung auf Sparflamme zu halten, auf diese Weise Charitys Leidenschaft etwas zu dämpfen und die Versuchungen zu vermeiden, die sonst unweigerlich gefolgt wären.

Marcs Entscheidung war kein Zeichen von Schwäche, sondern von Stärke. Da es wenig brachte, sich mit Dolly anzulegen – Charity war noch nicht im heiratsfähigen Alter, sie lebte zu Hause und sie war tatsächlich noch jung –, ließ die Situation den ohnehin schon geduldigen jungen Mann noch geduldiger werden.

Noch war es nicht an der Zeit, Charity seine tiefsten Gefühle zu offenbaren. Doch das war schwer ... sehr schwer. So scherzte und lachte er mit ihr auf die übliche fröhliche Weise, bis sie plötzlich mit Unbehagen in der Stimme sagte: «Weiter solltest du nicht mitkommen.»

Marc erstarrte. Er hatte nicht die Absicht zur Heimlichtuerei, was seine Beziehung zu Charity betraf. Allerdings begriff er auch nicht, wie unbeugsam Dollys Wille war.

«Marc, Mutter wird wütend sein!»

«Ich rede mit ihr», sagte Marc beschwichtigend und ging weiter. Neben ihm wurden Charitys Schritte immer langsamer und ihr Blick immer ängstlicher.

Dolly wartete. Nachdem sie aus Harmony den Grund für Charitys Verspätung herausbekommen hatte, stand sie nun mit grimmigem Gesicht auf der Treppe.

«Geh in dein Zimmer, Missy!», befahl sie.

«Aber Mama ...»

«Los!» Dolly zeigte mit ausgestrecktem Finger zur Tür, und Charity wandte sich elend dreinblickend zum Gehen.

«Warte», sagte Marc in einem überraschend entschiedenen Tonfall. «Wir haben nichts Unrechtes getan.»

Dolly verschränkte unbeirrt die Arme vor ihrer hohen Brust und sagte mit ebenso hoher, unnachgiebiger Stimme: «Warum sind Sie nur so stur und hartnäckig? Vergessen Sie meine Tochter, Marc Szarvas! Sie ist nicht für Sie bestimmt. Ich bin für sie verantwortlich, und ich habe vor, sie zu schützen – und wenn nicht vor Ihnen, dann vor sich selbst.»

Charity, die kreidebleich war, schrie auf, und Marcs Augenbrauen verfinsterten sich. «Sie haben uns beide beleidigt!», rief er.

Dennoch war es Dolly, die gewann. Sie nahm Charity beim Arm und schob sie zum Haus. «Ich verbiete ihr, Sie wiederzusehen! Habe ich mich klar ausgedrückt?»

Charity heftete ihren Blick traurig und beschämt auf Marc, und es brach ihm das Herz. Obwohl Dolly sich vor ihm aufgebaut hatte, trat er an die Seite des Mädchens und sagte: «Ich verstehe. Aber wenn sie achtzehn ist, bin ich wieder da.»

Charity weinte und schüttelte den Kopf.

«Achtzehn», wiederholte Marc. «Dann kann sie für sich selbst entscheiden. Und ich werde wieder da sein.» Er verstand weder den Triumph in Dollys Augen, als sie ihre Tochter zur Tür bugsierte, noch das Flehen in Charitys Blick.

Marc sah hilflos zu und biss die Zähne zusammen. Er konnte nur warten. Wenn er mit Charity davonliefe, hätte Dolly das Gesetz auf ihrer Seite. Und er wollte, dass alles seine Richtigkeit hatte, um Charitys willen.

Seine Zeitpläne ... seine Vorhaben ... er würde daran

festhalten und auf ihre endgültige Erfüllung hinarbeiten. Im Augenblick war das alles, was er hatte.

Doch Charity wusste nichts von Marcs Zeitplänen und wenig von seinen Vorhaben. Die Hoffnung in ihren Augen – dass er jetzt etwas unternehmen würde – verwandelte sich in ungläubiges Entsetzen, als er sich zum Gehen wandte, und in blanke Wut, als er den Hof verließ. Charity riss ihren Arm aus Dollys Umklammerung und stürmte ins Haus.

Dolly seufzte erleichtert auf. «Lass ihn doch warten», freute sie sich, denn sie kannte ihre ungestüme Tochter gut. «*Sie* wird auf jeden Fall nicht warten. Es muss doch jemand … Angemesseneren geben als diesen Marc Szarvas!»

Kapitel 17

Harmonys kleiner Vers vom Geburtstag der Königin wurde von allen Kindern in den Siedlergebieten gesungen. Man feierte den Geburtstag der alten Monarchin einzig und allein damit, dass die Kinder – so war es Brauch – ab diesem Tag auf die lange Unterwäsche verzichten durften. Und das war ein besonderer Augenblick!

Was für eine Freiheit bedeutete es, ohne die dicke Winterkleidung, die einen beim Toben an Körper und Beinen behinderte, herumlaufen zu können! Wenn man endlich ins Schwitzen geraten konnte, ohne dass einem der eklige Schweiß herunterlief, weil man von Kopf bis Fuß in Woll-Vlies eingepackt war. Wie schön für die Mädchen, denen es peinlich gewesen war, monatelang klumpige Beinkleidung mit ausgebeulten Knien zu tragen, wenn sie nun wieder kleine, diskrete Blicke auf ihre wohlgeformten Beine zulassen durften!

Welche Freude, wenn Hunderte von Amseln wie von einem einzigen Flügelpaar getragen vorbeirauschten, sich auf Schilf und Binsen niederließen und ihre roten Schnäbel zur Schau stellten. Wenn das Grauhörnchen von einem grünenden Zweig herunterschimpfte und dabei den Schwanz lässig auf seinem Rücken hisste!

Unendlich waren die Schätze, die man entdecken konnte: das alte Baumhaus in der Birke; das kleine rote Wägelchen, das viel rostiger war, als man es in Erinnerung hatte; das erste Veilchen; eine Butterblume, die man pflückte, sich unters Kinn hielt und über die goldene Spiegelung staunte.

Auf jeder Farm bot der Mähbinder einer Familie von Zaunkönigen Unterschlupf. Eifrig und hartnäckig füllten sie die Schnurbehälter mit Zweigen und Gräsern und sausten aus ihrer heimlichen Behausung heraus und wieder hinein durch winzige Öffnungen, aus denen zur Erntezeit die Schnüre zum Binden der Garben herauskommen würden.

Schweine, die man später eher abstoßend finden würde, kamen als süße rosa Ferkel zur Welt. Der plumpe Truthahn sah liebenswert aus, wenn er sich den Weg durch die Eierschale nach draußen pickte. Küken, die in kleinen Händen gehalten wurden, fühlten sich leicht, weich und formlos an wie Pusteblumen. Unter den Veranden und in den Verstecken auf dem Heuboden miauten die Katzenkinder. Brütende Hennen pickten wütend nach neugierig ausgestreckten Händen. Das neugeborene Kalb, noch unsicher auf den Beinen, wickelte seine raue Zunge um die Finger der Kinder.

Sogar der Garten hatte Erfreuliches zu bieten als Entschädigung für die Mühe der Arbeit: Die Erde, feucht und schwarz, fühlte sich herrlich an unter den bloßen Füßen, die noch vor kurzem in schwere Überschuhe gezwängt gewesen waren. Gerade Reihen von zartem Grün sprossen wie von Zauberhand dort auf, wo man nur wenige Tage vorher winzige Samen ausgestreut hatte. Die zusammengerollten Blätter des Rhabarber entfalteten sich. Und auf dem Spaten wanden sich die Würmer in der frisch umgegrabenen Erde – wo waren sie nur den ganzen Winter über gewesen?

Ja, der Frühling in Donnybrook-Wildrose ließ niemanden kalt.

Das Schuljahr war vorüber, die Zeugnisse lagen bereit. Sie würden beim alljährlichen Picknick verteilt werden, wenn die Menschen aus dem ganzen Distrikt sich versammelten, um das Ende des Winters gebührend zu feiern.

Das Picknick wurde regelmäßig am Puddle-See durch die Sonntagsschule von Donnybrook veranstaltet. Es begann am Morgen und dauerte bis zum späten Nachmittag, wenn die Farmarbeit wieder rief. Es gab Spiele, Wettrennen, Schwimmen für alle, die sich in das noch kalte Wasser trauten, und – was am wichtigsten war – man konnte stundenlang miteinander sprechen und Neuigkeiten austauschen, die man den ganzen Winter hatte für sich behalten müssen. Aus dem ganzen Distrikt kamen die Menschen, ganze Familien, um ein paar freie Stunden miteinander zu verbringen, bevor sie sich wieder in die dringenden Arbeiten des Sommers stürzen mussten.

Am Mittag unterbrach man alle Aktivitäten und versammelte sich um lange Tische – Bretter, die man auf Sägeböcke gelegt hatte. Für jeden Geschmack gab es köstliche Mahlzeiten, und jede Köchin brachte ihre Spezialität mit. Unter den Tischen standen Kühlboxen mit selbstgemachter Eiskrem.

Bei Sonnenuntergang fuhren alle nach Hause bis auf Trödler und Verliebte. In der Abenddämmerung war es noch lustiger als vorher, meinten einige und blieben zurück, bis die Wagen davongerattert und mit ihnen die strengen Blicke der Eltern und des Predigers verschwunden waren und auch die Sticheleien scharfäugiger und vorwitziger Kinder.

Judd Grahams Wagen war der erste, der am Morgen in den Schatten der Pappeln am Seeufer fuhr. Andere folgten kurz nacheinander. Linn, die kühl und strahlend aussah in einem weißen Kleid mit grünem Druckmuster, half Celia – die überredet worden war, mitzukommen, um gute

Freunde zu treffen – vom Wagen herunter zu einem bequemen Platz im Schatten.

Wie beiläufig ließ Linn ihre Augen über die ankommenden Kutschen schweifen und fühlte eine warme Freude in sich aufsteigen, als sie den Buggy der Farleys erblickte. Trapper und Boyd, kräftig, dunkel und gutaussehend, winkten der versammelten Gruppe zu, doch Trapps Augen suchten nach Linn.

Auf diese Einladung hatte Linn nur gewartet. Mit leichtem Schritt lief sie ihm entgegen in dem Wissen, dass ihr überheblicher Geist seinen Widerstand gegen Trapp mit einem Kuss verabschiedet hatte.

Doch all dies war nicht über Nacht geschehen. Linns und Trapps Beziehung hatte etwas Sanftes an sich. Es war nicht dieser atemberaubende Druck, den Linn bei Abram Weatherby erlebt hatte. Manchmal dachte sie, dass Trapp wohlüberlegt den Raum schuf, in dem sich ihre beginnende Vertrautheit ganz natürlich entwickeln konnte. Er ließ ihr Zeit, das vertrauensvoll zu empfangen, was er ihr zu geben hatte.

Eines Sonntagnachmittags waren sie spazieren gegangen. Linn zeigte Trapp ihre Lieblingsplätze: die Beete, in denen die Frühlingsblumen blühten; die Beerenbüsche, die ihre Blütenblätter wie Schnee fallen ließen; die Tümpel, wo die Gräser in dichten Büscheln wuchsen.

An jenem Frühlingstag hatte er ihre Schritte durch die Wälder zu seiner Farm gelenkt. Dort hatte er sie herumgeführt, sichtlich stolz auf das, was erreicht worden war. Die Felder erstreckten sich in sauber gepflügten und eingesäten Reihen; in den neu errichteten Pferchen quiekten die Ferkel; Küken folgten dem Ruf der Mutterhenne, und ein Garten grünte hübsch vor sich hin.

Doch Trapp lenkte ihre Aufmerksamkeit vor allem auf

das Blockhaus. «Nun, was denkst du?», fragte er, nachdem sie eingetreten waren.

Das Sonnenlicht fiel durch das Fenster auf Linns Gesicht und ihre Haare, die, wie der Spiegel ihr täglich zeigte, ihre sommerlich hellen Strähnen das ganze Jahr hindurch behielten. Als sie aufsah, sagte Trapp, der offensichtlich etwas Ähnliches in ihren Augen entdeckt hatte (auch hier eine ungewöhnliche Farbmischung – moosgrün und braun mit goldenen Strahlen durchzogen): «Ich glaube, die richtige Bezeichnung dafür ist haselnussbraun.»

Er lächelte und berührte ihre Wange kurz und ganz leicht mit dem Finger. Linn hatte das Gefühl, dass er sie hier an einen Ort mitnahm, in eine Tiefe hineinführte, die sie zuvor nicht gekannt hatte, und er tat es vorsichtig, auf einem sicheren Weg. Mit einem Mal verspürte sie eine geradezu leidenschaftliche Dankbarkeit für seine Umsicht.

Als Trapp seine Hand von ihrer Wange zurückzog, sagte er plötzlich: «Das Haus – wie findest du es ... jetzt?»

Die Wände glänzten weiß, das neu verlegte Linoleum war hell, die einfachen Möbel waren gemütlich angeordnet.

Linn war nicht überrascht, als sie eine besondere Handschrift entdeckte: die schwarz polierte Herdoberfläche und das glänzende Nickel, die frisch gebügelten Vorhänge, eine Vase mit Flieder – alles Dinge, für die ein Mann keine Zeit hatte.

Ein vertrauter Schmerz entfaltete sich in Linns Unterbewusstsein (wo er lange geschlummert hatte, wie sie vermutete), und sie sagte mit einem scharfen Unterton: «Erzähl mir nicht, dass du das alles allein geschafft hast.»

«Oh, ich hatte Hilfe», sagte Trapp, und sie fühlte seinen Blick auf ihrem Gesicht. Als sie sich mit steifen Schultern abwandte, folgte er ihr still.

Doch nun, während des Picknicks, mitten im Trubel und Gelächter der Menschen, glaubte Linn, etwas Besonderes in Trapps dunklen Augen wahrzunehmen, und der Tag erwachte für sie zum Leben.

Trapp nahm ihre Hand und hakte sie bei sich unter, und gemeinsam gingen sie zur Wiese, wo die Spiele stattfanden. Abram Weatherby organisierte das Wettrennen für die Kinder, offenbar auf die Bitte von Bruder Victor hin; er sah eher ungeduldig aus und war bereits schweißgebadet.

Weiter drüben begann gerade ein Ballspiel, und die jungen Männer nahmen wie üblich ihre Positionen auf beiden Seiten ein. Eine Schar von Mädchen saß auf einer grasigen Böschung, blühend wie ein Strauß Frühlingsblumen. Und wie die Blüten sich im Wind neigen, so lehnten sie sich zueinander, flüsterten und warfen forschende Blicke auf die männlichen Gestalten, die sich um ihretwillen zur Schau stellten. Nie ließen Männer ihre Muskeln absichtlicher spielen, rannten schneller und sprangen höher. All das wurde zur Kenntnis genommen und gebührend bewundert. Linn schloss sich ihren Freundinnen an, und Trapp wurde als Schiedsrichter engagiert.

Im Verlauf des Tages verspürte Celia Graham, die in jener Zeit nicht bei Kräften war, das Bedürfnis zu ruhen. Linn machte einen bequemen Platz im Schatten ausfindig, brachte ihre Mutter dorthin und beschloss, sie nach Hause zu bringen, sobald es kühler wurde. Mit Bedauern erkannte sie, dass dies für sie bedeuten würde, den Abend nicht mit Trapp verbringen zu können. Sie war so glücklich über seine Einladung gewesen und hatte sich schon darauf gefreut, mit ihm und den anderen Paaren unter dem sommerlichen Mond am Ufer zu sitzen.

«Es wird schon gehen, mein Liebes», beharrte Celia, die ihrem Sohn und ihrer Tochter nicht die Pläne für diesen Abend vereiteln wollte. Judd hatte sich so geschwind und eifrig an Modestys Seite gesellt, dass Dolly ihre ohnehin schon schmalen Lippen noch weiter zusammengepresst hatte. Celia wünschte dem jungen Paar nur das Beste.

Doch Linn bemerkte den Schweiß auf den Augenbrauen ihrer Mutter und die Blässe ihres Gesichts. «Ich weiß, Mama», sagte sie sanft, «ruh dich nur eine Weile aus.» Celia legte den Kopf zurück und schloss die Augen.

Linn sah sich nach Trapp um. Sie wollte ihm sagen, dass sie ihre Mutter lieber nach Hause begleiten würde, statt sie mit einem Nachbarn mitfahren zu lassen, wie sie es ursprünglich geplant hatten.

Doch nirgends konnte sie die Gestalt finden, nach der sie suchte – muskulös, braungebrannt, stark und gesund. Stattdessen sah sie, wie ein rosafarbenes Kleid am Rand der Wiese im Busch verschwand.

Sie hatte nur einen kurzen Blick darauf erhascht, und schon traf sie das Misstrauen wie ein wohlgezielter Pfeil und durchbohrte sie: Berry Lille, die sich heute so schön in Rosa gekleidet hatte, die sich kühl, abweisend und schweigsam durch die Menge bewegt hatte, suchte nun absichtlich einen Bereich auf, an dem sich nichts befand, was man hätte aufsuchen können: kein Wagen, keine Toilette, keine Picknick-Aktivität, keine Leute. Nur der dichte, unberührte Busch mit seinen geheimen Tiefen.

Einem Impuls folgend, begab Linn sich zu dem schmalen Durchgang, durch den Berry verschwunden war. Sie sah das rosa Kleid im Laubversteck schimmern, vom Schatten der zitternden Pappelblätter gesprenkelt.

Während Linn noch beobachtete, schloss sich der schlanken Gestalt eine weitere an: muskulös, braungebrannt und kräftig. Linns Herz sank, und ihr Atem stockte.

Wie hypnotisiert sah sie zu, wie der dunkle Kopf sich über das erhobene Gesicht des Mädchens neigte und die kräftigen, dunklen Arme sich sehnsüchtig um sie schlossen. Obwohl Linn wie betäubt war, konnte sie genau erkennen, wie viel Leidenschaft in dieser Umarmung lag.

Es schien ihr der längste Augenblick in ihrem ganzen Leben zu sein, als sie dastand, zusah und fühlte, wie der Schmerz in ihrem nur halb verheilten Herz bohrte, als würde ihr ein Messer im Leib herumgedreht. Wieder war sie gedemütigt worden.

Dann ging sie, so still, wie sie gekommen war.

Mit unsicheren Schritten und zitternden Händen fing Linn an, ihre Kiste zu packen und in die Kutsche zu laden. Danach suchte sie ihren Bruder, um ihm zu sagen, dass sie nach Hause fuhr.

Judd würde zusammen mit Modesty bleiben und sich der Gruppe abends am See anschließen. Als Linn zurückstolperte, um ihre Mutter zu holen, sah sie Trapp am Tisch stehen, wie er sich gerade Limonade in eine Tasse einschenkte. Er lächelte, die dunklen Augen wegen des blendenden Sonnenlichts halb geschlossen. Sie ging schweigend an ihm vorüber.

«Warte ...», sagte er in einem so natürlichen Tonfall, dass Linn die Lippen verzog.

«Ich gehe nach Hause.»

«Aber ich dachte, du wolltest noch länger bleiben.»

«Das war bevor ...» Sie konnte nicht weitersprechen, denn der Schmerz schnürte ihr die Kehle zu.

«Bevor?»

«Ach, tu doch nicht so!», zischte sie.

Trapper Farley zog die Augenbrauen hoch. «Würdest du mir das bitte erklären?»

«Ich – dir erklären?» Linn lachte, doch es schwang kein Humor darin mit.

Selbst in ihren Ohren erinnerte ihr Lachen sie an den Ausbruch von Bitterkeit, als Trapp sie damals im Busch entdeckt hatte, während sie über Abrams Verrat trauerte.

«Sollte nicht *ich* dir diese Frage stellen?», fuhr sie ihn an. «Aber warum solltest du mir auch eine Erklärung schuldig sein? Du schuldest mir gar nichts. Was ist schon ein einziger Kuss?»

Trappers Augen verengten sich, doch sie fuhr unbeirrt fort, getrieben von einem Schmerz, von dem sie gehofft hatte, ihn nie wieder erleben zu müssen: «Ein Kuss im Busch – das ist doch ein angemessener Ort für einen Mann aus den Wäldern, wenn er so tun will, als ob er jemanden liebt, oder?»

Die Stille tat sich wie ein Graben vor ihnen auf, während Trapps Blick aus den blauen Augen auf Linn ruhte. Da setzte sie noch einmal nach: «Im Wald kommst du gut klar, Trapp!»

«Warum sagst du all diese Dinge?», fragte Trapp, der nahe herangetreten war und Linn bei den Armen hielt. «Warum tust du das?»

«Oh, Trapp», sagte sie mit verächtlicher Stimme, «du kannst aufhören zu heucheln! Immerhin habe ich euch gesehen!»

«Gesehen?»

«Ja, gesehen. Ich bin Berry gefolgt. Du denkst doch nicht im Ernst, dass ich so ein Trottel bin und nicht merke, dass die ganze Zeit etwas lief zwischen dir und Berry!»

«Ja, das habe ich mir schon gedacht», gab er zu. «Aber – du bist Berry *gefolgt*?»

«Und wenn schon!», gab Linn zurück, deren Demütigung und Schmerz größer waren als das schlechte Gewissen, jemandem nachspioniert zu haben.

Trapp sah elend aus.

«Ich sehe es ganz klar», sagte sie, nahe am Weinen. «Mit Linn kann man das ja machen, sie ist ein leichtes Opfer, nicht wahr, Trapp?»

«Wenn du meinst.» Trapp wandte sich mit unergründlichem Blick von ihr ab.

Kapitel 18

Unter dem Jubel der Umstehenden schlitterte Marc ins Ziel. Er wischte sich den Staub von der Hose, lief zu der kleinen Böschung, wo Charity träge an eine schmale Pappel angelehnt saß, und ließ sich neben sie fallen.

Da er mit dem üblichen Lächeln ihrer roten Lippen und mit ihrem warmen Blick gerechnet hatte, erschrak er, als Charity ihr Gesicht abwandte.

«Hey, stimmt was nicht?», fragte er, riss ein paar Halme Flughafer aus und kitzelte ihren bloßen Arm damit.

Charity zog ihren Arm weg. Und statt ihm wie sonst, wenn er sie neckte, eine schnippische Antwort zu geben, stand sie auf, strich ihr Kleid glatt und ging weg.

Marc sah ihr nachdenklich hinterher, wie sie mit steifen Schritten und hoch erhobenem Kopf zu den von vielen Menschen umlagerten Tischen marschierte. Er war Charitys wechselhafte Launen zwar gewohnt, doch dieses Verhalten passte nicht dazu, und das beunruhigte ihn.

Er sprang auf und lief ihr nach. Als er ihren Arm zu fassen bekam, wirbelte er sie herum und sagte so sanft wie möglich: «Cherry? Ich verstehe nicht ...»

Charity verzog den Mund und rief verächtlich: «Oh, doch, du verstehst sehr wohl!»

«Nein, wirklich nicht», protestierte er. «Es sei denn, es ist wegen deiner Mutter ...»

Mit zusammengekniffenen Augen betrachtete Marc Charitys gerötetes, rebellisches Gesicht.

«Das ist es doch, nicht wahr?», fuhr Marc fort. «Sie kann doch wohl nichts dagegen haben, dass wir uns hier treffen ... so in der Öffentlichkeit.»

Charity starrte über seine Schulter hinweg, das Kinn erhoben und mit kaltem Blick.

«Cherry, du hast doch gehört, was ich ihr gesagt habe. Wir wissen beide, dass wir im Moment keine Wahl haben, aber ...»

«Doch, *ich* schon!» Charitys Stimme war so hart wie ihr Blick. «*Ich* habe eine Wahl. Und ich weigere mich, mit einem ... einem Feigling zu reden!»

Unter ihren bitteren Vorwürfen ließ Marc ihren Arm los und trat zurück, als hätte sie ihn geschlagen.

Ruckartig wandte sie sich um. Er sah ihr hinterher, wie sie ihn verließ, und im Geist schienen seine Träume wie Seifenblasen zu platzen. Er fragte sich, ob seine Pläne das überleben würden.

Sie ist immer noch wie ein Kind, dachte er traurig. *Sie sieht es nicht ... sie will es nicht sehen ... und vielleicht kann sie es auch nicht.*

«Marc!» Es war Rhoda Mason.

Rhoda, Kate Weatherbys Schwester, war erst vor kurzem nach Donnybrook gekommen. Sie würde den ganzen Sommer über bleiben, bis Kates und Abrams Baby da war.

«Sag mal», fragte Rhoda fröhlich und nahm den kräftigen jungen Mann am Arm. «Was tut man hier so im Sommer, wenn man sich amüsieren will?»

Marc ließ sich von dem Mädchen zu den Tischen hinüberziehen, wo Bruder Victor gerade alle zur Eröffnung des Büfetts um sich versammelte. Doch er nahm sich fest vor: Er würde sich nie wieder mit einem Mädchen im Alter von Charity oder Rhoda einlassen! Und obwohl die junge Dame mit ihm plauderte und auch ein wenig flirtete, war Marc wie betäubt und konnte nicht darauf antworten.

Charity war verschwunden. Die Damen von der Kirchengemeinde standen, mit Schweißperlen auf Stirn und Oberlippe, Schulter an Schulter hinter den breiten Tischen bereit, um den sich ihnen entgegenstreckenden Händen zu helfen, leere Teller durch volle zu ersetzen, Gläser mit Limonade zu füllen und Fliegen zu verscheuchen.

Bruder Victor stellte sich auf eine Kiste und bat um Aufmerksamkeit. Als der Lärm verstummte, sprach er ein Tischgebet, wagte es aber nicht, dem noch weitere Worte hinzuzufügen, denn die hungrige Menge drängte bereits zu den Tischen.

Nach dem Amen bildete sich rasch eine lange Schlange, und wer sich bereits den Teller vollgehäuft hatte, fand einen Sitzplatz bei seiner Familie oder bei Freunden, wo er essen, reden und sich ausruhen konnte.

Der allgemeine Lärm und Trubel wurde durch die Ankunft eines auffallend schönen Wagens unterbrochen, der, gezogen von einem eleganten Pferd, über die Wiese geholpert kam. Ganz offensichtlich war es der neue «Bike Gear Runabout», und die Männer beobachteten ihn mit wachsendem Interesse. Einige standen sogar auf, und als der Pastor auf die Kutsche zuging, schlossen sie sich ihm an, die Augen auf den Runabout geheftet.

Während Gerald Victor dem jungen Mann, der leichtfüßig vom Wagen heruntersprang, die Hand reichte und ihn herzlich begrüßte, untersuchten die Umstehenden neugierig die Kutsche nach den «über hundert Besonderheiten», die der Hersteller anpries und mit denen der Wagen «schöner, robuster, leichter zu fahren und zu ziehen, moderner und langlebiger» sein sollte. Die Achsen aus blankem Stahl waren nach unten gebogen für einen «positiven Sturz» und «in einem Stück im Gesenk geschmiedet»; die Achszapfen waren garantiert «selbstölend, staub- und schlammfest».

Der Wagenkasten war auf «bestmögliche Weise» gestrichen, innen durchgängig mit Samt ausgelegt, und die Sitze waren mit «schwerem, feinrippigem Bedford-Cord» gepolstert (schwerer als Peitschenschnurcord); das Spritzbrett besaß einen patentierten, gepolsterten Lederbezug und eine gute Sturmdecke. Das Ganze war schlichtweg eine Augenweide und stand zwischen den ramponierten Buggys und den alten Fuhrwerken von Donnybrook wie ein Schwan unter Enten.

«Guten Tag, Mr. Fairchild!», sagte der Pastor. «Wie ich sehe, haben Sie uns gefunden.»

«Ja, Pastor Victor», antwortete der junge Mann, zog seine Tweedmütze und klopfte sie an seiner Tweedhose ab, um den Straßenstaub zu entfernen. «Und es war gar nicht so schwer – dank Ihrer guten Beschreibung.»

Im Sonnenlicht glänzte sein dichter Haarschopf in der hellen Farbe von Winterbutter. Er überragte den Pastor und die meisten anderen Männer um Haupteslänge. Sein Gesicht hatte einen offenen, freimütigen Ausdruck und einen hellen, rötlichen Ton.

«Männer», sagte der Pastor herzlich, «das ist Benjamin Fairchild.»

Freundlich streckte man ihm zur Begrüßung die Hände entgegen und stellte ihm sogleich Fragen über das Fahrverhalten des «Runabout», vor allem aber über das geheimnisvolle «fünfte Rad». Nachdem alle begutachtet hatten, wie es tatsächlich an der vorderen Achse «angenietet und angelötet» war und damit die Vorderachse lenkbar machte, wie der Katalog es beschrieb, folgten sie dem Neuankömmling und dem Pastor zu den Tischen, wo die Mahlzeit schon halb beendet war.

Hier erregte der gutaussehende, kräftige junge Mann die Aufmerksamkeit der jungen Frauen. Er schien um die neunzehn Jahre alt zu sein. So wie er die Menschen begrüßte – freundlich und ohne Scheu –, würde er in Donnybrook nicht lange ein Fremder bleiben.

Kate Weatherby stand neben Elva Victor und Maggie Edwards und reichte den beiden alten Runyon-Brüdern Bohnen und Kartoffelsalat. «Wer ist das?», fragte sie, denn die Blicke aller drei Frauen waren auf den Neuankömmling gerichtet, während die beiden alten Männer ihnen erwartungsvoll ihre Teller entgegenstreckten.

Maggie zuckte nur mit den Schultern und wandte sich wieder ihrer Aufgabe zu. Harrys Augen leuchteten, und Hubert schmatzte mit den Lippen in Vorfreude auf die gebackenen Bohnen, die auf ihre zitternden Teller gehäuft wurden.

«Er scheint ein sehr netter junger Mann zu sein», beantwortete Elva Victor Kates Frage und legte noch eine Hähnchenkeule auf Huberts bereits ziemlich vollen Teller.

«Kennen Sie ihn?»

«Er kam gestern zu uns», erklärte die Frau des Pastors. «Er sucht jemanden. Er hat uns alles darüber erzählt. Anscheinend hat er überall im Distrikt gesucht, aber ohne Erfolg. Bruder Victor hat ihm vorgeschlagen, heute zum Picknick zu kommen, weil ja fast alle Leute hier sein würden. Dann kann er ja fragen, ob irgendjemand die Leute kennt, die er sucht.»

«Merkwürdig ...», murmelte Kate und blinzelte gegen die Sonne, während sie den jungen Mann betrachtete. «Er kommt mir irgendwie bekannt vor, oder was meinen Sie?»

Elva Victor besah sich den jungen Mann mit kritischem Blick, und Maggie wedelte mit einem Geschirrtuch über dem Kartoffelsalat, um die allgegenwärtigen Fliegen zu vertreiben.

«Ich habe ihn vor dem gestrigen Tag noch nie gesehen», sagte Mrs. Victor. «Ich könnte mir denken, dass er ein wohlhabender Mann ist – bei der Kutsche, die er fährt ... In Hotels zu übernachten ist auch nicht gerade billig. Wie viele unter uns könnten sich das leisten? Er ist den ganzen Weg von British Columbia gekommen.»

Keiner könnte es, dachte Kate, außer vielleicht Maggie und John Edwards. Niemand schien genau zu wissen, wie viel sie besaßen, obwohl man vermutete, dass ihr Einkommen das überstieg, was sie durch die Farm einnahmen.

Während die Frau des Pastors sprach, hörte Maggie mit dem Geschirrtuch-Wedeln auf und sah den jungen Fremden genau an. Umgeben von der freundlichen Gruppe von Menschen stand er da, und sein helles Haar schimmerte in der Mittagssonne.

Als der schicke Wagen am Tag zuvor auf den Hof des Pfarrhauses gefahren war, war Pastor Victor gerade dabei gewesen, seine Predigt vorzubereiten. Er hatte seine Notizen beiseitegelegt und war auf die Veranda getreten, während seine Frau ihm folgte und die Kinder aus verschiedenen Ecken des Grundstücks herbeieilten.

«Guten Tag», grüßte Bruder Victor und streckte dem jungen Mann, der aus dem Runabout stieg, die Hand entgegen. «Ich bin Gerald Victor.»

«Guten Tag. Benjamin Fairchild ist mein Name.»

«Was kann ich für Sie tun, Mr. Fairchild?»

«Zunächst einmal: Nennen Sie mich ruhig Ben.» Der Fremde gab ein gewinnendes Lächeln von sich, und wie es schien, war er beinahe noch ein Jugendlicher.

«Ben. Möchten Sie nicht hereinkommen?»

«Nun ja», begann der junge Mann mit dem jugendlichen Aussehen, nachdem er Mrs. Victor und die Kinder begrüßt und sich im Wohnzimmer des Blockhauses niedergelassen hatte. «Ich bin in der Gegend, weil ich jemanden suche, und ich dachte, Sie können mir vielleicht helfen.»

«Das werde ich gerne tun, wenn ich kann», sagte Gerald Victor, der von dem offenen Lächeln des jungen Burschen sofort eingenommen war. «Wie heißt die Person denn?»

«Johnson – es ist ein Ehepaar mit dem Nachnamen Johnson.»

«Tut mir leid», antwortete Pastor Victor, ohne lange nachzudenken, «aber es gibt keine Johnsons in Donnybrook. Das kann ich Ihnen sofort sagen.»

«Aber vielleicht haben Sie von ihnen gehört», fuhr Ben Fairchild unbeirrt fort, «Mr. und Mrs. Ed Johnson.»

Gerald Victor schüttelte den Kopf und sah seine Frau an. Auch sie schien vor einem Rätsel zu stehen.

Der junge Mann sah enttäuscht aus, wollte aber ungern aufgeben.

«Hören Sie, junger Mann», schlug der Pastor freundlich vor, «wenn Ihnen die Sache so wichtig ist – und danach sieht es aus –, dann kommen Sie doch morgen zu unserem Picknick. Praktisch jeder aus Donnybrook geht dorthin, und es kommen auch Besucher aus Cloud und aus anderen Nachbardistrikten. Vielleicht kennt jemand den Namen – das würde Ihnen viele Umwege ersparen.»

Ben Fairchilds Gesicht hellte sich bei dem Vorschlag auf. «Das ist eine großartige Idee!», rief er. «Wenn Sie so freundlich sind – erklären Sie mir doch bitte, wo es stattfindet …»

Nun räusperte sich der Pastor, legte eine Hand auf den Arm des Fremden, der aus dem teuren Wagen gestiegen war, und hob die andere Hand, um sich Gehör zu verschaffen. Die Gespräche verstummten, und alle Anwesenden wandten sich ihrem geistlichen Leiter zu und dem jungen Mann an seiner Seite. Dieser war hochgewachsen, und eine Strähne seines dichten hellen Haares kringelte sich auf seiner Stirn zu einer auffälligen Locke. Er hatte große, gepflegte Zähne, und sein Mund lächelte auf eine besonders gewinnende Art. Er besaß ein für einen Mann schönes, etwas zurücktretendes Kinn.

Eine blasse Erinnerung stieg in Kate Weatherbys Gedanken auf, während der Pastor sprach.

«Liebe Freunde, dieser junge Mann, der heute in unserer Mitte ist, sucht jemanden.» Er räusperte sich und warf dem Fremden an seiner Seite einen freundlichen Blick zu. «Jemanden, der ihm sehr viel bedeutet. Vielleicht erkennt ihr den Namen wieder und könnt ihm weiterhelfen. Ich bitte euch, dass ihr diesen Mann von Herzen dabei unterstützt, wenn es euch möglich ist ...»

Ich wünschte, er würde endlich zur Sache kommen, dachte Kate ungeduldig und fühlte eine Spannung in sich aufsteigen, die sie nicht ganz verstehen konnte. *Immerhin ist das hier keine Abkündigung in der Kirche*.

Doch Pastor Victor sprach gerne vor einer Zuhörerschaft, egal wo er sie antraf, und fuhr in seiner gütigen, geruhsamen Art fort. «Und so hoffe ich, dass ihr ihm heute eure Hilfe angedeihen lasst. Doch zunächst lassen wir ihn essen, und dann werden sich sicher viele von euch gerne mit ihm näher unterhalten wollen über die Personen, die er sucht.»

Der Pastor lächelte den Frauen zu, die sofort Teller und Besteck herbeiholten.

«Also», sprach er weiter, «heißt Benjamin Fairchild in unserer Mitte willkommen und denkt darüber nach, ob ihr vielleicht ein Ehepaar namens Edward und Marguerite Johnson kennt.»

Alle hatten den Ausführungen des Predigers gespannt zugehört. Doch dann zuckten sie zusammen, als plötzlich aus der Gruppe der Frauen hinter den Tischen ein Ausruf zu hören war und Maggie Edwards ohnmächtig zu deren Füßen niedersank.

Als Maggie zusammenbrach und alle wie vom Donner gerührt dastanden, sah die erschrockene Kate den besorgten Blick in John Edwards' Augen, bevor er die Menschen beiseite drängte, um seiner gestürzten Frau beizustehen.

«Hilf mir, Kate!», bat er, während er sich neben Maggie niederkniete und die zusammengesunkene Gestalt aufrichtete, die sonst immer so würdevoll aufrecht ging und nun so hilflos und stumm dalag.

Kate schnappte sich ein Geschirrtuch, tauchte es in Wasser und ließ sich neben John auf die Knie fallen. Sie drückte das nasse Tuch auf die blasse Stirn – die bei Maggie so außergewöhnlich schön war und über die eine auffallende Locke einer hellen, von grauen Haaren durchzogenen Strähne fiel.

Die umstehenden Menschen redeten unruhig durcheinander. Gerald Victor bat um Ruhe, führte den Vorfall auf die übermäßige Hitze zurück und berichtete, dass die gestürzte Dame bereits wieder zu sich käme.

Benjamin Fairchild beugte sich vor, um Genaueres zu sehen, packte den Pastor am Arm und fragte: «Was ist los? *Wer ist das?*»

«Eine von unseren Damen. Ich bin sicher, dass die Hitze und die Aufregung des Tages einfach zu viel für sie waren.»

«*Wer ist sie?*» Ben drängte sich näher heran, um die

Frau besser zu sehen, die sich in den Armen ihres Mannes bereits wieder regte.

«Ihr Name», antwortete Bruder Victor geduldig, «ist Maggie Edwards. Und der sie hält, ist ihr Mann John. John und Maggie Edwards», sagte er schließlich nachdenklich.

«John Edwards! Edward Johnson!» Der junge Mann riss erstaunt die Augen auf. «Natürlich!»

Mit langen Schritten rannte Ben um den Tisch herum, bis er an der Seite der Frau war, deren Augen den seinen so ähnlich waren und die ihn nun anblickte, während ihr kniender Mann sie in den Armen hielt.

Benjamin Fairchild gab einen Laut von sich, der halb Schluchzen und halb Lachen war, und kniete sich neben Maggie Edwards hin.

Maggie erhob die Hand zu ihm und flüsterte: «Bennie!» Und John, mit Tränen in den Augen, überließ sie den starken jungen Armen, die sich nach ihr ausstreckten.

Kapitel 19

Das feuchte Geschirrtuch baumelte noch in Kates Hand, als sie mit erstauntem Gesicht die Wiedervereinigung der Familie beobachtete. Nun hatte sie endlich Klarheit über das hübsche kleine Kind auf dem Bild mit dem goldenen Rahmen. Der verschwundene Goldrahmen. Das vermisste Kind.

In Maggies Augen, die immer schön waren in ihrer stillen Kraft, schimmerten die Tränen. Sie liefen ihr die Wangen hinunter über ihren zitternden Mund und tropften auf ihr Kleid.

«Bennie ... Ben ... kleiner Ben», murmelte sie und wiegte den großen jungen Mann in grenzenloser Freude hin und her wie ein Kind.

Schließlich halfen John und Benjamin ihr wieder auf die Beine. Der junge Mann legte den Arm um seine Mutter und führte sie behutsam zu seiner Kutsche, während John ein paar Worte mit dem Pastor und mit Kate wechselte – der jungen Frau, die bei ihnen gewohnt und zu der Maggie gesagt hatte: «John und ich haben keine Kinder.» Dann band er sein eigenes Pferd los, stieg in den Buggy und folgte Ben und Maggie vom Ufer über die Wiese nach Hause.

«Was ist da los?» Gabriel Goss, der Farmarbeiter der Edwards, trat zu Kate, während sie ihre und Maggies Sachen zusammensuchte und in Kisten packte.

«Haben Sie es nicht gehört?» Kates Ton war scharf. Obwohl sie seit Monaten verheiratet war und nicht mehr in der Nähe des Mannes mit dem Frettchen-Gesicht wohnte, war sie immer noch von ihm angewidert.

«Nein, ich habe es nicht gehört», ahmte er ihren Tonfall

nach. «Ich war … anderweitig beschäftigt. Was ist passiert?»

«Maggie ist ohnmächtig geworden.»

«Das habe ich mir gedacht. Aber mit wem ist sie da weggefahren? Und warum stehen alle hier herum wie Kühe, die aufs Melken warten?»

Auf diese ungebetene, geschmacklose Bemerkung hin presste Kate wütend die Lippen zusammen und gab ihm keine Antwort.

«Dann muss ich wohl Dolly Trimble fragen», sagte Gabriel Goss scheinbar beiläufig.

«Na schön», zischte Kate. «Sie werden es ja sowieso erfahren, wenn Sie nach Hause kommen. Dieser junge Mann», sagte sie beinahe flüsternd, «ist zufällig Maggies Sohn.» Doch sie war nicht leise genug gewesen. Dollys aufmerksame Ohren hatten es gehört.

Der Ausdruck auf ihrem Gesicht war eine Mischung aus Empörung, Fragen, Bestürzung und Freude. Die Freude überwog.

«Ich habe es doch schon immer gewusst, dass hier etwas Seltsames vor sich ging», sagte sie triumphierend, mehr zu sich selbst. Dann kreischte sie: «Alvin! Alvin!»

Alvin trat aus der Menschenmenge, um die zu erwartende Schimpftirade seiner Frau so gut wie möglich zu dämpfen. Am Ende aber sagte er wütend: «Es reicht. Hol unsere Sachen. Wo sind die Mädchen?»

Modesty und Harmony kamen schnell und ruhig. Schließlich fand man auch Charity, die weiter entfernt am See gewesen war, und Familie Trimble schloss sich dem allgemeinen Aufbruch an.

Kate drückte Gabriel Goss die Kiste mit den Sachen in die Hand, die Maggie zurückgelassen hatte. «Weißt du», sagte sie zu Abram, der nun neben ihr stand, «ich kann diesen Mann immer noch nicht ausstehen. Und du», warnte sie ihre Schwester, «halte dich von ihm fern!»

«Da brauchst du dir keine Sorgen machen», antwortete Rhoda sofort. «Aber der neue junge Mann – was hast du gesagt, wer das ist?»

«Ja, genau, worum ging es hier eigentlich, Kate?», fragte Abram. «Ist er wirklich Johns und Maggies Sohn?»

«Ganz sicher bin ich nicht, aber ich glaube, er ist nicht – Johns Sohn.» Kate biss sich auf die Lippen. «John hat gerade zu mir gesagt ‹Ben ist Maggies Sohn›, und dann hat er mich gebeten, mich um Maggies Sachen zu kümmern.»

Abram kratzte sich am Kopf. «Donnerwetter! Das nenn ich eine Überraschung! Maggie – mit einem erwachsenen Sohn, einem Fremden! Und John nicht der Vater?»

«Ich weiß es nicht genau», wiederholte Kate, dieses Mal mit etwas schärferer Stimme. «Sicherlich werden wir alles zu seiner Zeit erfahren.» Sie warf einen Blick zu Dolly hinüber, die am Tuscheln war. «Können wir jetzt nach Hause fahren?»

Was ein Geheimnis gewesen war, blieb nun keines mehr: John Edwards war der Edward Johnson, den der junge Fremde gesucht hatte. John erklärte Bruder Victor die ganze Situation ausführlich und in nüchternen Worten. Es war ihm gleichgültig, wie die Geschichte von dort aus weitererzählt würde.

Und sie wurde tatsächlich weitererzählt, allerdings, das muss man der Gerechtigkeit halber sagen, nicht vom Pastor. Wie ein Präriefeuer verbreitete sie sich von Farm zu Farm, bis der ganze Distrikt sich in so heller Aufregung befand wie damals, als Bruno Hilgen seiner Frau einen Eimer virginische Traubenkirschen über den Kopf geleert hatte, um ihre ewige Nörgelei zu beenden – zumindest für eine Weile. «So eine Verschwendung von Traubenkirschen», lautete der allgemeine Kommentar dazu, oder: «Schade, dass sie sie nicht geschluckt hat, dann wäre sie mal still gewesen.»

Die «Traubenkirschen-Kur» wurde hier und da auch für Dolly Trimble empfohlen. Dolly war es gewohnt, Bibelstellen so einzusetzen, wie es ihr selbst zum Vorteil gereichte, und sie hatte stets einen Vorrat an unbekannten Versen parat. Nun zitierte sie voller Befriedigung: «Bei einigen Menschen sind die Sünden offenbar und gehen ihnen zum Gericht voran; bei einigen aber werden sie hernach offenbar.»

«Du solltest mal mit Dolly reden», bat eine beunruhigte Elva Victor ihren Mann. «Sie macht überall Randale.»

«Das legt sich schon wieder – glaub es mir», sagte Dollys besorgter Pastor mit einem Seufzen und suchte einen ruhigen Platz, wo er beten und sich auf das Seelsorgegespräch vorbereiten konnte, das sicherlich kommen würde.

Kate war die Einzige, der Maggie eine Erklärung gab.

«Erinnerst du dich an die ‹Peking-Pipeline›?», begann Maggie. «Du musst damals noch klein gewesen sein. Es ist ungefähr zwölf Jahre her.»

«Ich habe den Begriff schon einmal gehört. Aber an die Geschichte erinnere ich mich nicht.»

«Es machte damals große Schlagzeilen», erklärte Maggie bitter. «Peking-Pipeline war ein Begriff, den die Zeitungen aufgriffen und benutzten. Es war ein unerhörter Skandal, besonders an der Westküste. Ich hatte gehofft, diese

Worte nie wieder hören zu müssen. Monatelang belagerten uns die Reporter ... die Hafenbehörden ... Es war schrecklich; schrecklich, es durchzumachen, und ein wahrer Albtraum, den man nie vergisst.»

Maggies (Marguerites) erster Ehemann und sein Bruder waren Importeure für orientalische Kunst und seltenes Porzellan gewesen. «Damals hatte ich ein Haus voll mit kunstvoll geschnitztem Ebenholz, Emaille, Seide und Brokat – Dinge, die von Sammlern weltweit begehrt wurden; alles sehr teuer, schön und außergewöhnlich. Es war für mich so selbstverständlich wie die Butter und das Brot auf meinem Tisch. Ich stellte keine Fragen. Ich verstand damals nichts von den Geschäften meines Mannes, und auch heute weiß ich nur wenig mehr darüber.»

Das Unternehmen «Gebrüder Fairchild Import Export» geriet schließlich ins Visier der Behörden, wurde des Schmuggelns überführt und – was noch schlimmer war, wie Maggie mit schamrotem Gesicht berichtete – der illegalen Verbreitung von Opium.

Als der Skandal öffentlich wurde, retteten die Brüder Fairchild, was sie noch retten konnten, und flohen aus dem Land.

«Mit sich nahmen sie», erzählte Maggie mit erstickter Stimme, «meinen kleinen Jungen. Damien, mein Mann, hing sehr an Ben, so wie ich auch. Eines Tages kam ich heim, fand das Haus in einem völligen Durcheinander vor und bemerkte, dass Damien und Bennie weg waren, einfach verschwunden. Die Behörden jagten sie, nicht nur in Kanada, sondern auch in den Vereinigten Staaten und sogar in Südamerika, doch ohne Erfolg. Man fand keine Spur mehr von ihnen. Ich geriet unter einen schrecklichen Verdacht», fuhr Maggie fort. «Die Polizei glaubte mir nicht, dass ich nichts über das Versteck von illegalen Waren in unserem Lagerhaus wusste, denn einiges davon stand ja ganz offen in unserem Haus herum. Und hier kommt nun John ins Spiel – so nenne ich ihn nun schon seit Jahren, und nicht Edward. John ist Rechtsanwalt, Kate.»

So fanden nun endlich auch die unterschwelligen, aber doch stets gegenwärtigen Fragen eine Antwort, die Kate sich über Johns besondere geistige Fähigkeiten und seine feinen Umgangsformen gestellt hatte.

«Er war der Beste. Und ich brauchte den Besten. Es war eine langwierige, schleppende Angelegenheit, doch am Ende gab es keinen Beweis dafür, dass ich mit diesen Geschäften irgendetwas zu tun gehabt hätte.»

Nachdem alle Fragen über ihre Beteiligung geklärt waren, so erzählte Maggie weiter, gab es immer noch keine Spur der vermissten Männer und des Jungen. Auch nach Monaten hatte die Öffentlichkeit den Skandal kaum vergessen, und Maggie stand unter ständiger Beobachtung. «Es machte mich fast wahnsinnig», gab sie zu.

«Ich meine, mich an etwas zu erinnern», sagte Kate langsam. «Wurde nicht einer von ihnen gefunden?»

«Ja, und nicht einmal allzu weit weg. Es war Damien. Er war krank – so krank, dass er im Gebiet von Seattle einen Arzt aufsuchen musste. Damien starb. Seine Familie kümmerte sich um den Leichnam und versuchte, ein geheimes Begräbnis zu organisieren. Es war chaotisch. Ich fühlte mich von der Menschenmenge in Stücke gerissen – sie schrien und stellten mir Fragen ...»

«Und Ben?»

«Ich nehme an, dass Damien seinem Bruder Regis Anweisungen in Bezug auf Ben gegeben hatte. Sie blieben verschwunden. Irgendwie hatte ich immer das Gefühl, dass Damiens Eltern mit Ben in Kontakt standen. Aber ich selbst hörte nie wieder etwas von ihm.»

Schließlich, so fuhr Maggie fort, verliebte sie sich in John. Ihre Liebe, noch so frisch und schön, war zu kostbar, um in der ganzen Welt durch die Schlagzeilen gezogen zu werden.

«Johns Onkel hatte sich hier eine Farm aufgebaut. Er hatte das Haus und die Scheune errichtet, das Land gerodet, und dann wurde er krank und kehrte an die Küste zurück. Er bot John die Farm an.»

John, erzählte Maggie mit sanfter Stimme, gab seine Kanzlei und seine ganze Zukunft auf und brachte sie hierher ins Hinterland, wo sie ein neues Leben begannen.

Warum sie den Namen geändert hatten? Einfach um sich zu schützen. «Der Fall war überall bekannt. Wenn ich jemals den Verdacht und die ganzen Fragen hinter mir lassen wollte, dann musste ich völlig neu anfangen. Mit Johns Familie sind wir in Kontakt geblieben», sagte Maggie, «doch bis vor drei Tagen war ich von meinem eigenen Kind so getrennt, als ob es gestorben wäre.»

Als Benjamin älter wurde, kamen die Erinnerungen zurück; Erinnerungen, die stark genug waren, dass er Fragen stellte, auf Antworten bestand, sich tapfer nach Vancouver durchschlug zu seinen Großeltern, die tatsächlich mit ihm in Kontakt geblieben waren.

«Sie schickten ihn auf eine gute Schule und bildeten ihn in ihrem Familienunternehmen aus. Sie sind auch im Importgeschäft, jedoch ohne Fehl und Tadel. Schließlich war Ben alt genug, um sich selbst auf die Suche nach mir zu machen. Er war hartnäckig, stöberte das Heiratsregister auf, in dem meine Eheschließung mit John eingetragen war, und er fand heraus, dass Johns Onkel eine Farm im Buschland gehabt hatte. Den Rest kennst du.»

Kate streckte ihre Hand aus und nahm Maggies Hand in

die ihre. «Was für ein schreckliches Schicksal für eine Mutter!»

«Es ist nicht alles schlimm gewesen», sagte Maggie unter Tränen. «Immerhin hatte ich John.»

«Und jetzt hast du auch noch Ben. Wie sieht die Zukunft aus, Maggie – für dich, John und Ben?»

«John und ich werden in Donnybrook bleiben», antwortete Maggie, und Kate war in diesem Augenblick stolz auf ihre Freundin. Anscheinend würde sie nicht wieder die Flucht ergreifen. «Vielleicht fahren wir einmal zurück, um die Familie zu besuchen und dort einige Angelegenheiten zu regeln, doch dann kommen wir wieder zurück – nach Hause.»

«Die Leute hier in Donnybrook, Maggie, wie werden sie reagieren?», fragte Kate besorgt. «Du kennst sie ja besser als ich.»

«Ja, ich kenne sie, und ich vermute, alle werden erstaunt, vielleicht sogar bestürzt sein. Einige, so wie Dolly Trimble, werden empört sein. Und glaub es mir, Kate, ich fühlte mich die ganze Zeit schuldig, weil ich die Leute so getäuscht habe. Ich wollte einen Neuanfang, weit weg von dem Skandal, und nun sieht es so aus, als habe er mich eingeholt. Alles ist herausgekommen. Ich werde damit leben müssen.»

Kate umarmte ihre Freundin und war entschlossen, die Sache gemeinsam mit ihr durchzustehen.

Dolly Trimble war in der Tat empört – sie war empört, und sie ließ es alle wissen.

Dolly setzte ihren Hut auf und ging den Prediger besuchen.

«Was werden Sie in dieser Sache unternehmen?», fragte sie, nachdem sie sich mit ihrer umfangreichen Gestalt steif auf einem Stuhl niedergelassen hatte, den der Pastor ihr in seinem sogenannten Studierzimmer angeboten hatte.

«Was *sollte* ich denn tun, Schwester Trimble?»

«Na, also», sprudelte Dolly heraus, «man sollte sie zur Rede stellen! Eine Lüge zu leben ... mitten unter uns! Skandalös!»

«Vielleicht sollte man es einfach als ihre private Angelegenheit betrachten.»

«Papperlapapp!» Dies kam in Dollys Wortschatz einem Fluchen am nächsten. Und das war es auch, was sie damit beabsichtigte. «Es ist Ihre Pflicht, Sünde und Täuschung anzuprangern, wenn sie ihr hässliches Haupt erheben!»

«Sie sind keine Kinder, die ermahnt werden müssen, Schwester Trimble, zumindest nicht von mir.» Mit dieser Bemerkung wollte Bruder Victor andeuten, dass die beiden durchaus von einer höheren Macht ermahnt werden würden.

«Meine und Ihre Verantwortung besteht lediglich darin, dem Gebot des Herrn zu gehorchen: ‹Richtet nicht, so werdet ihr auch nicht gerichtet. Verdammt nicht, so werdet ihr nicht verdammt. Vergebt, so wird euch vergeben.›» Sein ernster Ton schien sie inständig um Verständnis zu bitten.

Aber Dolly war unerbittlich. Und auch sie kannte das Wort Gottes, besonders die Stellen, die für ihre Zwecke geeignet waren.

«Vergessen Sie nicht», gab sie triumphierend zurück, «dass es auch heißt: ‹An ihren Früchten sollt ihr sie erkennen ... ein fauler Baum kann nicht gute Früchte bringen. Er muss abgehauen und ins Feuer geworfen werden, wo er von den Leuten zertreten wird, hinausgestoßen in die Finsternis ...›» Dolly warf ihre Zitate auf groteske Weise durcheinander. Der Pastor hätte darüber lachen können, wenn es nicht zum Weinen gewesen wäre.

«Bitte behalten Sie Folgendes im Blick, Schwester Trimble», sagte er mit sanfter Stimme, «John und Maggie Edwards ...»

«Edward und Marguerite Johnson!»

«... haben in dieser Sache ihren Frieden miteinander geschlossen, mit Ben und – darauf vertraue ich – auch mit Gott. Nun brauchen sie nur noch Frieden mit *uns*, ihren Freunden und Nachbarn in Donnybrook.»

«Frieden? Wie können Sie sagen ‹Frieden, Frieden›, wo doch kein Friede ist?», schäumte Dolly, die sehr geübt darin war, das Wort Gottes für ihre Zwecke einzuspannen. «Denken Sie doch einmal: Charity war in der Sonntagsschule bei *dieser Frau!*»

So weit war es also schon gekommen: *diese Frau*. Der Pastor seufzte. «Maggie hat ihre Sonntagsschulklasse aufgegeben. Und das ist ein Verlust für unsere Jugend.»

«Bruder Victor!» Empört fasste Dolly Trimble ihre Meinung über «diese Frau» zusammen: «Ein getünchtes Grab! Unkraut unter dem Weizen! Eines kann ich Ihnen sagen: Solange diese Frau weiterhin zum Gottesdienst kommt, werde ich mich in der Kirchentür nicht mehr blicken lassen!»

Der Pastor war sprachlos angesichts dieser Angriffe. Vielleicht hätte er die Situation besser verstanden, wenn er gewusst hätte, dass Dolly insgeheim eifersüchtig auf ihre Nachbarin war und diese Eifersucht nun ein Ventil gefunden hatte. Wie ein vor sich hin brodelnder Vulkan war Dollys Unmut nun zum Ausbruch gekommen.

Als sie gegangen war, senkte Gerald Victor seinen Kopf auf den Tisch, der ihm als Schreibtisch diente, und betete: «Oh, Herr – hilf mir! Hilf mir, Dolly zu helfen!»

Als er den Kopf wieder hob, leuchteten seine Augen, denn er hatte einen Einfall. Ohne weitere Umschweife schlüpfte er in seinen Mantel, setzte den Hut auf, ging in die Küche und erklärte seiner Frau: «Ich gehe zu Hubert und Harry Runyon. Ich brauche ein paar Leute, die mich kräftig im Gebet unterstützen.»

«Diese beiden Tunichtgute?»

«Diese beiden *erlösten* Tunichtgute. Langsam denke ich, Gott hat sie uns noch gelassen, damit sie im Gebet für uns einstehen. Und weißt du, was? Ich denke, Hubert und Harry glauben das allmählich auch.»

«Wer hätte das gedacht?», staunte die Frau des Pastors. «Hubert und Harry, die in vielem so ungelernt sind, ans Haus gebunden und bei schwacher Gesundheit – gerade sie stärken die müden Hände und machen fest die wankenden Knie derer, die ein verzagtes Herz haben.»

«So wie ich», antwortete der leidgeprüfte Pastor.

Kapitel 20

Die wankelmütige Sonne änderte ihre Meinung wieder. Sie kam früh, blieb lange und glühte den ganzen Tag am Himmel wie eine Million Wohnzimmerlampen, jede mit der Lichtstärke von 85 Kerzen.

Die Vögel dämpften ihre hellen Stimmen und suchten am Mittag den Schutz des Busches. Die Tümpel schrumpften, und das fette Gras wurde an den Spitzen braun und hing schlaff herunter. Auf den Wegen, die sonst nach jedem Regen schlammig waren, hinterließ die Trockenheit tiefe Furchen oder ebnete sie zu sandigen Pfaden ein.

Die Stechmücke, dieser kleine Plagegeist des Nordens, kam mit der Sommersonne und quälte wie immer unermüdlich und hartnäckig alle Lebewesen. Die Männer zündeten qualmende Feuer an, und das Vieh suchte mit zuckenden, von Insekten bedeckten Leibern schattige Plätze unter den belaubten Bäumen auf.

Die Sonnenuntergänge waren so atemberaubend wie sonst nie, so jedenfalls glaubten es die Bewohner des Buschlands, denn diese Naturschauspiele krönten jeden Tag auf eine majestätische Weise, die man nur spüren und schwer in Worte fassen konnte. So mancher mittellose Farmer, der nur das Lebensnotwendigste besaß – und auch das nur in niedriger Qualität –, fühlte sich beschenkt und bereichert durch einen Himmel, der so schön war wie ein Gemälde in der Galerie eines Königs.

Allerdings kam es nicht selten vor, dass die ehrfurchtsvolle Betrachtung des majestätischen Himmels jäh unterbrochen wurde durch den hämischen Ruf des Seetauchers, der auf dem Wasser der Seen ein wie irrsinnig klingendes Echo verursachte und die himmelwärts strebenden Fantasien in die raue Wirklichkeit zurückholte.

Die Farmer beobachteten die praller werdenden Ähren mit Sorge. Hatten sie zu spät angepflanzt, so dass ihr Getreide nicht mehr ganz ausreifen konnte? Würde der Sommer plötzlich zu Ende sein und mit ihm die nur kurze Wachstumszeit? Es blieb ihnen nichts übrig, als zu warten und zu beten.

Jetzt war auch Hochsaison in den Gärten; die Beeren hingen reif und voll in den Büschen. Als das Pflücken und Einmachen beendet war und alle Gläser und Vorräte von Obst und Gemüse in einem Ritual so uralt wie das Haushalten selbst in den Keller gebracht worden waren, zog sich der bedrohliche Schatten des Winters in ihren Köpfen wieder ein wenig zurück.

An manchen Sonntagen trugen die Hände der Frauen Spuren von eigentümlichem Rosa oder Blau, je nachdem, welche Marmeladen gerade frisch auf ihren Kellerregalen gelandet waren.

Während die Eltern von früh bis spät arbeiteten, waren die Kinder ganz in ihrem Element. Ihre vom Winter blassen Gesichter, Arme und Beine wurden braun, und die Fußsohlen waren abgehärtet. Die Kinder im Busch fühlten sich so frei wie die Vögel, die ihre Tage mit Gesang erfüllten, und so glücklich, wie junge Menschen nur sein können, die gut ernährt sind, genug Kleidung haben, von Familie und Freunden umgeben sind, und die geliebt, aber auch gut erzogen werden und nicht viel wissen oder verstehen von den Sorgen und Nöten derer, die ihnen diese unbeschwerte Kindheit ermöglichen.

Es war der richtige Augenblick für die Ermahnung aus dem Buch des Predigers: «Denk an deinen Schöpfer in deiner Jugend, ehe die bösen Tage kommen und die Jahre sich nahen, da du wirst sagen: ‹Sie gefallen mir nicht.›»

Doch gerade diejenigen, die diese Worte am meisten brauchten, beherzigten sie am allerwenigsten. Sie rutschten ungeduldig auf ihren Plätzen hin und her und konnten es kaum erwarten, in den herrlichen Sommer hinaus entlassen zu werden, der doch immer viel zu schnell wieder vorüber war.

Und diejenigen, die nur zu gut wussten, wie schnell «der silberne Strick zerreißt», «der Eimer an der Quelle zerschellt und das Rad zerbrochen in den Brunnen fällt», seufzten und dachten an die biblische Schlussfolgerung: «Es ist alles ganz eitel, spricht der Prediger, ganz eitel.»

Linn ging betrübt und antriebslos durch den Sommer. Celia sah es, machte sich Sorgen und betete. Seit dem Picknick war ihre Tochter von Traurigkeit erfüllt, und Celia vermutete, dass es mit Trapper Farley zusammenhing.

Wenn Trapp über den Hof fuhr, wandte Linn sich ab und beschäftigte sich mit irgendetwas. Wenn sie einander begegneten, nickten sie sich nur kurz zu.

Linn war überzeugt, dass Trapp oft den anderen Weg zu seiner Farm benutzte, der viel länger war, durch den er jedoch eine Begegnung mit ihr vermeiden konnte. Ob er das um seinet- oder um ihretwillen tat, konnte sie nicht sagen.

Am bedeutungsvollsten war wohl die Veränderung, die in Berry Lille vor sich ging. Sie, die sonst eher reserviert, still und zurückhaltend war, sah nun aus, als ob ein inneres Licht bei ihr angezündet worden wäre. Berry glühte. Jeder bemerkte es, am meisten aber Linn.

Die Liebe war im Sommer nach Donnybrook-Wildrose gekommen und hatte ihre Spuren zumindest auf einem Gesicht hinterlassen. Dass sie jemand anderen dabei ins Unglück gestürzt hatte, blieb ebenfalls nicht ganz unbemerkt.

Als Linn an einem stillen, warmen Tag Erdbeeren pflückte, traf sie auf Berry und starrte in eifersüchtiger Bewunderung auf die anmutige Gestalt, die zwischen den wilden Pflanzen kniete, den Mund vom Saft der Beeren scharlachrot gefärbt, die Haut dunkel apricotfarben, die schwarzen Haare in der Sonne schimmernd.

Berry sah auf und lächelte. Sie hielt eine der kleinen, süßen Erdbeeren hoch und verriet: «Ich habe heute Morgen einen Mürbeteig dafür gebacken.»

Linn ahnte, wer den fertigen Kuchen dann zum Abendbrot genießen würde. «Ich will Marmelade kochen», gab sie eine lahme und wahrscheinlich unnötige Erklärung ab.

Berry ließ eine Handvoll der blutroten Kostbarkeiten in ihren Eimer fallen, und Linn fragte sich, ob Berry mit ihrem hübschen Gesicht im kommenden Winter gegenüber von Trapper Farley am Frühstückstisch sitzen und ihn liebevoll anstrahlen würde, während sie ihm die Erdbeermarmelade reichte. Sie verdrängte das Bild vor ihrem inneren Auge und sagte: «Berry ... ich freue mich sehr für euch.»

Überrascht lachte Berry leise auf. «Ist es denn so offensichtlich? Wir haben doch die ganze Zeit versucht, es geheim zu halten.»

Linn musste nach Luft schnappen, als sich ihr Verdacht durch dieses Geständnis bestätigte, und warf versehentlich ihren Eimer um. Beide Mädchen krochen umher, um die verstreuten Früchte wieder einzusammeln.

«Wir dachten», fuhr Berry fort, «dass niemand davon weiß.»

Linn antwortete nicht, sondern beugte ihr Gesicht über die verschlungenen Pflanzen und suchte blind zwischen den Blättern. Da sagte Berry plötzlich mit sanfter Stimme: «Linn, vielleicht sollte ich nicht davon sprechen, aber manchmal dachte ich, dass vielleicht du … und Trapp …»

«Nein!», antwortete Linn rasch. «Bitte glaub mir, Berry – es ist wirklich nichts zwischen Trapp und mir!»

«Manchmal habe ich dieses unbestimmte Gefühl, dass du vielleicht …» Berry zögerte, und Linn antwortete wieder in scharfem Ton. «Was? Dass ich *was*?»

«Nun ja, dass du nicht so … glücklich bist wie sonst.»

«Ich bin absolut glücklich! Warum sollte ich es nicht sein?»

Berry sah nur halb überzeugt aus, und Linn zwang sich, die Unterhaltung fortzuführen, jedoch auf einem sicheren Terrain: «Ich nehme an, ihr habt schon Pläne für die Hochzeit?»

«In gewisser Weise», sagte Berry und kehrte dann unbeirrt zum vorigen Thema zurück. «Ich wollte vorher nur Gewissheit haben über dich und Trapp. Das würde nämlich einiges ändern.»

Als Berry Linns zugekniffenen Mund sah, seufzte sie und sagte: «Nun ja, es *gibt* einiges, was noch geklärt werden muss. Was das Haus betrifft, zum Beispiel. Es ist zu klein für drei Leute. Und natürlich», fuhr sie mit Verlegenheit in der Stimme fort, «würden wir gerne allein sein, wenn es möglich ist.»

«Natürlich.»

«Also müsste entweder Boyd oder Trapp ausziehen. Sie reden darüber und denken darüber nach, getrennte Wege zu gehen. Einer würde die Cooley-Farm behalten, der andere würde gehen. Aber ich bin mir nicht sicher, ob ich

Donnybrook verlassen will, und ich weiß, dass Trapp es nicht möchte.»

«Ich verstehe, dass es da einiges zu klären gibt», murmelte Linn, wobei ihre Hände im Gras beschäftigt waren und ihr Kopf vornübergebeugt. Trapper Farley, so erinnerte sie sich verzweifelt, hatte doch gerade erst begonnen, sich in Donnybrook wohlzufühlen.

«So, ich glaube, ich habe alle», sagte Linn entschlossen und machte, dass sie davonkam, in dem Vertrauen, dass sie die Situation ganz gut gemeistert hatte.

Hätte sie sich noch einmal umgedreht, so hätte sie bemerkt, dass Berry ihr mit besorgtem Blick hinterhersah.

Kapitel 21

«Vergesst nicht: Heute machen wir die Bohnen ein!», warnte Dolly ihre Töchter am Frühstückstisch.

Modesty blickte resigniert drein, über Harmonys kindliche Gesichtszüge breitete sich ein enttäuschter Ausdruck – sie wusste, dass sie beim Pflücken und Aufbrechen helfen musste –, und Charity starrte wortlos aus dem Fenster.

Dolly fuhr fort: «Und am besten gehen wir sofort an die Arbeit. Heute wird nämlich eine Affenhitze herrschen.»

Und so war es auch. Als die Gläser endlich ins Heißwasser-Bad gestellt wurden, war es in der Küche ebenso unerträglich warm wie im Garten. Und erst als die Früchte ihrer gemeinsamen Anstrengung zum Abkühlen auf dem Tisch standen, kehrte bei den Arbeitenden eine grimmige Zufriedenheit ein und beruhigte die gereizte Stimmung.

Während die letzte Ladung blubbernd kochte, versammelte sich die Familie zum Mittagessen. Charity stocherte in den Bratkartoffeln und Zwiebeln herum und fuhr zusammen, als die Fliegentür unter einem lauten Klopfen klapperte.

Harmony öffnete die Tür, und Gabriel Goss trat ein.

«Hab Ihre Post mitgebracht», sagte er freundlich und legte ein paar Zeitungen auf den Tisch.

«Oh, vielen Dank, Gabe», antwortete Alvin herzlich. «Wir sind schon wochenlang nicht mehr in der Stadt gewesen und werden es wohl auch in nächster Zeit nicht schaffen.»

Gabriel Goss wollte offenbar nicht lange bleiben. Er verbeugte sich vor den Damen in einer für Bewohner des Busches ungewöhnlichen Weise und sagte: «Mrs. Trimble … Modesty … Harmony … Charity.» Dann wandte er sich um und stapfte mit seinen schweren Arbeitsstiefeln zur Tür hinaus.

«Also so was!», fuhr Dolly auf. «Was soll man nur dazu sagen?!»

«Nachbarn bringen oft einander die Post vorbei», erinnerte Alvin sie.

«Ja, aber doch nicht er! Und vor allem nicht seit dieser schändlichen Entwicklung bei den Edwards ... den Johnsons. Wenn sie meinen, dass sie von anständigen Leuten einfach so akzeptiert werden, dann haben sie sich gründlich geschnitten!»

Alvin seufzte. «Aber Mutter ...»

«Lass dein ‹Mutter› sein, Alvin Trimble! Du weißt genau, wie schockiert ich über diesen ... Skandal dort drüben bin!»

«Ja, ich weiß», gab Alvin nach und schwieg, in der Hoffnung auf Frieden.

Aber Dolly war noch nicht fertig. «Wenn sie meinen, sie könnten ihre Lügen vertuschen, indem sie ein paar Zeitungen verteilen ...» Ihr Gesicht war puterrot, und das nicht nur wegen der Hitze des Ofens, über den sie sich an diesem Tag lange Zeit gebeugt hatte. «Sünde ist schließlich Sünde, und das kann man nicht billigen!»

Alvin schob seinen Stuhl zurück; der Unmut stand ihm ins Gesicht geschrieben. Wenn seine Frau die Sünde anprangerte, dann schloss sie den Sünder selbst mit ein. «Dolly ... Dolly», murmelte er und schüttelte den Kopf.

Auf dem Weg nach draußen blieb Alvin neben seiner Frau stehen, berührte ihre entrüstet hochgezogenen Schultern und fragte: «Und was ist mit ‹Liebe deinen Nächsten wie dich selbst›?»

Dolly stand der Mund offen, und ihr Gesicht wurde – falls

das überhaupt möglich war – noch röter als Sonne und Ofen es bewirkt hatten. «Al...»

«Ich gehe raus», unterbrach Charity sie plötzlich und sagte dann, zu ihrer Schwester gewandt: «Kannst du diesmal den Abwasch übernehmen, Moddy?»

«Klar, Schwesterherz.»

Charitys Entschluss war nichts Ungewöhnliches. Den ganzen Sommer über hatte sie einen Großteil ihrer Zeit draußen zugebracht. Modesty verstand die Ruhelosigkeit ihrer Schwester und hatte Mitleid mit ihr. Sie kannte sie gut und hatte allmählich das Gefühl, dass irgendetwas nicht stimmte. Während sie über das Problem nachdachte, räumte sie den Tisch ab, wusch das Geschirr und befeuchtete die Wäsche, die sie später, wenn es kühler war, bügeln wollte.

Schließlich nahm sie, müde und voller Sorgen, ihre Schürze ab, kühlte ihr verschwitztes Gesicht mit Wasser und ging in das Zimmer, das sie von Kind auf mit Charity teilte.

Als Modesty mitten in dem kleinen Raum stand, überkam sie plötzlich ein ungutes Gefühl. Irgendetwas stimmte hier nicht.

Eine kleine Veränderung im Zimmer erregte ihre Aufmerksamkeit: Charitys Schuhe – ihre Sonntagsschuhe – waren verschwunden.

Einen Moment lang war Modesty verwirrt. Dann begriff sie schlagartig, und die Erkenntnis erschütterte sie wie eine Explosion. Rasch zog sie Charitys Schublade auf und blickte wie betäubt auf die wenigen Kleidungsstücke, die noch darin lagen.

Im Haus konnte sie die Stimme ihrer Mutter hören und das Zuschlagen der Fliegentür, als Harmony nach draußen ging. Dann herrschte Stille, und immer noch stand Modesty bewegungslos da angesichts des offensichtlichen Verschwindens ihrer Schwester.

Doch ganz benommen war sie noch nicht; ihr Verstand arbeitete noch schnell. Dass Charity weggelaufen war, wusste sie nun. Doch wohin war sie gegangen?

Vielleicht war es die geringe Hoffnung, dass Charity wiederkommen würde, die Modesty dazu bewog, die Schublade leise zu schließen und in die Küche zurückzukehren. Sehr viel wahrscheinlicher war es jedoch, dass sie ihrer Schwester in ihrem Herzen insgeheim Beifall zollte für ihren kühnen Sprung in die Unabhängigkeit.

Dolly war gerade dabei, den letzten Schwung Einmachgläser aus dem großen Kessel zu holen, und bemerkte deshalb nicht, dass das Gesicht ihrer Tochter vom Schrecken gezeichnet war.

Im Verlauf des Nachmittags wurde Dolly allmählich ungehalten über Charitys lange Abwesenheit. Doch sie war ja häufig ungehalten über ihre mittlere Tochter. Und letztendlich war sie auch über sich selbst ungehalten.

Es gab Zeiten, in denen Dolly von Herzen wünschte, sie hätte sich nicht in diese missliche Lage gebracht. Wenn es ihr nur leichter gefallen wäre, einen Fehler zuzugeben! Oder wenn Alvin nur seine gottgegebene Autorität ausgeübt und ihr verboten hätte, solche unerbittlichen Regeln aufzustellen!

In ihren ehrlichsten Momenten wusste Dolly, dass sie ihren eigenen Kopf durchgesetzt hatte, und sie war entschlossen, es bis zum Ende auszufechten. Sie hoffte einfach das Beste.

Als die Kühe am späten Nachmittag von selbst nach

Hause kamen, den Weg heraufzockelten und muhend am Tor standen, wurde plötzlich klar, dass irgendetwas schiefgelaufen war.

«Alvin!», rief Dolly. «Alvin, hat Charity die Kühe hergebracht?»

Alvins «Nein» alarmierte Dolly, und sie lief zur Scheune, um nachzusehen. Keine Spur von Charity.

Dolly drehte sich trotz ihrer Körperfülle rasch um und eilte zum Haus, gefolgt von Alvin. Sie riss die Fliegentür auf, lief an der erstaunten Harmony und der wachsam dreinblickenden Modesty vorbei durch das Haus und stürmte in Charitys Zimmer. Ihre Augen schweiften über die leeren Kleiderhaken an der Wand, und dann zog sie die Kommodenschublade auf. Ein einziger Blick bestätigte ihre Befürchtungen.

«Sie ist weg», sagte sie nur und wandte sich um zu den drei Gestalten im Türrahmen.

Dolly scheuchte alle ins Wohnzimmer, wies ihnen die Plätze an und fing an, Pläne zu schmieden. «Es ist ihr nichts zugestoßen – so viel wissen wir», sagte sie grimmig. «Sie ist nicht entführt worden, sie liegt nicht verletzt auf dem Feld oder der Wiese, und sie ist auch nicht irgendwo eingeschlafen. Sie ist gegangen, und das aus freien Stücken. Das bedeutet, dass es keinen Grund gibt, es der Polizei zu melden oder eine Suche zu organisieren. Sie ist absichtlich gegangen.»

Alvin runzelte kritisch die Stirn, und so rief Dolly: «Alvin, lass mich das regeln! Du weißt genau, was das für mich bedeutet.»

Alvin wusste es, und so ließ er sie gewähren.

«Es wird nicht lange dauern. Wir werden sie finden.»

Als Modesty zweifelnd dreinblickte, fügte Dolly hinzu: «Nun, wo in aller Welt kann sie hingegangen sein?»

Modesty konnte nur ratlos den Kopf schütteln. Sie hatte sich selbst schon den Kopf darüber zermartert und keine Antwort gefunden.

«Die einzige Möglichkeit, wo sie hingehen könnte, wäre deine Schwester, Alvin.»

Es schien vernünftig. Mit dem wenigen Geld, das Charity besaß – ein paar Dollar aus dem Verkauf von Eiern ihrer eigenen Zwerghühner –, wohin konnte sie schon gehen?

«Ich fahre gleich morgen Früh nach Prince Albert», sagte Alvin, «und hole sie nach Hause.» Nach einem Moment des Nachdenkens fügte er hinzu: «Wenn sie mitkommen will.»

«Natürlich kommt sie mit! Sie ist dein Kind, oder nicht? Wenn du irgendwelche Zweifel hast, dann fahre ich selber hin.»

«Ich fahre», sagte Alvin bestimmt, und Dolly schwieg.

Nach der nötigen Ermahnung an Harmony, niemandem etwas davon zu erzählen, ging die Familie wieder an die Arbeit. Doch über ihnen allen lag ein Anflug von Traurigkeit, und das Abendessen war von Sorge überschattet.

Oh, Herr, betete Modesty in dieser Nacht, als sie das erste Mal, soweit sie zurückdenken konnte, ohne ihre Schwester im Bett lag, *bitte kümmere dich um Charity!* Und da sie ihre Schwester in ihrer unglücklichen Situation bemitleidete, brachte sie es nicht über sich, hinzuzufügen: *Bring sie bitte zurück!*

Diese Auslassung sollte sie jedoch später bereuen.

Am nächsten Morgen gingen die drei – Dolly, Modesty und Harmony – ihrer Arbeit nach, so normal wie möglich. Dolly behauptete immer wieder standhaft, dass Charity mit ihrem Vater zurückkehren würde. Modesty war gerührt, als ihre Mutter Butterkuchen backte, den Charity so gern mochte.

Alvin kam am späten Abend allein nach Hause, und Dollys Gesicht wurde kreidebleich.

«Sie ist nicht bei Hilda», sagte Alvin, kletterte mit steifen Gliedern vom Buggy herunter und sah die drei verbleibenden weiblichen Mitglieder seiner Familie an. «Hilda hat sie weder gesehen noch etwas von ihr gehört.»

«Dann ist sie bei Marc – Marc Szarvas», sagte Dolly, als ob der Gedanke ihr gerade gekommen wäre. Und trotz ihrer oft geäußerten Vorbehalte gegen den jungen Mann spiegelte sich Erleichterung in ihrem Gesicht.

«Nein», erwiderte Alvin, «ich habe Familie Szarvas gesehen, wie sie von der Stadt zurückkamen. Marc war bei ihnen, aber Charity nicht.»

Dolly sackte in sich zusammen. «Oh, Alvin! Wo ist meine Kleine?»

Zwei verzweifelte Tage verstrichen. Alvin ging verbissen seiner Arbeit nach. Dolly versuchte, dasselbe zu tun, doch offensichtlich war ihr Herz so von Sorge zerrissen, dass sie fast wahnsinnig wurde. Charity würde – ja, sie *musste* – doch bald mit ihrer Familie Kontakt aufnehmen!

Aber wo war sie nur? Und mit wem? Was tat sie? Dollys lebhafte Fantasie beschwor Antworten herauf, die ihren Ängsten immer neue Nahrung gaben. Manchmal war sie kurz davor zu rufen: «Wenn ich doch nur weniger streng gewesen wäre!» Doch zu dieser Schwäche bekannte sie sich nicht laut.

Der Sonntag kam, und Dolly bestand darauf, dass Modesty zum Gottesdienst ging. «Wir müssen so weitermachen wie sonst auch», sagte sie und hoffte, im Laufe der Woche würde Charity zurückkehren und das Problem wäre damit still und unauffällig gelöst. «Niemand wird sich fragen, wo ich bin; nicht solange Maggie Edwards hingeht, als ob nichts gewesen wäre. Und Bruder Victor weiß ja, dass ich wegen ihr nicht mehr komme.» Als sie den schmerzerfüllten Blick ihres Mannes sah, ließ Dolly das Thema fallen.

Also ging Modesty zum Gottesdienst. Und tatsächlich schien jeder zu begreifen, warum Dolly nicht kam. Und da Charity den Gottesdienst auch nicht mehr regelmäßig besucht hatte, nachdem Maggie den Unterricht in der Sonntagsschule aufgegeben hatte, fiel ihre Abwesenheit ebenfalls niemandem auf.

Nach dem Gottesdienst begleitete Judd Graham Modesty ein Stück nach Hause. In seiner liebevollen Gegenwart konnte die junge Frau nicht mehr an sich halten: Eine Träne rollte über ihre Wangen, und dann kam mit einem Schluchzen die ganze Geschichte heraus.

Judd drückte ihre kleine Hand in der seinen und blickte nachdenklich. «Während du es mir erzählt hast, fiel mir etwas ein», sagte er. «Weißt du, dass Gabriel Goss verschwunden ist?»

Modesty blieb auf der staubigen Straße stehen und sah Judd an. «Was sagst du da?»

«Ich mache mir nur Gedanken, das ist alles. Gabe hat seinen Arbeitsplatz bei den Edwards aufgegeben und hat Donnybrook am Donnerstag verlassen.»

«Donnerstag! Das ist derselbe Tag …»

«Kann es ein Zufall sein? Wie konnte Charity weglaufen ohne Hilfe? Sie hat kein Pferd mitgenommen, sie hatte nur wenig Geld, und sie hat ihre Sachen mitgenommen. Sieht so aus, als ob das Ganze geplant war.»

Modesty stöhnte auf. «Oh, nein ... nein. Das ist schrecklich. Wie kann ich das meiner Mutter beibringen?»

«Vielleicht solltest du das gar nicht. Ich weiß nicht. Du musst darüber nachdenken. Immerhin wissen wir es nicht genau.» Mit diesen Worten kehrte Judd um, und Modesty ging langsam nach Hause.

Doch bevor der Tag um war, kam Modesty zu dem Schluss, dass sie es sagen musste. Ihre Mutter aß nichts mehr, sie sah fiebrig aus und hatte einen gehetzten Blick. Wenn der Weggang von Gabriel Goss ein Schlüssel war, der zu Charity führen würde, dann wäre es den anfänglichen Schreck über diese Nachricht wert.

Trotzdem näherte Modesty sich nur zögernd ihren Eltern. «Ich habe heute Morgen etwas gehört ... Vielleicht sollte ich es euch erzählen?»

Zwei Paar Augen sahen sie hoffnungsvoll an.

«Es ist vielleicht nicht von Bedeutung ...»

Ungeduld blitzte in Dollys Augen auf, und Alvin sagte ruhig: «Sag es uns, Moddy.»

«Nun ja, Gabriel Goss ...»

«Was ist mit Gabriel Goss?»

Modesty befeuchtete ihre trockenen Lippen. «Er – er hat seine Arbeit gekündigt. Er hat Donnybrook verlassen.»

Dolly runzelte die Stirn, in ihrem Kopf arbeitete es. Alvin sah seine Tochter durchdringend an und stellte schließlich die Frage: «Wann?»

«Am Donnerstag.»

Dolly setzte sich abrupt hin, und alle Farbe wich aus ihrem Gesicht. Alvin nahm die schlaffe Hand seiner Frau in die seine und massierte sie sanft.

«Versuch ruhig zu bleiben, Mutter», sagte er so fest, wie er konnte angesichts ihres entsetzten Blicks. «Vielleicht gibt es da gar keinen Zusammenhang.»

«Wie ist er denn abgereist?», fragte Dolly mit dumpfer Stimme.

«Ich weiß es nicht. Wir könnten die Edwards fragen, denke ich.»

«Niemals!» Nun klang Dollys Stimme fast hysterisch.

«Mit dem Zug, ohne Zweifel», sagte Alvin nachdenklich.

«Alvin!», rief Dolly, «fahr zum Bahnhof. Frag Rudy.»

Ohne ein weiteres Wort bereitete Alvin die Abfahrt nach Meridian vor. Seine dreistündige Abwesenheit kam den wartenden Frauen wie eine Ewigkeit vor.

Alvin kam mit guten und schlechten Nachrichten zurück.

«Also», begann er mit bedrückter Stimme, «sie hat Meridian am Donnerstag verlassen, mit Gabriel Goss.»

Dollys Gesicht war versteinert. Modesty begann laut zu weinen.

«Rudy sagt, Gabe hat zwei Fahrkarten gekauft. Obwohl Charity das Schalterhaus nicht betreten hat, hat er sie gesehen und erkannt. Sie sind zusammen in den Zug gestiegen. Die Fahrkarten waren auf Moose Jaw ausgestellt.»

Dolly kannte Rudys Neugier genau. Er hatte eine scharfe Beobachtungsgabe, und er kannte Charity von klein auf. Es gab keinen Grund, an seinem Bericht zu zweifeln.

«Dann weiß es also – jeder», sagte Dolly mit schwacher Stimme.

«Oder wird es demnächst wissen», stimmte Alvin zu.

Alvin atmete tief durch, erhob sich, richtete seine hagere Gestalt auf und sagte: «Wir werden dieses lächerliche Versteckspiel beenden, Dolly.»

Und als er den tränenerfüllten Blick seiner Frau sah, fügte er mit fester Stimme hinzu: «Es war in Ordnung, als noch die Chance bestand, dass Charity ohne Wissen der Leute zurückkehrt. Um ihretwillen habe ich geschwiegen und gebetet, dass sich alles zum Besten wendet. Die ganze Zeit – bei der Sache mit Marc, dann mit Maggie und John und nun ebenso – habe ich zugelassen, dass du diese ‹Ich bin heiliger als ihr›-Haltung einnimmst, was einfach nur töricht ist, um nicht zu sagen ... sündig!»

Bei diesem Wort wurde Dolly noch blasser.

«Du musst deine Einstellung gegenüber unseren Nachbarn überdenken. Sie sind immer gut zu uns gewesen», sagte Alvin. «Deine Kritik an ihnen scheint mir – im Licht dessen, was wir jetzt hier haben – ziemlich sinnlos.»

Aller Kampfgeist hatte Dolly verlassen. Wie immer wusste sie, wann Alvin mit seiner Geduld am Ende war. Oh, wenn er damit doch nicht so lange gewartet hätte! Ihm nun die Dinge zu überlassen, bot Sicherheit, auch wenn es Dolly noch schwerfiel.

Dolly ließ den Kopf auf die Arme sinken, die auf dem Tisch lagen. Alvin legte seine Hand auf ihren gebeugten Kopf und sagte: «Ich gehe zu Bruder Victor und rede mit ihm. Dann machen wir weiter, so gut es geht. Wir werden schon irgendwann hören, wo Charity ist, und dann werden wir auch wissen, was wir als Nächstes unternehmen können.»

Kapitel 22

Der sachte Duft des Frühlings war zum überwältigenden Aroma des Sommers aufgeblüht. Doch nun begann der langsame Verfall. Er machte sich durch einen durchdringenden – nicht unangenehmen, aber andersgearteten – Geruch bemerkbar: von verwelkten Gräsern, in der Hitze verdorrten Beeren, auf den Wiesen getrocknetem Heu und von Getreide, das an den Ähren reifte.

Die Farmer beobachteten ängstlich den Himmel, rieben den Weizen zwischen ihren schwieligen Händen, bliesen die Spreu weg und schüttelten besorgt den Kopf über das Getreide, das in diesem Jahr wohl kleiner und von schlechterer Qualität sein würde. Fast ihre ganze Lebensgrundlage bestand in den wenigen Morgen Land, die vor ihnen lagen und die sie dem Busch vor gerade einmal ein paar Jahren abgerungen hatten. Seither kämpften sie Jahr für Jahr darum, dass auf diesem Land eine ihm fremde Getreidesorte gedeihen konnte.

Der Schatten des Winters kam schon heimtückisch über die Hügel im Norden gekrochen. Für die Fleißigen war dies eine arbeitsreiche Zeit.

Und die Leute von Donnybrook-Wildrose waren fleißig, sie mussten es sein, ob es ihnen lag oder nicht. Ihrer Meinung nach sollte in der Bibel auch der Satz stehen – oder stand er nicht sogar darin? –: «Gott hilft denen, die sich selbst helfen.» Wie das Eichhörnchen instinktiv nach Futter sucht und Vorräte für den Winter anlegt, so verspürten die Bewohner des Busches das Bedürfnis, für die unvermeidliche Zeit des Überwinterns, die vor ihnen lag, vorzusorgen.

Doch auch die Fleißigen und Tüchtigen sind den Launen

der Natur ausgeliefert, und so gab es immer wieder Jahre, in denen die Ernte schlecht war, die Hennen nicht mehr legten oder die Kühe zu früh keine Milch mehr gaben. Stets lebten sie am Rand einer Katastrophe. Der einzige Trost bestand darin, dass das Unheil meistens alle traf. Sie standen und sie fielen miteinander …

Manchmal erlebten sie die Ernte als ein großes Geschenk, beugten ihre Häupter und dankten Gott gemeinsam. Und manchmal mussten sie den Gürtel enger schnallen, sich mit wenigem begnügen, die Knie beugen und Gott gemeinsam um Hilfe anflehen.

Judd Graham war besorgt und angespannt, während er darauf wartete, dass er mit der Dreschmaschine an der Reihe war. Er machte sich Sorgen, dass das Wetter sich verschlechtern könnte. Er hatte seinen Nachbarn geholfen, und als Nächstes würden sie mit ihren ganzen Gerätschaften zu ihm kommen.

Nach einem anstrengenden Tag auf der Farley-Farm schleppte Judd sich nach Hause, um in dem lauwarmen Wasser der Wanne zu baden, die mitten in der Küche stand. Überall waren Anzeichen der Vorbereitungen zu sehen, die Mutter und Linn für den nächsten Tag getroffen hatten, wenn die Männer bei Sonnenaufgang eintreffen würden.

Frisches Brot war mit einem weißen Tuch abgedeckt und kühlte auf dem Küchentisch, im warmen Ofen tropfte der Saft aus den Törtchen, und im Schrank ruhte ein frisch mit Glasur überzogener Kuchen. Der Tisch im anderen Zimmer war zu ganzer Länge ausgezogen, mit einer Tischdecke bedeckt und für die erste von drei großen Mahlzeiten für die hungrigen Erntearbeiter vorbereitet.

Als Linn die Vorbereitungen für den Dreschtag traf, kam sie zu einem Entschluss: Wenn die Ernte vorüber war, würde sie ein neues Leben beginnen, wahrscheinlich in Prince Albert. Nach einer gewissen Zeit würde Mutter sich ihr vielleicht anschließen und das kleine Haus Judd und Modesty überlassen. Die beiden würden sonst keine ernsthaften Pläne machen können.

Doch der eigentliche Grund war Trapper Farley. Linn wollte keinesfalls mehr in seiner Nähe bleiben – und in der Nähe einer glücklich aussehenden Berry Lille.

Linns törichte Erwartungen in Bezug auf Abram Weatherby waren schmerzlich enttäuscht worden. Immer noch brannten Demütigung und Angst in ihr, wenn sie daran dachte. Demütigung, weil sie so naiv gewesen war, Abrams Absichten für ernst zu halten. Angst, weil er sie so leichtfertig aus seinen Gedanken abgeschüttelt hatte.

Doch nun schien all das belanglos im Licht der späteren Gefühle, die in ihrem Herzen für Trapper Farley zaghaft aufgeblüht waren. Hier, so hatte sie gedacht, war ein wirklicher Mann, ein Mann, der Skrupel hatte, ein Mann der Prinzipien. Ja, fügte sie mit einem bitteren Gedanken hinzu, ein Mann, der *christlichen* Prinzipien folgte. Sie hatte ein zweites Mal Vertrauen gewagt, hatte ihr Herz geöffnet wie … ja, wie ein wilder Krokus sich der Frühlingssonne öffnet.

Dass sie sich so getäuscht hatte – wieder! Dass sie so betrogen worden war – wieder! Nun aber würde sie all dem den Rücken kehren, obwohl sie wusste, dass auch Trapper Farley bald schon wegziehen würde und Berry mit ihm. Viel Glück für Berry Lille!

Schon vor Sonnenaufgang war Linn aufgestanden, hatte sich sorgfältig angekleidet und ihr widerspenstiges Haar zurückgebunden. Im letzten Augenblick riss sie das Band wieder herunter und warf es zurück in die Schublade, nahm die schicke Schürze wieder ab und band sich eine alte, die sauber, aber ausgebleicht war, um die Hüften.

Während die ersten Heuwagen auf den Hof ratterten, zog Linn sich an den Herd zurück, und als die Männer das niedrige Haus durch die Küchentür hinter ihr betraten und in den einzigen anderen Raum im Erdgeschoss durchgingen, war sie über die Bratpfanne gebeugt. Niemals zuvor waren die Rühreier so gut gewendet worden.

Nachdem Judd das Tischgebet gesprochen hatte – zwar stammelnd, doch seiner geistlichen Verpflichtung damit nachkommend –, trugen Celia und Linn große Platten mit Eiern, Kartoffeln, Würstchen, Pfannkuchen und Biskuits herein sowie goldenen Sirup, Marmeladen und Gelees, große Kannen mit Tee oder Kaffee und Milchkrüge, die herumgereicht, schnell geleert und wieder aufgefüllt wurden.

Linn hielt ihren Blick von dem Tischende fern, wo Trapper Farley saß, und zog sich so schnell wie möglich wieder in die Küche zurück. Sie war erleichtert, als Stühle und Bänke wieder weggestellt wurden und die Männer hinaus auf die Felder gingen.

Nachdem Celia und Linn den Tisch abgeräumt, den Berg von Abwasch erledigt und das Zimmer ordentlich gemacht hatten, begannen sie, das Mittagessen vorzubereiten, das bei den Bewohnern des Busches stets ein warmes Essen war. Kartoffeln und Mais wurden geschält, Kohl kleingeschnitten und Salat daraus gemacht, Hühnchen gebraten und Maisbrote gebacken.

«Es wird Zeit, die Getränke und Pausenbrote hinauszubringen, Linn», sagte Celia, als der Vormittag zur Hälfte um war. Linn schleppte einen Korb dorthin, wo die Maschine schnaufte und dampfte und die Männer wie die Ameisen um sie herumhuschten. Sie war sich dessen bewusst, dass oben auf einem der mit Garben beladenen Wagen eine große Gestalt stand. Es war ihr peinlich, und sie hasste es. Ob Trapper Farley sie sah? Sie wusste es nicht, und darüber war sie seltsam enttäuscht.

Abram Weatherby dagegen rief ihr einen Gruß zu und sprang von seinem Wagen herunter, um ihr mit ihrer Last zu helfen. War es möglich, dass seine Augen einen Moment auf ihr ruhten und etwas längst Vergessenes darin aufleuchtete? Noch vor einem Jahr hätte Abrams Interesse ihren Puls zum Rasen gebracht und Hoffnungen in ihr geweckt. Nun aber war ihr das unbegreiflich, sie fühlte sich unwohl und wünschte, er würde es nicht tun.

Am Mittag kamen die Männer wieder zum Haus, durstig, verschwitzt und staubig. Vor der Tür stand eine Bank mit Schüsseln, wo sie sich waschen konnten. Sie tauchten ihre staubigen Köpfe hinein und verspritzten das Wasser in alle Richtungen.

Trapper Farley angelte blind nach einem Handtuch, während seine nassen schwarzen Haare sich lockten und in der Sonne glänzten, und berührte dabei kurz Linns Hand. Er bedankte sich, beugte den Kopf vornüber und rubbelte mit heftigen Bewegungen die Haare trocken.

Nun, was hast du erwartet?, schalt Linn sich selbst. Dennoch war sie überrascht und erschüttert und wandte sich ab mit einem Schmerz, den sie nie wieder so stark zu spüren gehofft hatte.

Während der Mahlzeit und auch während des Abendessens später am Tag blickte Trapp kein einziges Mal in

Linns Richtung. *So gehört es sich auch für einen Mann, der verlobt ist und bald heiraten wird,* dachte sie erschöpft.

Die todmüden Männer schlurften vom Esstisch weg, streckten ihre schmerzenden Glieder und gingen zu ihren Pferden und Wagen. Am nächsten Morgen bei Sonnenaufgang würden sie auf der Szarvas-Farm sein.

Celia sah blass und abgespannt aus. Linn schickte ihre Mutter nach oben und machte sich daran, das Chaos zu beseitigen.

Da klopfte es leicht an die Fliegentür, Trapper Farley kam herein und trat in den Schein der Lampe, wo Linn stand.

«Ich habe meinen Hut vergessen», erklärte er.

Eine verwirrte Linn stand im Schein der Lampe mit seinem alten Hut in der Hand. Und als ob sie sich die Finger daran verbrennen würde, ließ sie ihn in Trappers ausgestreckte Hand fallen.

«Danke», sagte er höflich, und Linn wandte sich abrupt von ihm ab.

Doch seine leise Stimme ließ sie innehalten. «Siehe, er stand voll Disteln», sagte er.

Linn drehte sich wieder um und sah ihn fragend an.

«Das hat ein sehr weiser Mann vor langer Zeit gesagt», erklärte Trapp. «Allerdings sprach er von einem Feld, das von Disteln und Nesseln überwuchert war.»

Er drückte sich den unförmigen alten Hut auf den Kopf und bewegte sich zur Tür hin, während er leise schloss: «Einen Augenblick lang dachte ich, ihn gesehen zu haben – diesen schönen Ort, der für Frühlingskrokusse und Wildrosen geschaffen war. Und jetzt ist er von Disteln und Nesseln überwuchert.»

Mit diesen überraschenden Worten ging Trapper Farley zur Tür hinaus.

Kapitel 23

Wie Dolly es befürchtet hatte, verbreitete sich die Nachricht wie ein Lauffeuer. Rudy, der Bahnhofsvorsteher von Meridian, wurde wieder einmal seinem Ruf gerecht.

Es war ihm doch gleich merkwürdig vorgekommen, so tönte er, als Gabriel Goss, der Farmarbeiter der Edwards, zwei Fahrkarten bei ihm gekauft hatte. Außerdem sah es für ihn ziemlich verdächtig aus, fuhr er mit einem Kopfschütteln fort, dass die junge Charity Trimble aus Donnybrook Gabe auf der Reise begleitete. Aber so richtig entgeistert war er erst, so behauptete er, als er merkte, dass ihr Ziel nicht Prince Albert war – eine vernünftige Tagesreise zum Einkaufen –, sondern Moose Jaw.

«Jawoll», betonte Rudy mehr als einmal, «in dem Moment, als er sagte: ‹Hätte gern zwei Fahrkarten nach Moose Jaw›, da wusste ich, dass was im Busch war! Obwohl ich natürlich nicht gedacht hab, dass da was ganz Krummes lief, wenn Sie wissen, was ich meine.» An dieser Stelle zwinkerte Rudy vielsagend mit den Augen, so dass jeder, der ihm zuhörte, sofort wusste, dass da natürlich eine ganz krumme Sache gelaufen war. «Sonst hätt ich ja gleich mit ihr geredet, als wie wenn sie meine eigene Tochter wär.»

Die Einzelheiten aus Rudys wortreichem Bericht drangen bis zu Dolly vor und drückten ihren stolzen Geist zu Boden. Wenn Zähneknirschen geholfen hätte, dann hätte sich Dolly dem hingegeben, so tief steckte sie inzwischen in ihrer Frustration und Hilflosigkeit.

Die Demütigung, die sie erlitten hatte, war schon schlimm genug. Noch schlimmer aber war die Erkenntnis, dass sie selbst für das alles verantwortlich war.

Endlich wurde Dolly sich selbst gegenüber ehrlich. «Wenn ich doch nur ... wenn ich doch nur ...!», so rief sie immer wieder und rang die Hände, bis Alvin ihr sagte, sie solle aufhören, sich selbst zu verdammen, und lieber überlegen, wie sie die Situation in Ordnung bringen könnte. Oder wie sie verhindern könnte, dass sich so etwas wiederholte, fügte er mit einem vielsagenden Blick auf die kleine Harmony hinzu.

«Noch nie hat sich das Sprichwort zutreffender erfüllt: ‹Hochmut kommt vor dem Fall!›», sagte Kate mit einer gewissen Genugtuung.

Doch Maggies großzügiges Herz fühlte mit Dolly in ihrer schweren Situation. Dolly hatte so lautstark auf die Vorzüge der eigenen Gerechtigkeit hingewiesen und genauso laut die armseligen Menschen verdammt, die dahinter zurückblieben – und nun hatte sie sich in dem Netz verfangen, das sie selbst gesponnen hatte.

Maggie machte sich auch aufrichtig Sorgen um Charity. Sie hatte das Mädchen liebgewonnen, nicht nur in den Jahren ihres Sonntagsschulbesuchs, sondern vor allem in letzter Zeit, als Charity sie in ihrer zaghaften und vorsichtigen Suche nach Mitgefühl und Verständnis aufgesucht hatte. Da sie Dolly gut kannte, war Maggie mit ihren Antworten zurückhaltend gewesen. Nun aber machte auch sie sich manchmal Vorwürfe: «Wenn ich doch nur ...»

«Mir tut es gut, dass diese Frau endlich ihr Fett abbekommt!», fuhr Kate fort.

Doch Maggie schüttelte den Kopf. «Dolly tut mir leid», sagte sie nachdenklich. «Ich habe mich selbst so viele

Jahre lang in schlaflosen Nächten gefragt, wo Ben war ... was er wohl tat ... wie er behandelt wurde ... wer sich um ihn kümmerte, wenn er krank war.»

«Aber Ben war noch klein, und er hat ja nicht selbst die Entscheidung getroffen, die ihn von dir wegführte.»

«Ja, und genau das muss es für Dolly noch schmerzlicher machen. Am liebsten würde ich sie in den Arm nehmen ...»

«Das würde ich lieber nicht versuchen», warnte Kate kopfschüttelnd, «sie wird dir als Dank für deine Mühe wahrscheinlich ins Gesicht spucken!»

«Es muss doch einen Weg geben. Ich glaube, Kate, wir brauchen hier die Hilfe einer höheren Kraft.»

Die beiden Freundinnen reichten sich die Hände, und nach kurzem Zögern auf Kates Seite vereinten sich ihre Herzen zu einem leisen Gebet für das angeschlagene nachbarschaftliche Verhältnis.

Kate würde nicht als Lehrerin an die Schule von Donnybrook zurückkehren.

Per Brief engagierte der Schulausschuss eine neue Lehrerin. Doch fast in letzter Minute erhielten sie ein Schreiben, in dem sie über eine plötzliche Erkrankung der Frau informiert wurden, durch die sie außerstande war, der Vereinbarung nachzukommen.

Der Ausschuss war nun in einer Notlage. Sie hielten Sitzungen, warteten, schrieben weitere Briefe. Doch schließlich sah es so aus, als ob die Schule nicht rechtzeitig zu Beginn des Schuljahres geöffnet werden konnte.

Gerald Victor aber hatte eine Idee: «Wie wäre es mit Maggies Sohn, Ben Fairchild?»

«Er ist mit Sicherheit dafür geeignet», sagte John Edwards und dachte über den Vorschlag nach.

«Ich bin ganz und gar dafür!», meinte Alvin Trimble in herzlichem Ton.

«Ich kann ihn ja fragen», bot John an. «Er will in Donnybrook bleiben, jedenfalls eine Weile. Vielleicht ist er ganz froh, wenn er den Winter über eine Aufgabe hat. Er kann zumindest darüber nachdenken.»

Ben dachte darüber nach, jedoch nicht lange: «Ich mache es!», lautete sein Entschluss fast sofort. «Zumindest könnte ich das Schuljahr für euch beginnen. Und wenn dann doch eine Lehrerin vorbeikommt, dann schnappt sie euch, wenn ihr die Gelegenheit habt!»

«Ich werde dich unterstützen, so gut ich kann», versprach Kate. «Denk dran, auch ich war eine blutige Anfängerin, und wenn ich es geschafft habe, dann schaffst du es erst recht.»

Als die Nachricht von Charitys Flucht mit Gabriel Goss Marc erreichte, verließ er das Haus seiner Eltern – wo seine Mutter ihm besorgte Blicke zuwarf –, schloss die Tür leise hinter sich und zog sich in die Scheune zurück.

Dort, zwischen all den Gerüchen in der dunklen, ungestörten Umgebung, schlug er mit der Faust heftig gegen die Wand und spürte keinen körperlichen Schmerz. Doch der Schmerz, der in seinem Inneren bohrte, wurde größer und größer und schnürte ihm die Kehle zu. Heftig keuchend und schluckend – das Schluchzen eines gebrochenen Herzens, wenn die Männlichkeit jede andere Äußerung verbietet –, taumelte er wie blind herum und prallte von einem

Pferch zum anderen, bis sein Verstand allmählich wieder zurückkehrte.

Dort, zwischen all den Scheunengerüchen, riss Marc seine Träume aus seinem Herzen heraus und warf seine «Zeitpläne» mit Bitterkeit von sich. Es war eine Art innere Reinigung, so schmerzhaft, dass das menschliche Herz sie gerade noch aushalten kann, ohne dabei zugrunde zu gehen.

Als Marc die Scheunentür wieder schloss, ließ er seine zerstörten Hoffnungen endgültig hinter sich, als ob sein Geist sie in dem kurzen Augenblick seines Aufbäumens alle hinausgetrieben hätte.

Nicht weit weg von der Scheune leuchteten die Hagebutten der Wildrose rostrot und orange, ihre dunklen Blütenblätter verwitterten zu ihren Füßen oder wurden vom Wind an entfernte Orte getragen. Ihr letzter Duft zerstreute sich, so wie auch alles Schöne aus Marcs Leben verschwunden war.

Doch während der Sommer sich zurückzog, hatte sie einen unsichtbaren Vorrat an Samen hinter sich verstreut; diese trugen das Leben in sich, welches das Buschland zu dem machte, was es war. Und wenn der nächste Frühling kam, würde das neue Leben hervorbrechen, und der Kreis der Jahreszeiten würde sich weiterdrehen.

Doch in Marcs Herz – verletzt, beraubt und stumpf geworden – war der Winter eingekehrt, tief, still und kalt.

Kapitel 24

Aus vielen dankbaren Herzen erklang das Lob Gottes quer durch das ganze Buschland: Die Ernte war eingefahren. Und zumindest in diesem Jahr war es eine gute Ernte.

Nun gab es die berechtigte Hoffnung, dass man seine abgetragene Garderobe erneuern und etwas erwerben konnte, von dem man bisher nur geträumt hatte, vielleicht sogar ein paar kleine luxuriöse Dinge.

Und womit ging dies besser als mit dem «Wunschbuch», das in den meisten Häusern in Prärie und Busch vorhanden war, mit seiner wahren Goldmine von Gütern? «Etwas für jeden und nicht wenig für viele.»

Man konnte daraus eine Nähnadel bestellen oder ein Klavier, einen Knopf oder einen Buggy, eine Mausefalle oder eine Drehorgel und es sich zum nächsten Postamt liefern lassen.

«Schreiben Sie uns auf Ihre ganz eigene Weise, was Sie wünschen», forderte der Katalog auf. «Schreiben Sie in jeder Sprache, egal wie gut oder schlecht Ihre Schrift ist, und die Ware wird Ihnen sofort zugesandt.» Bei einer solchen Einladung – welche Ausrede konnte man da noch vorbringen, sich seinen Herzenswunsch nicht zu erfüllen?

Jetzt war die Gelegenheit, einen eigenen Gummi-Sauger für Babyflaschen, Fettleibigkeits-Gürtel, Krähen-Locker-Pfeife oder die neueste handgefertigte, juwelenbesetzte Hutnadel zu besitzen.

Es schwirrte einem der Kopf, und man konnte sich kaum entscheiden zwischen Milch-Schaumkellen, Fleischwolf-Messern, Lockenwicklern mit abgerundeten Borsten, Fliegenklatschen aus Draht, geflochtenen Peitschenknallern, Schürhaken mit isoliertem Griff, Streichholz-Behältern für die Hosentasche, ovalen Schüsseln für das Fußbad, halblangen Leggings und Gamaschen und Haarwicklern aus Draht.

Für sonnenverbrannte Gesichter und abgearbeitete Hände konnte man Rosenmilch bestellen, Gurkenmilch, Eibisch-Creme und Weiße-Lilie-Gesichtsreiniger. Chinin-Haarwasser versprach eine exquisite Anregung für die Kopfhaut. Die Schönheit würde in Donnybrook-Wildrose aufblühen – mitten im Winter.

Da der nächste Arzt viele Meilen entfernt war, bereitete man sich in Donnybrook auf einen gesunden Winter vor. Für fünfzehn Cent (zwei Cent extra für den Versand) konnte man 24 verschiedene «Handliche Arzneien in Tablettenform für die Westentasche» erwerben. Sie waren erhältlich in Form von «praktischen, angenehm zu schluckenden Tabletten in kleinen Glasfläschchen für die Westentasche mit Schraubverschluss aus Metall. Die Erfahrung vieler fähiger Ärzte ist in dieses Produkt hineingeflossen. In seiner kompakten Form ist es die bekannteste wissenschaftlich begründete Behandlungsmethode für nervöse Beschwerden, Fieber, Nervenschmerzen, Pickel, Mumps, Krupphusten, heilsam für Blut, Nieren und Leber, Kopfgrippe, Brustfellentzündung, Verdauungsstörungen, Koliken …» Dies und noch viel mehr wurde versprochen. Gesundheit konnte man sich also leisten!

Für Marc Szarvas, der sein Haus trotz toter Träume und zerstörter Hoffnungen zu Ende gebaut hatte, war es eine bittere Zeit.

«Ich mache es fertig», sagte er seiner Familie, während

er baute. «Ich ziehe alleine ein. Ich wäre nicht der erste Junggeselle.»

Sein Anteil am Geld aus der Ernte floss in Fenster, Ofenrohre und in seinen einstigen Traum, einen schwarzen Emaille-Herd. Als dieser in seiner ganzen Pracht in der einsamen Küche stand, kochte sich Marc alleine seine Mahlzeiten in einer endlosen Abfolge einsamer Tage und noch einsamerer Nächte.

Im Haus der Trimbles konnte auch der Kauf einer Milchzentrifuge die bedrückte Stimmung nicht aufhellen, die seit Charitys unerklärlichem Verschwinden herrschte. Ein trauriger Tag folgte dem anderen, ohne dass es Neuigkeiten gab.

Dolly – einst so stolz und dies auch lautstark verkündend – war in den Augen der Leute gedemütigt worden, und sie selbst sah es ebenso: Ihre vermeintliche Gerechtigkeit war als Selbstgerechtigkeit entlarvt worden. Als ihre falschen Maßstäbe auseinanderbröckelten, blieb Dolly beschämt in einer hässlichen Entblößung zurück.

Sie, die immer eine füllige Figur gehabt hatte, verlor in einem beunruhigenden Ausmaß an Gewicht. In ihren Augen war jeder Funke erloschen. Sie sah elend aus, als ob ihr innerer Schmerz durch alle Poren nach außen dringen wollte.

Maggie, die viel gebetet hatte und voller Mitleid für ihre selbsternannte Feindin war, bot an, den ersten Schritt in Richtung Versöhnung zu machen.

Doch ihr Pastor gab ihr einen anderen Rat: «Lassen Sie sie noch eine Weile in Ruhe. Es ist ein innerer Prozess bei ihr in Gange, den wir nicht beschleunigen können. Mit der

Hilfe des Herrn wird Dolly daraus als ein besserer Mensch hervorgehen.»

Als der Brief eintraf, kam er zuerst zu Bruder Victor. Und er war nicht von Charity.

Der Pastor nahm seinen Hut und Mantel und ging zu Fuß vom Pfarrhaus zur Farm der Trimbles. Auf sein Klopfen hin öffnete Modesty die Tür und bat ihn herein.

«Ich rufe meine Mutter», sagte sie.

«Ruf auch deinen Vater her, Modesty. Ich muss mit beiden reden.»

Modesty bot dem Prediger einen Stuhl an, rief ihre Mutter und lief los, um ihren Vater zu suchen. Dann saßen alle drei – Alvin, Dolly und Modesty – ihrem Pastor gegenüber und sahen ihn erwartungsvoll an.

«Nun, ich habe hier ein Schreiben», begann er und schwenkte einen Brief, «von einem Kollegen von mir aus der Gegend von Moose Jaw. Es stehen Neuigkeiten von Charity darin.»

Dollys Hände krampften sich unwillkürlich zusammen. «Endlich», seufzte sie.

«Vielleicht sollte ich ihn einfach vorlesen. Er – Bruder Higgins – schreibt darin: ‹Ein Mitglied meiner Gemeinde, eine Mrs. Murdoch, hat mir mitgeteilt, dass sie eine junge Frau aus der Gegend von Meridian in ihrer Pension angestellt hat. Mrs. Murdoch sagt, das Mädchen sei recht jung, um alleine eine Arbeit anzunehmen, doch sie hat eindringlich um die Stelle gebeten. Das Mädchen ist außerdem nicht bei guter Gesundheit, und sie scheint allein zu sein. Mrs. Murdoch möchte wissen, ob ich ihr helfen könnte, die Familie des Mädchens ausfindig zu machen. Ich habe mich an Sie, lieber Bruder, durch eine gemeinsam besuchte Konferenz erinnert und habe aus dem damaligen Protokoll Ihre Adresse herausgesucht. Nun habe ich mir die Freiheit genommen, Ihnen zu schreiben und Sie zu fragen, ob Sie über diese Situation irgendetwas wissen.› Weiter schreibt er», fügte Bruder Victor hinzu, «dass das Mädchen Charity heißt und dass er bereit sei, auf jede erdenkliche Weise zu helfen.»

«Charity! Arbeitet in einer Pension!»

«Und ganz allein … das verstehe ich nicht!»

«Dazu noch krank!»

Die ganze Familie sah bestürzt aus.

Dolly wandte sich an ihren Mann. «Was sollen wir tun, Alvin?»

«Wir werden zu ihr gehen, natürlich.»

«Aber … wird sie uns sehen wollen?»

«Möchten Sie, dass ich hinfahre?», fragte Bruder Victor.

Erleichterung war auf den Gesichtern von Charitys Eltern zu sehen. «Ich bringe Sie zum Bahnhof, Bruder Victor», sagte Alvin sofort, «und kaufe die Fahrkarte. Wann können Sie fahren?»

«Morgen würde es gehen, Alvin. Möchten Sie, dass ich Charity nach Hause bringe?» Die Frage schien merkwürdig, und doch hatte er anscheinend das Gefühl, sie stellen zu müssen.

Dolly atmete hörbar ein. «Ja. Oh, ja.»

«Sagen Sie ihr, dass wir sie gerne wieder hier zu Hause haben möchten», bestätigte Alvin.

Kapitel 25

Während das Leben im Busch sich verlangsamte und sich allmählich auf den langen Schlaf nach einer Zeit der explosionsartigen Vermehrung einstellte, begann der Kreis des Lebens bei wenigstens einem Wesen von ganz neuem. Ein zärtlich gepflanztes kleines Saatkorn, das liebevoll gepflegt worden war, erkämpfte sich nun den Weg hinaus ins pralle Leben.

Wie befürchtet, kam der alte Doktor nicht rechtzeitig zur Geburt. Abram war losgefahren, um ihn zu holen, nur um dann festzustellen, dass der Doktor viel zu tief ins Glas geschaut hatte. So wurde viel kostbare Zeit damit vergeudet, den alten Mann wieder nüchtern zu bekommen. Währenddessen verpasste Abram das spannende und aufregende Drama der Geburt vollständig.

Auf dem Weg nach St. Clair, wo der Doktor wohnte, hielt Abram an der Farm der Familie Szarvas an, und Marte, selbst Mutter von neun Kindern, von denen Marc das fünfte war, machte sich sofort auf den Weg, um ihrer Nachbarin bei der Geburt ihres ersten Kindes beizustehen.

Obwohl Kate auf diesem Gebiet noch keine Erfahrung hatte, meisterte sie alles heroisch. Da sie wusste, dass Marte einige ihrer Kinder allein zur Welt gebracht hatte, ohne viel Aufhebens und mit wenig Trara, biss Kate die Zähne zusammen, folgte Martes Anweisungen und wurde schon kurz darauf von einem kleinen Mädchen entbunden.

Als der alte Doktor endlich eintraf, machte er sich zwar zunächst wichtig, merkte aber bald, dass er aufgrund von Marte Szarvas' hervorragenden Kenntnissen nur wenig zu tun hatte. Er stellte fest, dass Kate in zufriedenstellender Verfassung war und das Baby normal und gesund.

«Und schön!», murmelte Abram ehrfurchtsvoll, während er sich über das zarte kleine Bündel neuen Lebens beugte.

Marte bot an, den Doktor nach St. Clair zurückzufahren, und so brachen sie gemeinsam auf.

«Ich komme jeden Tag für eine Weile herüber», sagte Marte mit ihrem schweren Akzent und trug damit der Tatsache Rechnung, dass die modernen Mütter für viel zerbrechlicher gehalten wurden als die alten Landfrauen.

«Man kann nicht sagen, dass sie nicht tapfer gewesen wäre», berichtete Marte ihrer Familie. «Sie hat es gut gemacht – eine gute, starke Frau und ein gutes, kräftiges Baby. Aber sie wird sich besser fühlen, wenn ich hingehe und ihr das bestätige.»

Das kleine Geschöpf lag, in Baumwolltücher gewickelt, in den Armen seines Vaters, und schon in diesen ersten Stunden war die Ähnlichkeit unverkennbar.

«Schau mal, Abram – sie sieht genauso aus wie du!»

«Das stimmt», bestätigte eine hingerissene Tante Rhoda, «sie ist Abram wie aus dem Gesicht geschnitten.»

Die kleinen rosa Finger wickelten sich um Abrams großen Daumen und erfüllten ihn mit Staunen und Stolz. «Ich sehe schon, sie kommt ganz nach ihrem Vater! Wer braucht da schon einen Sohn?»

Kate entspannte sich, hatte sie doch ein wenig befürchtet, Abram könnte enttäuscht sein, weil sein erstes Kind ein Mädchen war. Sie nahm die Kleine, die erst vor so kurzem ihrem Leib entzogen worden war, in den Arm, berührte das schwarze, lockige Haar, die samtweichen Wangen, die vollkommene kleine Hand.

«Wie wollen wir sie nennen? … Es muss schon der richtige Name sein.»

Kate brachte das formlose kleine Bündel für einen Moment in eine aufrechte Lage, und der dunkle Kopf kippte nach vorn wie eine Blüte auf einem schwachen Stängel. «Sie ist wie eine Rose ...», hauchte Kate und legte ihre Wange gegen die kleine Wange, die so weich war wie ein Blütenblatt.

«Pearl!», sagte Abram unvermittelt, und vielleicht dachte er dabei, dass dieses kleine Geschenk von so unschätzbarem Wert war, kostbarer als eine Perle.

«Nein, nicht Pearl. Und auch nicht Ruby oder Joy, oder gar Angela oder Darlene. Ich habe über diese Namen nachgedacht. Sie sind durchaus hübsch und in gewisser Hinsicht auch aussagekräftig. Ich glaube, ich weiß ...»

Abram und Rhoda warteten gespannt.

«Sie ist einer Rose so ähnlich, Abram.»

«Sah ein Knab ein Röslein stehn ...»

«Bleib ernst, Abram. Wie wäre es mit Rose? Für unsere eigene Blume, aus unserem eigenen Samen.» Kate errötete und warf einen Blick auf Rhoda, die versuchte, unbeteiligt auszusehen.

«Du weißt, wie sehr ich die Wildrosen liebe», fuhr Kate fort. «Sie haben eine so ... wichtige Bedeutung, denn sie blühen immer, wenn die harte Jahreszeit vorüber ist.»

«Rose», ließ Abram sich den Klang auf der Zunge zergehen. «Rosen... – ...knospe. Das ist sie im Moment.»

«Ja, jetzt ist sie wie eine Knospe. Doch wenn sie älter ist, wird sie eine Rose sein. Was immer sie sein möchte.»

«Unser eigener Blumengarten», sagte Abram. «Bald kommt noch Margerite dazu, das fleißige Lieschen, Jasmin, Lupinie, Geranium und ...»

«Aber Wildrosen», sagte Kate und schloss müde und glücklich die Augen, «sind doch immer noch die schönsten.»

Kapitel 26

Familie Trimble wartete angespannt auf die Rückkehr des Pastors. Dolly ging unruhig hin und her und fragte sich, ob es je wieder so werden würde wie früher. Modesty, die durch das Haus wirbelte, sauber machte und backte, war sicher, dass es nie mehr so sein würde.

Als Gerald Victor wieder im Haus der Trimbles saß, während die Schatten der Herbstsonne über die Spitzengardinen wanderten und mit dem Blumenmuster auf dem Linoleum wetteiferten, blickten ihn drei Paar Augen besorgt an.

«Bruder Higgins hat mich mit nach Hause genommen», begann er. «Bald darauf traf, wie vereinbart, Mrs. Murdoch ein, und wir sprachen miteinander.»

«Charity ist nicht mit ihr mitgekommen?»

«Mrs. Murdoch sagte, Charity wolle am Abend kommen und mit mir reden. Doch als es Abend war, kam Mrs. Murdoch wieder allein. Charity weigerte sich, mit mir zu sprechen.»

Dolly sackte in sich zusammen. «Weigerte sich …?»

«Ja, vollkommen. Nichts, was ich ihr durch Mrs. Murdoch ausrichten ließ, konnte sie überzeugen. Und Mrs. Murdoch – die übrigens eine echte Freundin für Charity ist – gestattete mir nicht, Charity ohne deren Erlaubnis aufzusuchen.»

«Was hat Mrs. Murdoch noch gesagt?», fragte Dolly ängstlich.

«Sie sagte, Charity macht ihre Arbeit gut, sie ist sehr zuverlässig. Sie scheint sie wirklich zu mögen.» Bruder Victor zögerte. «Allerdings geht es Charity … nicht gut.»

Alvin blickte dem Prediger lange ins Gesicht und stellte

dann die Frage, die Dolly nicht zu stellen wagte. «Was hat sie damit gemeint: nicht gut?»

Der Prediger räusperte sich, schlug seine langen Beine auseinander und wieder übereinander, zog eine Falte an seiner Hose gerade.

«Heraus mit der Sprache!» Alvin verlor die Geduld, und wie immer, wenn dies geschah, konnte man nicht darüber hinweggehen.

«Es tut mir leid. Aber sie sagt ... es ist ein Kind unterwegs.»

Es herrschte Stille; nur Dolly schluckte hörbar.

Schließlich bewegte sich Alvin müde. «Dann ... ist es also schlimmer, als wir dachten.»

«Das könnte man so sagen», stimmte der Pastor zu. «Mrs. Murdoch sagt, sie kann Charity nicht länger für sich arbeiten lassen. Sie wird allmählich ... nun ja, die Schwangerschaft wird sichtbar.»

Dolly verbarg das Gesicht in den Händen.

«Und wo ist Gabriel Goss?» Wieder war es Alvin, welcher der Sache auf den Grund ging.

Der Prediger seufzte. «Mrs. Murdoch weiß gar nichts über ihn.»

«Ist Charity verheiratet?», fragte Alvin direkt.

Pastor Victor sprach vorsichtig. «Mrs. Murdoch sagt, sie trägt einen Ring am Finger, aber sie denkt nicht, dass Charity verheiratet ist.»

«Oh, Herr ...» Es war keine Schimpftirade, sondern ein Stoßgebet, das unwillkürlich über Dollys bleiche Lippen kam. Modestys Augen füllten sich mit Tränen.

«Was denkt sie sich nur dabei – nicht nach Hause zu kommen?», rief Dolly aus. Doch unter den Blicken der anderen fügte sie reumütig hinzu: «Sie weiß doch wohl, dass wir sie lieben.»

«Sie wird nicht kommen, Mama, das weiß ich», sagte Modesty überzeugt.

«Oh, mein armes Kind!»

Es war ein schwerer Schlag. Ein uneheliches Kind war die äußerste Demütigung, mit der eine Familie sich auseinandersetzen musste. Eher noch hätte man es vorgezogen, einen schönen, ehrenhaften Tod zu erleiden.

«Angesichts dieser neuesten Entwicklung», fuhr Gerald Victor nun fort, «ist meine Frage: Möchten Sie Charity immer noch hier zu Hause haben? Oder sollen wir versuchen, über Bruder Higgins eine Lösung zu finden?»

Dolly tastete mit tränenverschleiertem Blick nach der Hand ihres Mannes.

«Wir wollen sie hier haben», sagte Alvin leise. Modesty, die voller Anspannung gewesen war, lehnte sich erleichtert zurück.

«Also dann ...» Wieder schien der Pastor zu zögern.

Und wieder spannten sich Alvins Kiefermuskeln an.

Bruder Victor beeilte sich zu sagen: «Ich habe einen Vorschlag und möchte Sie bitten, darüber nachzudenken. Wie es scheint, kann ich nicht derjenige sein, der Charity zurückbringt. Sie wollte mich nicht sehen, und sie weigert sich hartnäckig, mit ihrer Familie zu sprechen. Es gibt jedoch eine Person, von der ich denke, dass Charity mit ihr reden würde. Und es könnte vielleicht die einzige Person sein.»

Dollys Hals begann sich langsam zu röten, bis ihr das Blut ins Gesicht schoss, als der Pastor seinen Satz beendete: «Maggie.»

In der nun folgenden Stille war deutlich zu merken, dass

in Dolly ein Kampf tobte. Es schien eine Ewigkeit zu dauern, bis sie in heftigem Ton sagte: «Tut, was ihr für richtig haltet.»

«Nein», entgegnete ihr Pastor, «wir werden tun, was *Sie* für richtig halten.»

Ein Aufschrei entfuhr Dollys Lippen. Erregt sprang sie auf, ging zum Fenster, zog die Gardine beiseite und sah hinaus.

Schließlich rief Dolly in erbarmungswürdigem Ton: «Alvin ...»

«Nein, Mutter, ich werde es nicht für dich sagen.»

Welcher Kampf auch immer in Dolly getobt hatte – als sie sich umdrehte, war er offensichtlich vorüber. «Ich werde selbst zu Maggie gehen», sagte sie. «Ich hätte das schon lange tun sollen.»

«Ich könnte Sie begleiten, wenn Sie möchten», bot der Pastor an.

«Oder ich», fügte Alvin rasch hinzu.

«Nein, ich muss es tun, und ich muss es allein tun.» Ihr alter Schneid schien wieder zurückzukehren, als sie fortfuhr: «Es darf nicht so aussehen, als ob mich jemand dort hingeschleppt hätte – oder als ob ich nicht den Willen aufbringen würde, es alleine zu tun.»

Die anderen lächelten mit erleichterten Gesichtern. Schon handelte und redete Dolly wieder ein wenig mit ihrer alten Entschiedenheit.

Gesagt, getan. Dolly setzte ihre Worte sofort in die Tat um. Sie zog sich um, ordnete ihr Haar und marschierte aus dem Haus, über den Hof zur Straße und schlug den Weg in Richtung der Edwards-Farm ein.

Niemand erfuhr, was in Dollys Herzen vor sich ging, während sie unterwegs war, mit dem treuen Herrn als ihrem einzigen Begleiter. Doch seine Treue, ihr mittlerweile demütiger Geist und das Gebet von zwei alten Männern taten das Ihre. Am anderen Ende des Distrikts, in dem Haus mit der grün gestrichenen Tür, saßen Hubert und Harry neben ihrem Ofen, neigten ihre Köpfe zum Gebet und würden nie erfahren, welche Auswirkungen ihr Dienst gehabt hatte – bis die Ewigkeit es offenbaren würde.

Mit tränenverschmiertem Gesicht und geschwollenen Augenlidern stand Dolly schließlich vor der Tür der Edwards, und um ihre sonst so zusammengekniffenen Lippen lag nun ein weicher und freundlicher Zug.

Was dann in Maggies Küche geschah, erfuhr niemand. Maggie sprach mit niemandem darüber und sagte nur zu ihrem Mann und ihrem Sohn: «Nun ist alles in Ordnung, Gott sei Dank!» Dolly aber sagte zu keinem Menschen etwas.

Als sie wieder nach Hause kam, verkündete sie: «Sie wird hinfahren!» Und dann fügte sie in innigem Ton hinzu: «Und ich bin ihr von Herzen dankbar dafür!»

Ein paar Tage später spielte sich dann ein weiteres Drama ab, das allerdings kein Außenstehender zu Gesicht bekam, obwohl viel darüber spekuliert wurde: Maggie brachte eine blasse und stille Charity zum Haus ihrer Eltern zurück, wendete ihren Buggy und fuhr davon – aber erst, nachdem sich die Tür geöffnet und Arme sich der betrübten Gestalt auf der Schwelle entgegengestreckt hatten.

Maggie vertraute John an, was sie erlebt hatte: «Charity war schon ziemlich verzweifelt zu dem Zeitpunkt, als ich eintraf. Sie wusste, dass sie ihre Arbeitsstelle nicht behalten konnte. Es ging ihr nicht gut, und sie hatte nur wenig Geld – die Arbeit brachte ihr eigentlich nur freie Kost und Logis ein. In Mrs. Murdochs Wohnzimmer erfuhr ich dann die ganze traurige Geschichte. Ich musste sie nur in die Arme schließen, und schon brach sie weinend zusammen, das arme Kind. Ich denke, sie war froh, es endlich jemandem erzählen zu können, auch wenn es eine schmerzliche und schäbige Geschichte war. Ich glaube, der Tag, an dem das Sonntagsschul-Picknick stattfand, ist noch denkwürdiger, als wir alle geahnt haben.»

Maggie erinnerte John daran, dass Charity zu dem dramatischen Zeitpunkt, als Ben wieder in Maggies Leben trat, unerklärlicherweise fast den ganzen Tag verschwunden war, und dasselbe galt auch für Gabriel Goss.

«Anscheinend wandte er seine ganze Aufmerksamkeit Charity zu, nachdem Kate für ihn nicht mehr erreichbar war. Und Charity hatte seinen schmeichelnden Annäherungsversuchen nichts entgegenzusetzen. So unschuldig, wie sie war, hielt sie seine Absichten für ernst.»

«Und dazu kam, dass sie sich gegen Dollys Verbot, Marc wiederzusehen, auflehnte», warf John ein. «Ich habe das nie verstanden. Marc ist ein guter Mann, vernünftig und fleißig.»

«Charity behauptet, es sei, weil seine Eltern aus der Ukraine stammen … Einwanderer … aus der alten Welt! Waren wir nicht alle einmal Einwanderer? Es ist doch ein großes, wunderbares Land …»

«Und es ist Platz für alle da.»

«Was auch immer der Grund war – Dolly war jedenfalls die Triebfeder für Charitys Wunsch nach Unabhängigkeit. Charity war auch sehr wütend auf Marc. Sie hatte wohl gehofft, er würde gegen den Willen ihrer Mutter mit ihr in den Sonnenuntergang reiten.»

«Für so etwas ist Marc viel zu reif. Wahrscheinlich hat er gedacht, dass mit der Zeit alles zurechtkommen würde. Er hat jedenfalls ernsthafte Pläne gehabt.»

«Wie dem auch sei – Charity fiel jedenfalls auf Gabes Vorschlag herein, mit ihm zusammen zu fliehen, und so fuhren sie nach Moose Jaw. Sie heirateten auf der Stelle – ich hoffe nur, die Leute erzählen auch das, wenn sie schon Gerüchte verbreiten.»

«Sie waren verheiratet?» John zog überrascht die Augenbrauen hoch.

«Das Problem war», fuhr Maggie mit ernstem Gesicht fort, «dass Gabriel Goss bereits verheiratet war. Es dauerte nicht lange, und sie begegneten zufällig jemandem, der ihn kannte. Und da der Mann über Charitys Nachnamen sehr erstaunt schien, wurde sie misstrauisch. Aufbrausend, wie Charity nun mal ist, stellte sie ihn daheim zur Rede. Er gab alles zu. Als sie realisierte, dass ihre Ehe damit ungültig war, wurde sie hysterisch, packte im Zorn ihre Koffer und verließ ihn. Wenn sie nicht zufällig auf Mrs. Murdoch gestoßen wäre – bei der sie ein Zimmer mieten wollte –, wer weiß, was dann aus ihr geworden wäre. Sie merkte bald, dass sie schwanger war. Sie vertraute sich Mrs. Murdoch zu einem gewissen Grad an, und den Rest weißt du: Wie Mrs. Murdoch mit ihrem Pastor sprach, wie der einen Brief an Bruder Victor schrieb …»

«Arme Charity – sie ist in mehrfacher Hinsicht zum Opfer geworden. Was wird jetzt aus ihr? Die Leute können grausam sein.»

«Wie wir ja nur allzu gut wissen», murmelte Maggie.

«Ja, das tun wir. Doch aus all dem», sagte John und

reichte seiner Frau seine starke Hand, «kann auch Segen erwachsen.»

«Heimliche Schätze und verborgene Kleinode», zitierte die Sonntagsschul-Lehrerin.

Im Großen und Ganzen verlief das Leben in Donnybrook-Wildrose wieder in normalen Bahnen, abgesehen davon, dass Charity Trimble nur selten in der Öffentlichkeit erschien. Dolly nahm wieder ihren Platz im Gottesdienst ein, jedoch mit einem so abweisenden Gesichtsausdruck, dass niemand wagte, ihr eine Frage zu stellen oder einen Kommentar abzugeben.

Doch in einem kleinen Haus – das nach frisch geschälten Holzstämmen duftete, aber kaum möbliert war und einsam jenseits aller Vorstellungen –, hatte Marc Szarvas einen schweren Kampf auszufechten.

Kapitel 27

Marc trocknete die Teile der gewaschenen und ausgespülten Zentrifuge ab, baute sie für die Arbeit am Abend wieder zusammen und goss das milchige Wasser unten an den Stufen aus. Die Hühner, diese unverbesserlichen Optimisten, kamen bei dem Geräusch sofort angerannt und pickten erfolglos nach dem versickernden Sud.

Die morgendlichen Arbeiten drinnen und draußen waren abgeschlossen. Marc füllte eine Schüssel mit Wasser aus dem Vorratsbehälter seines stattlichen Herdes, zog sich in der Wärme des Wasserdampfes aus und wusch sich.

Nachdem er sich kräftig abgerubbelt hatte, zog er das «veredelte, leichte Baumwollhemd» an, das er gerade bestellt und frisch geliefert bekommen hatte, und die dunkle, einfarbige Hose aus Kaschmir-Wolle («nicht zu schwer, so dass sie beinahe zu allen Jahreszeiten getragen werden kann»). Sein widerspenstiges Haar ließ sich, zumindest vorübergehend, durch heftiges Kämmen zähmen. Und mit der Schneide seines Taschenmessers wurden die schmutzigen Fingernägel unerbittlich gesäubert.

Mit seinen besten Schuhen an den Füßen passte Marc genau auf, wo er hintrat, als er das Pferd aus der neuen Scheune holte und es vor den Buggy spannte. Er warf noch eine Strickjacke in den Wagen für den Fall, dass es ein kalter Tag würde. Dann sprang er hinauf auf den gefederten Sitz, nahm die Zügel und lenkte das Pferd in raschem Trab aus dem Hof auf die Straße, wo gerade der nächtliche Frost wegtaute und den Weg schwarz und feucht hinterließ. Auf der einsamen Straße waren seine Wagenspuren die ersten dieses Tages, vielleicht würden sie auch die einzigen bleiben.

Bevor sich der Busch hinter ihm schloss, blickte Marc zurück auf die schöne, roh gezimmerte Blockhütte, die er sein Zuhause nannte. Fenster ohne Vorhänge glänzten auf jeder Seite der gut eingehängten Tür, eine Rauchsäule stieg aus dem schimmernden Ofenrohr über dem niedrigen Dach in den Himmel. Es war ein befriedigender Anblick, in gewisser Hinsicht.

Aber andererseits war das Haus nur eine leere Hülse, dachte er ehrlich – nur eine Hülse, die nie von Gesang oder Gelächter erfüllt war, nie von Gefühlen der Liebe pulsierte oder unter zornigen Ausrufen vibrierte. Keine Kinderstimmen waren in seine Wände eingedrungen, auch nicht der letzte raue Atemzug, den ein Mensch tat.

Was es allerdings schon kannte, das waren schwere Seufzer, einsame Stille und schwermütiges Aufstöhnen. Und immer wenn der Morgen anbrach, kehrte auch die Leere zurück, und der Schmerz der Nacht war nichts als eine weitere Erinnerung.

Die langen Nächte waren in letzter Zeit jedoch mit noch etwas anderem erfüllt gewesen als nur mit der Trauer über das, was hätte sein können und was niemals sein würde.

Obwohl Marc Farmer war, hatte er doch nie in Betracht gezogen, dass eine schlafende Saat, ob gewollt oder nicht, wieder zum Leben erwacht. Aber aus den dunkelsten Orten wachsen zarte Sprossen hervor, weil die kleinen, geheimen, versteckten Samen sich selbst nicht verleugnen können.

Wie hatte er das vergessen können? Warum hatte er sich nicht darauf verlassen in den dunklen Zeiten, die seine Seele durchschritt?

Als Marc zum ersten Mal entdeckte, dass es in seinem Herzen eine bleibende Saat der Liebe zu Charity gab, die nicht nur eine Ranke aus seinen zerplatzten Träumen heraussandte, sondern auch fest verwurzelt war und sich nicht ausreißen ließ, da hatte er den Mut, sich mit diesem Phänomen auseinanderzusetzen. Denn das schien es ihm zunächst zu sein, da er keine andere Erklärung dafür hatte.

Doch da war sie wieder: Unter dem Schmerz und dem Zorn, dem Verzicht und dem Austreiben – da gab es diese fest eingepflanzte, dem Tod trotzende Wurzel. Sie war tief eingebettet in den Kern seines Wesens und eng mit ihm verwoben. Sie war Bein von seinem Bein und Fleisch von seinem Fleisch. Sie würde erst sterben, wenn er selbst starb.

Marc wog seine Alternativen schmerzlich und aufrichtig gegeneinander ab. Ohne Charity würde er nur ein halbes Leben leben. Und konnte er einer anderen Frau so wenig von sich anbieten? Doch andererseits: Konnte er damit leben, dass die Saat, die Gabriel Goss ausgesät hatte – und die schon sichtbar aufblühte –, ihm den Rest seines Lebens so deutlich vor Augen stünde?

Erst als er sicher war, dass er es konnte, legte er in einem Willensakt für immer die Erinnerung an seinen Schmerz ab. Er nahm seine zurückgelassenen Träume und Pläne wieder auf und passte sie an die neuen Gegebenheiten an.

Als Marcs Buggy auf den Hof der Trimbles ratterte, rannte Charity mit bleichem Gesicht in ihr Zimmer und warf sich aufs Bett. Die ausgeblichene Baumwollschürze, die sie trug, bebte mit dem heftigen Pochen ihres Herzens, als sie lauschte und herauszufinden versuchte, was der Grund für

Marcs Besuch war. Sicherlich würde er in die Scheune gehen, um irgendeine Farmangelegenheit mit ihrem Vater zu besprechen.

Doch dann hörte sie das Klopfen an der Tür und die gedämpften Stimmen, als ihre Mutter ihn begrüßte. Der Boden unter ihren Füßen vibrierte unter den Schritten, die über den Küchenboden zum Wohnzimmer gingen. Währenddessen war eine leise Unterhaltung in Gange. Dann näherten sich Dollys Schritte der Zimmertür.

Charity sah mit ängstlichem Blick auf, als ihre Mutter die Tür hinter sich schloss, sich dagegenlehnte und sagte: «Er möchte dich sehen.»

«Nein!»

«Ich glaube, es ist ihm ernst.»

«Und ich sage nein!»

Dolly schwieg. Marc hatte den Grund seines Besuches nicht genannt. Er hatte einfach nur darum gebeten, Charity sprechen zu dürfen.

Doch Charity weigerte sich hartnäckig.

«Nun», seufzte Dolly schließlich, «ich verstehe das. Soll ich ihn fragen, was er will?»

«Nein … bitte ihn einfach nur zu gehen. Sag ihm, dass er gehen *soll*.»

Dolly verließ das Zimmer, und Charity hörte, wie ihre Schritte wieder zurückführten zu dem Mann, der dort stand – und wartete.

Die Schritte allerdings, die dann wieder zu ihrem Zimmer kamen, waren schwer und zielgerichtet, und Charity fasste sich an die Kehle. Die Tür öffnete sich dennoch vorsichtig, und Marc trat ein.

«Mama!» Harmony hatte die Augen weit aufgerissen, und ihr Ton war empört. «Marc geht zu Charity ins Zimmer!»

«Mach dir deswegen keine Sorgen!»

«Aber Mama! Was würde Queen Victoria dazu sagen?»

«Mach dir nicht so viele Gedanken darüber, was die Königin sagt, Kind», erwiderte Dolly ruhig. «Denk lieber darüber nach, was der König sagt.»

«Der König?»

«König David. Er sagt: ‹Von dem Herrn kommt es, wenn eines Mannes Schritte fest werden.›»

Harmony blickte verwirrt drein.

«Er hat auch gesagt», fuhr Dolly fort, wobei ihre Stimme zitterte und ihre Augen sich mit Tränen füllten: «‹Wenn ich schwach bin, so hilft er mir.›»

«Wer hilft wem?» Harmony war ganz durcheinander.

«Ach, es macht nichts. Lauf hinaus und spiel. Bald wirst du auch eine Jugendliche sein, Kind, und in Maggie Edwards' Sonntagsschul-Klasse gehen. Dann wirst du es verstehen.»

Hinter der geschlossenen Zimmertür zeigte das Gesicht des Mannes, der auf Charity niederblickte, keines der Gefühle, die sie befürchtet hatte: Zorn, Verachtung, Mitleid. Insbesondere Mitleid.

«Ich habe deine Mutter gebeten, uns für ein paar Minuten allein zu lassen. Ich habe ihr versichert, dass nichts … Ungebührliches geschehen würde.»

Charitys Gesicht wurde dunkelrot. Sie senkte die Augen und bemühte sich – allerdings ohne Erfolg –, ihren Bauch einzuziehen, indem sie sich aufrecht hinsetzte und das Schürzenband löste, das ihren umfangreicher gewordenen Leib noch besonders betonte.

Als sie den Blick wieder hob, war deutlich, dass Marc das ganze nutzlose Unterfangen beobachtet hatte.

Und während sie elend dreinschaute, waren seine Augen voller Zuneigung. Sein Gesicht hatte einen zärtlichen Ausdruck, als er sich neben das zitternde Mädchen aufs Bett setzte.

«Bitte», flüsterte sie, «geh weg.»

«Nicht, bevor ich mein Anliegen vorgebracht habe.»

«Dann sag es, und geh!» In Charitys Ton war wieder der alte Funke zu spüren.

Marc lächelte. Es lief besser, als er zu hoffen gewagt hatte.

Marc setzte voll und ganz auf Charitys grundlegende Freude am Leben, ihre unverwüstliche Persönlichkeit, ihre natürliche Widerstandskraft. Vor allem aber zählte er auf ihre Jugend und vertraute darauf, dass die bitteren Erfahrungen, die sie gemacht hatte, sie hoffentlich nur wenig geschädigt hatten. In einer Atmosphäre, die frei von Verurteilung und Vorwürfen war, würde ihre Welt wieder ins Lot kommen. Sie würde ihre Lebensfreude zurückgewinnen und wieder das sprunghafte, selbstbewusste Mädchen – oder besser gesagt: die Frau – werden, die sie gewesen war.

Im Augenblick wirkte sie eher wie ein Kind, das einen bemitleidenswerten Versuch unternimmt, würdevoll zu wirken. Sie lehnte sich von ihm weg, das Kinn erhoben. Doch ihr Blick, verletzt und herausfordernd, erinnerte ihn an den eines Kojoten, den er einmal in einer Falle gefangen hatte. Wie sehr sehnte er sich danach, sie für immer von der Scham und dem Schmerz zu befreien, die er in ihrem Gesicht sah, indem er sie in seine Arme schließen würde!

«Lass mich bitte einfach sprechen», begann er. «Ich habe viel nachgedacht. Es war sehr schmerzhaft für mich», dies sollte die einzige Anspielung auf seine eigenen Verletzungen sein, «und ich habe einige Schlüsse für mich gezogen. Es sind eigentlich dieselben, die ich schon immer hatte.»

Schmerz. Schmerz in ihren Augen, und er hätte sich treten können.

«Cherry», nun sprudelten die Worte aus ihm heraus, fast ohne dass er nachdachte. «Ich habe das Haus fertig … ich bin eingezogen. Ich esse und schlafe dort. Aber es ist nicht so, wie ich es mir erträumt habe. Es ist nichts als ein Stapel Holzbalken.»

«Ich habe beschlossen», fuhr er fort und beobachtete sie dabei genau, «dass ich entweder darin für den Rest meines Lebens so weiterleben kann – einsam und mit einer Leere in der Seele –, oder dass ich das Einzige tue, was ich schon immer tun wollte.»

Etwas flackerte in Charitys Augen auf. Ihre Hand legte sich auf ihren Bauch, und die gespreizten Finger bedeckten die Wölbung, die gegen ihre Kleidung drückte.

Marc folgte ihrer Geste mit den Augen. «Würdest du mir vertrauen … trotz all dem?», fragte er leise, streckte seine raue Hand aus und legte sie mit warmem Druck auf die ihre.

Nun war sie überrascht. «Was … was meinst du damit?»

«Ich meine … dass es für mich keinen Unterschied macht.»

Weil er Charity gut kannte, sah Marc auch, welche Gefühle sich nun auf ihrem ausdrucksstarken Gesicht widerspiegelten. Sie zeigte immer so deutlich, wenn sie jemanden verachtete oder ärgerlich war. Vielleicht war sie auch jetzt noch das nach außen gewandte, sich spontan äußernde Mädchen, das er gekannt hatte. Das war seine Hoffnung.

«Kannst du das glauben, Cherry?»

Als sie antwortete, war sie nicht das zornige Kind oder das impulsive Mädchen. Mit neuer Reife und schlichter Würde sagte sie: «Ich kann dir glauben, Marc, weil ich dir immer geglaubt habe.»

Mit diesen Worten war der Damm gebrochen.

«Und das war auch das Problem», fuhr sie fort. «Ich wusste, du meinst das ernst, was du zu meiner Mutter gesagt hast – über das Warten! Ich wusste, du würdest bei deiner Entscheidung bleiben. Und das machte mich so hoffnungslos ... und so wütend! Ich wollte nicht, dass du mit Mutter einer Meinung warst, nämlich dass wir warten sollten.»

Erstaunt hörte Marc ihr zu und erkannte zum ersten Mal, dass auch er selbst für das ganze Problem mitverantwortlich war: Er war sich seiner Träume und Pläne so sicher gewesen, dass er ihre Gefühle nicht beachtet hatte. Seine Blindheit und ihre Hilflosigkeit hatten sie beide in diese schmerzliche Lage gebracht, die sie hätten vermeiden können, wenn er zu Charity gestanden und Dolly widersprochen hätte. Alvin, da war er sicher, hätte sich irgendwann auf seine Seite geschlagen.

Nun endlich nahm Marc Charity in seine Arme, wiegte sie hin und her und stöhnte: «Es tut mir leid, Cherry ... Es tut mir leid.»

Als die Tränen des kräftigen jungen Mannes sich mit dem heftigen Schluchzen des Mädchens verbanden, das seinen Zorn, seine Frustration und Demütigung hinausweinte, da hörte es ihre Mutter im Garten und bedeckte ihre Ohren mit den Händen. Wer Dolly in diesem Moment gesehen hätte, der hätte geschworen, dass sich ihre Lippen in einem Gebet bewegten, das verdächtig nach «Oh, Gott, vergib mir!» aussah.

Und dann war es eine Weile ganz still. Zu hören war nur, wie Dolly das Unkraut herausriss und auf einen Haufen warf, wie Alvin in der Ferne beschäftigt war und wie das kleine Mädchen vor sich hin summte, während es unter der Pappel am anderen Ende des Gartens mit der Schaukel immer höher und höher schwang.

Als die Fliegentür zuklappte, blickte Dolly auf. Charity erschien auf der Veranda, ohne ihre Schürze, mit einem Mantel über den Schultern und einem hübschen alten Hut auf dem Kopf. Marc war an ihrer Seite. So gingen sie nebeneinander über den Hof, am Schuppen und an der Schmiede vorbei, durch das Tor und auf die Wiese, die dahinter lag. Bald schon verdeckte der Busch die beiden.

Erst dann entspannte sich Dollys Griff um die vertrocknete Tomatenpflanze, die sie umklammert hielt. Vorsichtig legte sie sie auf den Haufen. Als Charity und Marc wieder zurückkamen, gingen sie Hand in Hand. Charitys Augen waren von Tränen reingewaschen, und es lag ein Schimmer des Glücks und der Hoffnung in ihnen.

Modesty, die nach einem Einkauf und dem Abholen der Post mit dem Buggy aus Meridian zurückkehrte, wunderte sich, dass Marc Szarvas' Pferd und Buggy auf dem Hof standen. Rasch füllte sie ihre Arme mit den Einkäufen, eilte zum Haus und sah Marc und Charity in ein ernstes Gespräch mit ihrem Vater und ihrer Mutter vertieft – es ging ums Heiraten.

Marc hatte seinen Arm wie selbstverständlich um Charitys runder werdende Hüften gelegt. «Modesty», sagte er zu ihrem Erstaunen, «Cherry und ich werden das tun, was wir schon vor langer Zeit hätten tun sollen», und Dolly sah dabei zwar verdutzt aus, stellte die Aussage aber nicht in Frage.

«Cherry wird mich heiraten», grinste Marc. «Komm und sag deinem Schwager guten Tag!»

«Ich wäre bereit gewesen zu warten, bis das Baby da ist», vertraute Charity ihrer Schwester an, als sie später in ihrem Zimmer in dem Bett lagen, das sie sich teilten. «Mir schien das etwas ... anständiger zu sein. Aber Marc wollte davon nichts wissen. Er sagt», und hier fing Charitys Stimme zu zittern an: «‹Dieses Baby wird mit einem Namen geboren werden› – und das wird sein Name sein.»

«Szarvas», sagte Modesty in trockenem Tonfall. «Arme Mama. Sie weiß nicht, ob sie über den *Immigranten*-Namen ihres ersten Enkelkindes glücklich oder böse sein soll!»

«Manchmal frage ich mich, Moddy», gab Charity mit bedrückter Stimme zu, «ob ich ihr das alles jemals verzeihen kann.»

«Versuch es wenigstens, Charity», ermutigte ihre Schwester sie. «Sie hat auch gelitten. Sie braucht deine Vergebung. Aber mehr noch: Es ist für dich selbst wichtig – und für das Baby.»

Charity knurrte nur, und dann wurde es still, während die Müdigkeit die beiden Schwestern überwältigte und sie einen Frieden spürten, den sie schon lange nicht mehr gekannt hatten.

«Moddy», sagte Charity zuletzt noch, «ich heirate Marc nicht als letzten Ausweg oder aus Verzweiflung, obwohl Gott weiß, dass ich oft genug verzweifelt war. Ich liebe ihn schon seit langem. Und ich werde ihm eine gute Ehefrau sein, das weiß ich.»

Modesty drückte die Hand ihrer Schwester, und Hand in Hand schliefen sie schließlich ein.

Die Hochzeit war schlicht. Marc und Charity hatten angeboten, dafür nach Prince Albert zu gehen oder ins Haus des Pastors. Doch davon wollte Alvin nichts wissen, und Dolly war ganz seiner Meinung: Charity würde in ihrem Zuhause getraut werden, und ihr Vater würde sie zum «Altar» führen.

Und wer wusste schon, dass das neue Kleid später an den Säumen ausgelassen werden konnte? Wenn die Aussteuer der Braut Flanellwindeln enthielt, eine Nabelbinde und kleine bestickte Jäckchen – wer wusste das schon außer der Schwester, die alles so liebevoll angefertigt hatte, während die werdende Mutter in stiller Verzweiflung in einem abgedunkelten Zimmer lag?

«Wenn irgendjemand einen Grund vorbringen kann, warum dieser Mann und diese Frau nicht im heiligen Bund der Ehe vereint werden sollen, dann möge er jetzt sprechen oder für immer schweigen.» Den Worten des Predigers folgte eine Stille, die nur durch das Geräusch eines tiefen Luftholens der Braut durchbrochen wurde. Doch alles wurde wieder normal, als der kräftige junge Bräutigam seine Hand nach ihr ausstreckte – egal, ob es in diesem Moment in die Zeremonie passte oder nicht – und ihre zitternde Hand in die seine nahm.

Außer den beiden Familien und dem Prediger war nur eine weitere Person anwesend: Maggie Edwards wurde an der Tür mit einem Kuss von der zu Tränen gerührten Braut begrüßt, mit einer warmen Umarmung des glücklichen Bräutigams und mit einer ebenso von Herzen kommenden Umarmung einer erleichtert dreinblickenden Dolly.

Nachdem die Zeremonie beendet und die Erfrischungen verzehrt worden waren, brachte Marc seine Braut zum Buggy und packte sie warm ein. Umgeben von den noch verbliebenen Habseligkeiten (eine Wagenladung voll war schon ein paar Tage zuvor in das neue Heim gebracht und dort verstaut worden), winkten die Frischvermählten ihren Angehörigen noch einmal zu, die auf der Veranda wegen der Kälte dicht zusammenstanden, und fuhren vom Hof der Trimbles, die Straße hinunter und über die kleinen Hügel des Buschlandes zu dem leeren Haus, das auf sie wartete.

Billy, Marcs jüngerer Bruder, war in der Dämmerung schon vorausgeritten und hatte das Haus für sie vorgeheizt. Er wartete, bis der Buggy vor die Tür fuhr, half die Kisten und Taschen hineinzutragen, verbeugte sich dann mit einem Grinsen und schlüpfte hinaus, um Marcs Pferd zu versorgen, bevor er wieder nach Hause ritt.

Marc schloss die Tür hinter seinem Bruder. Er half Charity aus dem Mantel und hängte ihn an den Haken, den er dafür vorbereitet hatte. Dann nahm er die Lampe vom Bord, zündete sie an und stellte sie mitten auf den Tisch. Er betrachtete die einfache Einrichtung, die robusten Wände aus Holzbohlen, das knisternde Feuer und das Mädchen seiner Träume, das für ihn der Mittelpunkt von allem war.

In diesem Moment kam es ihm nicht übertrieben vor, wenn er fühlte, dass nun das Glück bei ihm eingekehrt war.

Er legte seine Hände auf Charitys Schultern, dann hob er ihr Kinn an, bis sie ihn anschaute, und blickte ihr lange in die Augen, aus denen jedes neckische Lächeln verschwunden war (jedoch, geb's Gott, nicht für immer). Was er in ihren Augen sah, genügte ihm. Es würde ihm Kraft geben und ihn durch die Nacht begleiten, durch die nächsten merkwürdigen Monate und durch all die Jahre, die noch vor ihnen lagen.

Kapitel 28

«Man wird klagen um die Äcker, ja, um die lieblichen Äcker … um den Acker meines Volks, auf dem Dornen und Hecken wachsen, um alle Häuser voll Freude in der fröhlichen Stadt», las der Pastor vor.

Das Schriftwort, so ähnlich dem, das Trapper Farley am Dreschtag Linn gegenüber zitiert hatte, ließ sie aufhorchen wie eine Stimme, die aus der Wildnis ihrer Leere und Hoffnungslosigkeit rief.

Zuvor hatte sie nur wie blind auf die kahlen Äste der Bäume gestarrt, die vom Fenster des Schulhauses aus zu sehen waren. Den Mann, der in einem abgenutzten Anzug hinter dem zur Kanzel umfunktionierten Pult stand, hatte sie kaum beachtet. Doch als der Bibeltext gelesen wurde, wandte sie ihre Gedanken von dem bevorstehenden trüben Winter weg zu der – wie sie befürchtete – ebenso trüben Predigt und musste dann feststellen, dass es das Wort Gottes war, an sie gerichtet.

Die Botschaft, die Bruder Victor verkündigte, war von einer reichen Bildersprache geprägt, die sie alle gut verstanden, ging es doch um das Herz des Menschen, das von Sorgen so überwuchert wurde wie ein Acker vom Unkraut.

«Das Problem», so führte der Prediger aus, «besteht in der Saat, die ausgesät wird. Viele Menschen möchten gerne das Glück ernten, doch ihr Ertrag ist gering, weil sie Unzufriedenheit ausgesät haben. Das Glück ist nur ein Nebenprodukt. Freude aber ist eine Frucht. Wenn die richtige Saat im Herz eines Menschen ausgesät und genährt wird, dann wird sie aufblühen und uns Freude ernten lassen. Wenn schließlich das Glück, das von unserer Situation und unseren Lebensumständen abhängt, uns verlässt, dann bleibt die Freude unserer Seele doch erhalten. Das Glück, so meine ich», fuhr er fort und lächelte dabei seine Zuhörer an, die mit Säen und Ernten wohlvertraut waren, «ist eine einjährige Pflanze. Die Freude aber ist eine mehrjährige, die auch harte Winter übersteht und im Frühjahr wieder von neuem aufgeht.»

Er führte den einfachen Gedanken noch weiter aus. Zum ersten Mal hatte Linn den Eindruck, dass bessere Zeiten – oder ein besserer Weg – auf sie warteten. In ihrem verödeten Herzen spürte sie einen Funken Erregung, als ob eine kleine Ranke sich sachte zu regen begonnen hätte. Die Freude, so wagte sie nun zu hoffen, würde sich zu gegebener Zeit wieder einstellen.

«Lasst *ihn*, den Meistergärtner, an euch arbeiten», forderte der Pastor seine Zuhörer auf. «Lasst es zu, wenn er euch zurechtstutzt, und erwartet die Früchte seines Heiligen Geistes in reicher Fülle.»

Eine nachdenkliche Linn lenkte ihre Schritte über den Hügel heimwärts.

Als ob ihr die Augen geöffnet worden wären, bemerkte sie, wie der so üppig gewachsene Busch mit Disteln, Unkraut und Nesseln durchzogen war. Hier und da aber kämpfte die robuste Wildrose um einen Platz in der Sonne. Von den weit verbreiteten Blüten, die noch vor kurzem ihre Schönheit und ihren Duft verströmt hatten, war nichts mehr zu sehen.

Doch sie würden wieder aufblühen! Trotz der festen Umklammerung durch das Unkraut und trotz des harten Winters war die Wildrose im guten Boden des Parklandes fest verwurzelt und würde zu gegebener Zeit wieder blühen.

Celia bemerkte zwar die gedankliche Abwesenheit ihrer Tochter, war jedoch weise genug, nichts dazu zu sagen, während sie gemeinsam ihre leichte Sonntagsmahlzeit zu sich nahmen. Sie räumten den Tisch ab, und dann ging jeder seiner Wege – Celia und Judd wollten sich ausruhen, und Linn ging hinaus und durchstreifte die geliebten und vertrauten Pfade von Farm, Feld und Busch.

Schließlich erblickte sie an einem geschützten Ort einen Farbtupfer, der sich kühn den letzten warmen Sonnenstrahlen entgegenreckte. Linn verließ den Pfad und bahnte sich einen Weg durch die verzweigten Sträucher auf die kleine Rose zu.

Sie erinnerte sich daran, wie sie gemeinsam mit Trapper Farley den ersten Frühlingskrokus betrachtet hatte, und wünschte sich plötzlich, er wäre hier, um mit ihr die letzte Rose des Sommers anzusehen.

Doch Trapp war aus ihrem Leben verschwunden. Zuvor hatte er sie taktvoll, aber deutlich, auf den Zustand ihres Herzens hingewiesen. «Geschaffen für Krokusse und Rosen», so hatte er gesagt, «aber von Dornen überwuchert.»

Was ich brauche, dachte Linn, die mit einem Mal Einsicht und Mut gewonnen hatte, *ist ein Platz in der Sonne. Oder besser gesagt: ein Platz beim Sohn. Bei Jesus.*

Die Schatten wurden bereits länger, als Linn nach dem Abendbrot endlich ihre Schritte entschlossen den Hügel hinauf lenkte.

Das kleine Gebäude, das sich nun gegen das Abendrot abhob, war die einzige Kirche, die sie kannte, eine sehr rustikale Kathedrale mitten im Busch. Hier hatte sie immer wieder die einfache Botschaft des Evangeliums gehört. Hier stand der einzige Altar, der für sie zugänglich war – eine raue Bank. Sie öffnete die Tür und trat über die Schwelle in den stillen Schatten des Raumes.

Dann ging sie mit festen Schritten durch den vertrauten Gang zwischen den Bänken, an der verwitterten Kanzel vorbei zu der rauen Bank – der Sünderbank, wie manche sie nannten. Hier kniete sie nieder und übergab Gott in einem stammelnden Gebet ihr Leben, ihrer eigenen Wege müde geworden. Die Tränen, die auf die abgenutzte Bank tropften, waren nur das äußere Zeichen der Reinigung ihres reuigen Herzens, das seinen Eigensinn und seine Sturheit zugab, sich den Wegen einer viel höheren und weiseren Macht anvertraute und so Vergebung fand.

Es dauerte nicht lange. Schließlich war sie zu dem Einen gekommen, der versprochen hatte: «Kommt her zu mir, alle, die ihr mühselig und beladen seid; ich will euch erquicken.»

Die Arme, die sich um sie schlossen, waren die des Allmächtigen. Die Liebe, die sie nun umgab, war eine immerwährende. Und der Friede, der wunderbare Friede, war höher als alle Vernunft.

Als Linn wieder aufstand, hatte sie die befriedigende und herzerwärmende Gewissheit: «Das Alte ist vergangen, siehe, Neues ist geworden.»

Der Raum, den Linn nun vor sich sah, war frei von allen bitteren Erinnerungen. Sie waren geflohen, so schnell und leicht, wie der sorgenbeladene Tag einer friedlichen Dämmerung gewichen war. Der erste Abendstern schimmerte durch die hohen Fenster, und er glänzte nicht heller als die Tränen, die von neuem in Linns Augen stiegen – ein letztes Abwaschen des Schmerzes, bevor der Friede endgültig einkehren konnte.

Linn schloss die Tür und ließ ihre Vergangenheit hinter sich. Als sie in die klare, schöne Abenddämmerung von Donnybrook hinaustrat, hatte sie den Eindruck, in die klare, schöne Gegenwart des Geistes Gottes zu treten.

Kapitel 29

Irgendwie war Linn nicht überrascht, als sie an diesem Abend ein leises Wiehern hörte und in der hereinbrechenden Dunkelheit eine vertraute Gestalt sah – schlank, muskulös und kräftig –, die am Zaun des Schulhauses lehnte, ein Pferd neben sich angebunden.

Und irgendwie schien es selbstverständlich, dass sie sich danebenstellte und genau wie er ihre Arme auf die Zaunlatte legte.

Wie es schien, war Trapper Farley in eine Betrachtung des Sternenhimmels vertieft. Schließlich, nach einer angenehmen Zeit des Schweigens, sagte Linn zögernd, nun auch die Sterne so genau betrachtend wie er: «Ich war in … der Kirche.» Aus einem gewissen Grund konnte sie das Gebäude an diesem Abend nicht Schulhaus nennen.

«Ich weiß.»

Die folgende Stille wurde nur durch das Rascheln einer nächtlichen Kreatur im Busch unterbrochen. Als das Pferd aufstampfte, verstummte auch das Rascheln.

Mit leiser Stimme begann Linn zu erzählen: «Da drin», und sie deutete mit dem Kinn auf das kleine Gebäude, «habe ich ein bisschen gebetet und viel nachgedacht. Die Dinge – bestimmte Dinge – sind nun zurechtgekommen … endlich.» Sie sprach mit zögernder Stimme, nach den richtigen Worten suchend.

Trapp wartete.

Linn holte zitternd Luft. «Ich weiß nicht, warum ich es nicht schon früher getan habe. Ich denke … ich vermute, ich war nicht bereit, den Herrn …» Sie hielt inne.

«Die Disteln und Nesseln herausreißen zu lassen?», beendete Trapp mit ruhiger Stimme ihren Satz.

«Genau», gab sie zu. «Und jetzt, jetzt fühle ich mich so viel besser. Es ist, als ob alles neu geworden ist, Trapp – ein neuer Anfang.»

«Wie der Frühling.»

«Wie der Frühling im Busch», sagte das Mädchen, das den Busch liebte, zu dem Mann, der ihn zu lieben begann. «Der Frühling im Busch und ein Neuanfang.»

Die Stille war friedvoll.

«Und Trapp, ich muss – ich muss dich bitten, mir zu vergeben.»

«Dir vergeben, Linn?»

«Für meine Grobheit, meine Unfreundlichkeit. Ich hatte kein Recht», sagte Linn mühsam, «dich anzuklagen …» Wieder hielt sie inne.

«Mich anzuklagen?»

«Damals beim Picknick. Ich bin einmal sehr gedemütigt worden – weißt du, als Abram … Und als ein anderer Mann kam und die Situation genau wie die erste schien, da schlug ich um mich. Es war unfair von mir, das sehe ich jetzt ein. Du hast ein Recht auf dein eigenes Leben, Trapp. Ich hatte keinen Grund …» Linns Stimme klang, gegen ihren Willen, belegt. Mit Mühe sprach sie weiter: «Es tut mir so leid.»

Hier brach ihre Stimme, und sie ließ den Kopf auf die Arme sinken, die sie auf den Zaun gelegt hatte. «Es tut mir leid, Trapp», flüsterte sie. «Bitte vergib mir.»

«Wir wollen es einfach vergessen», sagte Trapper Farley ruhig und wandte sich wieder der Betrachtung des Himmels zu.

Als ob ein Docht angezündet worden wäre, leuchtete der Mond allmählich immer heller, dämpfte die Geräusche des toten und sterbenden Busches und berührte die ganze Welt mit einem schimmernden Glanz.

Das Rasseln des Zaumzeugs, als die Stute sanft schnaubte und ihren Kopf nach oben warf, war das einzige Geräusch in der sternklaren Nacht.

«Und Trapp», sagte Linn schließlich, mit gedämpfter, aber fester Stimme, den Blick eher auf das Pferd als auf den Mann gerichtet, «ich wünsche dir und Berry das Allerbeste. Ich hoffe ... ich bin sicher, dass ihr sehr glücklich sein werdet.»

«Danke», antwortete Trapp mit milder Stimme. «Ich hoffe, das gilt auch für Boyd.»

«Boyd?» Jetzt drehte sich Linn endlich um und sah Trapper Farley an. Warum brachte er nun plötzlich seinen Cousin ins Spiel?

«Wenn Berry glücklich ist», sagte Trapper sachlich, «dann wird das auch Boyd glücklich machen.»

Einen langen Augenblick starrte Linn Trapper von der Seite an. «Boyd ... glücklich ... machen?»

«Er liebt sie sehr.»

Stille. Zentnerschwere Stille.

«Boyd ... und Berry?», wiederholte Linn verblüfft.

«Schon immer!», gab Trapp zurück.

Als die Bedeutung dieser Worte zu Linn durchdrang, musste sie sich am Zaun festhalten, um nicht zu schwanken. Die Erkenntnis, wie ungerecht, wie unglaublich ungerecht sie zu diesem Mann gewesen war, wie falsch sie gelegen hatte, wie sie ihn ohne Grund angeschuldigt hatte – dies alles drohte sie nun zu überwältigen.

Doch da fing Trapp zu lachen an. Mit zitternder Stimme schloss Linn sich ihm an.

«Berry ... und Boyd!», wiederholte sie ungläubig.

«Berry und Boyd», bestätigte Trapp.

Linn ließ die Zaunlatte los und drehte sich um, so dass sie Trapper Farley direkt in die Augen blickte: «Oh,

Trapp!», keuchte sie. «Heißt das, du bleibst in Donnybrook?»

«Für immer!», sagte er.

Über ihnen formierten sich die Wildgänse zu einer Staffel und folgten ihrem Leittier über den Himmel. Ihr Ruf erschallte in der Nacht. Trapp und Linn sahen zu, wie sie graziös in geschlossenen Reihen aus dem Dunkel herausschossen, sich einen Moment lang gegen die strahlende Kugel des Mondes abhoben und dann mit unhörbarem Flügelschlag südwärts flogen.

«Sie werden wiederkommen», sagte Trapp, und es klang wie eine Verheißung. «Wenn der Frühling kommt, werden sie wieder da sein.»

Und Linn wusste, dass sie sich darauf verlassen konnte.

Über die Autorin

Ruth Vogt Glovers zweiter Siedlerroman spielt wieder im faszinierenden Buschland der zentralkanadischen Provinz Saskatchewan. Von besonderer Bedeutung war diese Landschaft auch in ihrem ersten Roman *Und die Herzen zieht's nach Westen*. Das Haus, in dem die Hauptperson Abbie Rooney lebte, war dem Haus von Ruth Glovers Tante im Schulbezirk von Donnybrook nahe Prince Albert nachempfunden. Ruth Glovers Tante (die Schwester ihres Vaters) wohnt zwar inzwischen nicht mehr in demselben Haus, jedoch immer noch in der Gegend, gemeinsam mit einigen Cousins und Cousinen der Autorin.

Auch im Buch *Große Gefühle in weitem Land* greift die Autorin auf ihre eigenen, lebendig gebliebenen Erinnerungen an ihre Heimat zurück. Sie beschreibt das Siedlerleben in Saskatchewan aus erster Hand. Ruth Glover wuchs dort in den Zwanziger- und Dreißigerjahren des vorigen Jahrhunderts auf, und das Leben im Schulbezirk von Donnybrook sah damals noch ganz ähnlich aus wie gegen Ende des 19. Jahrhunderts, der Zeit, in der ihre Romane angesiedelt sind.

«Als ich dort aufwuchs, schleppten wir immer noch das Wasser in Eimern herein und trugen das Waschwasser wieder hinaus. Wir bauten unsere Nahrungsmittel selber an, benutzten Petroleumlampen und fuhren mit Pferd und Kutsche in die Stadt», erzählt sie. «Sogar als es schon Autos gab, konnten wir sie im Winter nicht benutzen. Die Straßen waren nicht frei, also nahmen wir Pferdeschlitten, Rodel und andere Fortbewegungsmittel.»

Nachdem sie als junge Frau nach Vancouver im US-Bundesstaat Washington umgezogen war, lernte sie Hal Glover kennen und heiratete ihn. Das Paar kehrte in den späten Vierzigerjahren zu einem Besuch nach Saskatchewan zurück. «Damals erhielten sie gerade die Elektrizität, obwohl das Gebiet doch nur wenige Meilen von der Autobahn entfernt lag», erinnert sich Ruth. «Das Einzige, was sich bis dahin wirklich geändert hatte, war die Mode, denn die Kataloge waren immer noch weit verbreitet.»

Ruth Glover hat im Lauf der Jahre mehr als dreihundert Artikel, 575 Gedichte und 50 Kurzgeschichten für namhafte christliche Zeitschriften verfasst. Zuletzt lebten ihr Mann und sie in The Dalles im US-Bundesstaat Oregon, wo Pastor Glover eine Gemeinde betreute, während seine Frau sich weiterhin dem Schreiben widmete. Das Paar hatte drei Kinder und sieben Enkel.

Why Not Save 25% to 4

No. 4030 — Storm Buggy. Price, $104.30.

First-class in every detail and all the latest improvements, i.e. Self Oiling Axles, Rubber Head Springs, Bradley Shaft Couplings, etc., etc. Guaranteed as good as sold by others at $50.00 more.

No. 246 — Single Strap Driving Harness. Price, $11.90.

Made with good heavy Straps throughout. All stock first quality Oak Leather. In every way as good or better than sold by middlemen for $5.00 to $8.00 more.

Veh

We can make
entire produc
made in ou
Ohio) is sold

Whole

In dealing
middlem

Se

Illustra

It fully des
prices on ou
of Vehicles.
goods all k
catalogue yo
satisfactorily
work shippe
standing ju
satisfactory
turned and

If you sh
and inspect

600 Vehicl

We offer t
style, up-to-
vehicles of a
at prices, c
defy compet

THE

CARRIA

Olive

S

on the Purchase of Your New
e or Set of Harness?

saving for our
manufacture,
at Columbus,
e consumer at

Prices

here is no
to pay.

Our
talogue

quotes lowest
ne. 90 Styles
rness. Horse
eans of the
as safely and
ground. All
l with under-
present and
can be re-
l be refunded

t. Louis call

sitory Floor

oice of latest
ghly reliable
the country
ality, which

MBUS
ESS CO.
. 19th
O.

No. 5006 — Bike Gear Runabout. Price. $49.95.

The latest thing in the way of a Runabout and in every particular up-to-date. Has Self Oiling Axles, Rubber Head Springs, Bradley Shaft Couplings, Bailey Body Loops, etc., etc.

No. 3076 — Buggy. Price, $49.75.

Will furnish with either Arched or Dropped Axles. Note the good points—Self Oiling Axles, Improved Brewster Fifth Wheel, Rubber Head Springs, Bradley Shaft Couplings, Bailey Body Loops, etc., etc. Guaranteed as good in every way as sold by other for $25.00 more

Von derselben Autorin weiterhin erhältlich:

Kanada –
Leben für den Traum, Band 1

Ruth Glover
«Und die Herzen zieht's nach Westen»

256 Seiten
Paperback (Klappenbroschur)
13,0 × 20,5 cm

€ 14,99 (D)
SFr *22,80
€ 15,50 (A)
* unverbindliche Preisempfehlung

Best.-Nr. 111.530
ISBN 978-3-7655-1530-9

Kanada, Ende des 19. Jahrhunderts: Im Distrikt von Donnybrook, im Herzen der Provinz Saskatchewan, hat sich eine Gemeinschaft von Siedlern aus aller Herren Länder zusammengefunden. Eigenes Land in Besitz zu nehmen und ein neues Leben anzufangen – das ist ihr Traum. Auch Matthew und Abbie Rooney sind dem Lockruf des Westens gefolgt. Sie haben ihr angenehmes Leben in der Großstadt aufgegeben, um Tausende von Kilometern entfernt in Donnybrook eine Farm zu gründen, umgeben von atemberaubend schöner Landschaft. Sie sind entschlossen, gemeinsam alle Schwierigkeiten zu meistern. Doch dann muss Abbie die größte Zerreißprobe ihres Lebens bestehen. Wird es ihr dennoch gelingen, an ihrem Traum festzuhalten?

BRUNNEN
Verlag Basel · Giessen